나프탈렌

나프탈렌

백가흠 장편소설

현대문학

차례

1. 낮잠

해는 서쪽 산 너머로 허물어지고 있었다.

이양자의 어머니, 김덕이 여사가 낮잠을 자다가 벌떡 일어났다. 그녀는 마치 먼 길을 다녀온 사람 같았다. 멍하니 눈을 끔벅이며 한동안 우두커니 앉아 있었다. 사위가 낯설어서 살짝 오한이 들었다. 꿈속, 어린 그녀는 개울가에서 채소를 씻고 있었다. 빨래를 한 것도 같았다. 그녀는 개울에 무엇인가를 빠뜨렸는데, 무엇이었는지 기억이 나지 않았다. 빨래건, 무나 배추건 그리 화들짝 놀랄 만한 것은 아니었음에도, 아주 중요한 것을 개울에 빠뜨린 것 같은 느낌이 들었다. 그녀는 꿈속에서 개울에 뭔가를 빠뜨리고, 그것이 물살을 타며 멀어지는 것을 보고 있었다. 낮잠에서 깬 그녀는 뒤숭숭했다. 좋은 꿈 같지가 않았다. 천천히 주위를 둘러보니 딸 양자의 모습이 보이지 않았다.

"양자야."

딸을 불러보았지만 아무 대답도 없었다.

"어디를 간 거야."

그녀가 슬리퍼를 발에 꿰며 밖으로 나섰다. 두어 걸음 걷고 나서야 양쪽을 바꿔 신은 것을 깨달았다. 걸으면서 허둥지둥 제 발에 슬리퍼를 꿰었다.

"우리, 양자 못 봤어요?"

앞집, 황토 3호 남자에게 물었다.

"못 봤습니다. ……방에 없어요? 그럼, ……산책이라도 갔겠지요."

남자는 작은 절구에 약초 같은 것을 넣고선 빻고 있었다.

"뭐예요?"

"……먹어보고 효과가 있으면 알려 드리지요."

"……낮잠 자야 하는데, 어디를 갔을까."

그녀가 눈을 흘기며 혼잣말을 했다.

"낮잠이라고 하기엔 좀 늦었지요. 벌써 해가 지는데."

황토 3호에는 40대 중반의 남자가 요양을 하고 있었다. 간암 말기였는데, 얼굴에 황달기가 만연했다. 특히 눈자위가 누르스름했는데 그것 때문인지 그녀는 그의 인상이 어딘지 모르게 달갑지 않았다. 양자와는 나이가 비슷해서 간간 말동무를 하는 사이였지만, 그녀는 그가 탐탁지 않았다.

김덕이 여사가 허우적허우적 발걸음을 옮겼다.

'……찬 바람 들면 안 되는데 어디를 간 거냐.'

그녀가 푸념처럼 혼잣말을 내뱉었다. 개울을 따라 나 있는 길을 뛰다시피 올라갔다. 자꾸 슬리퍼가 벗겨져서, 아예 슬리퍼를 벗어 손에 들었다.

"……양자야!"

그녀가 딸의 이름을 고함쳐 불렀다. 며칠 전에 봄비치곤 큰비가 온 뒤라 물이 많이 불어 있었다. 위로 올라갈수록 물이 굽이치는 소리가 제법 커졌다. 숨이 점점 차올랐다.

"너, 거기서, 뭐하고 앉았나?"

그녀가 숨을 고르며 물었다. 그녀는 한 고개를 다 올라와서야 양자를 발견했다. 양자는 넓찍한 바위 위에 가부좌를 틀고 앉아 있었다. 눈을 지그시 감은 채, 양손을 무릎 위에 살포시 얹고선.

"찬 바람 들면 안 된다니까, 뭔 지랄이냐. 너 나 죽는 꼴 볼래? 정말."

양자는 미동 없이 그대로 있었다. 그녀가 씩씩거리며 딸을 억지로 일으켜 세웠다. 삐쩍 마른 양자의 몸은 재처럼 가벼웠다.

"그냥 좀 둬. 제발."

양자가 엄마의 손을 뿌리치더니 도로 차가운 바위 위에 털썩 주저앉았다.

"찬 데 앉으면 안 된다니까 그러네. 앉으려면 저기 햇빛에 가서 앉으래두."

"아이, 정말. 그냥 좀 둬, 그냥 좀."

양자가 벌떡 일어나더니 개울을 따라 내려갔다.

"신발 신고 가야지. 야, 양자야."

그녀의 어머니가 딸의 신발과 자신의 신발을 가슴에 품고 딸을 뒤쫓아 뛰었다. 꿈속에서 물에 빠뜨렸던 물건이 무엇이었는지 떠올랐다. 개울물에 둥둥 떠내려가는 어린아이의 검정 고무신 한 짝이 보였다. 얼른 건져야 하는데, 마음먹은 순간, 순식간에 물살을 타고 떠내려갔다.

그녀가 바삐 걸으며 무슨 말을 중얼거리다가, 손으로 자기 입을 막았다.

"니가 아니라 내가 화상이다. 내 입이, 내 꿈이……"

그녀가 바삐 걷던 걸음을 늦추고, 터덜터덜 산을 내려갔다. 저 멀리 딸의 모습이 점점 작아졌다.

모녀는 황토로 지은 집에 살았다. 요양을 위해 지어진 집이었다. 요양원 '하늘수련원'은 만공滿空산에 있었다. 만공산은 한 신흥종교의 성지였다.

"집 지은 황토도 우리 밭에서 직접 푼 걸 썼다니깐요. 제공되는 음식도 모다 죄 우리가 농약 한 방울 안 주고 키운 것들이니, 몸에 얼마나 좋겠어, 안 그래요?"

원장인 그녀도 한때 신흥종교에 몸담은 적이 있었고, 이곳에 요양원 터를 잡은 이유도 종교와 무관하지 않았다.

"그래서 좋다는 말 듣고 이렇게 찾아왔잖아요. ……그런데, 죄송하

지만 음식은 직접 해서 먹이려는데. ……폐병이 깊어 잘 먹여야 하기
도 하고, 여기 식구들에게도 불편을 끼칠 것 같아서 그래요."

원장의 낯빛이 어두워지며 웃음기가 사라졌다.

"그럼, 잠만 주무신다고?"

원장의 입장에서는 황토집만 빌려주는 것으로는 수지가 맞지 않
았다.

"……네에."

김덕이 여사가 난감한 듯 작은 소리로 대답했다.

"얼마나 계시게? 그럼, 오래 있어야 하는데. 밥 안 먹으면 한 달에
120은 줘야 돼."

한참 나이가 아래로 보이는 원장이 김덕이 여사에게 말을 놓았다.
원장 입장에서는 집 한 채에서 하루에 7만 원은 받아야 뭐가 남아
도 남았는데, 빈정 상한 것이 분명했다.

"저 애, 나을 때까지 있어야지요."

김덕이 여사가 그늘에 앉아 있는 딸을 바라보며 말했다.

"원래 폐병쟁이는 안 받는데, 사정이 딱하니까 받는 거예요. 사람
들한테는 아무 말도 하지 말고."

원장도 물끄러미 양자를 바라보았다.

양자는 땀을 식히며 개울가에 앉아 있었다. 흐르는 물을 멍하니
바라보고 있었다. 개울은 마치 나무동굴 안에 있는 것처럼 나무들
에 둘러싸여 있었다.

"공기 하나는 그만이야, 여기가. 옛날에는 도사들도 이 산으로 많

이 들어왔다니깐."

원장이 다시 자랑을 늘어놓았고, 김덕이 여사는 열심히 맞장구를
쳤다.

"아 네, 네에. 그러니까, 소문 듣고 왔다니까요. 자연치유됐다는 사
람들 얘기 듣고……."

그러자 신이 난 원장의 요양원 자랑은 끝이 없어졌다. 김덕이 여사
는 건성으로 원장의 말을 들으며, 우두커니 개울가에 앉아 있는 양
자를 걱정 가득한 눈으로 바라보았다.

벌써 모녀가 만공산 하늘수련원에 들어온 지도 반년이 지나고 있
었다. 계절은 봄을 지나 초여름에 접어들었다.

하늘수련원에는 황토로 지은 집 다섯 채가 작은 개울을 따라 서
있었다. 황토 1호는 단체를 받는 큰 집이고 황토 2, 3, 5, 6호 네 집은
똑같은 구조의 단출한 모양새였다. 작은 방이 두 개, 작은 부엌과 화
장실이 딸려 있었다. 모녀가 지내기엔 부족함이 없었다. 개울을 따라
1호에서 6호까지 일정한 간격을 두고 서 있었다.

모녀는 끝에서 두 번째 집, 황토 5호에 살았다. 순서대로 밑에서 네
번째 집이었다. 밑에 집 3호엔 중년의 간암 말기 환자가 살았고, 윗집
황토 6호에는 시를 쓴다는 사람이 작업실로 얻어놓고 들락날락했다.
시인이라는 사람은 어디가 아픈지 알 수 없었지만, 모녀가 지내는
넉 달 동안 얼굴 본 게 몇 번 되지 않았다. 없는가 싶으면 있고, 있는
가 싶으면 보이지 않았다. 넉 달이나 지났지만 아직 안면도 트지 못
한 사이였다.

모녀가 5호에 들어오고 얼마 되지 않아 황토 2호에 살던 사람이 죽었다. 올해 환갑을 맞은 위암 환자였는데, 부산에서 왔다던 그녀는 이곳에서 2년을 지냈다고 했다. 혼자 지내는 게 심심했던지, 때가 멀 다 하고 그녀는 모녀를 찾아왔다. 혈색도 좋고, 살집도 좋아서 상 태가 호전됐는가 싶었는데, 어느 날 갑자기 죽어버렸다. 설을 앞둔 어 느 날, 함박눈이 펑펑 쏟아지던 겨울의 한복판이었다.

원장이 재빠르게 일을 처리했다. 눈길을 헤치고 구급차가 산으로 올라온 후에야 모녀는 그녀가 죽었다는 사실을 알게 되었다. 구급차 는 잽싸게 시신을 싣고 그녀의 가족이 있는 부산을 향해 떠났다. 그 녀의 간단한 살림살이는 2호 앞마당에서 모두 태워졌다. 2년을 요양 했던 사람이라고 하기에는 별 짐이 없었다. 옷가지 몇 벌과 나무 염 주가 유품의 전부였다. 양자의 어머니는 그녀가 남긴 유품을 보자 마음이 쓸쓸해졌다. 항상 밝고 따뜻했던 그녀가 혼자서 자신의 죽 음을 심심하게 준비해왔다는 것을 알 수 있었기 때문이었다. 아무것 도 남기고 싶지 않았던 마음을 읽자 쓸쓸해졌다. 김덕이 여사는 끝 까지 염주를 쥐고 있다가 마지막 불꽃에 그것을 던져 넣었다. 이후로 2호에는 며칠씩 머무는 사람만 간간 있었다. 다른 집과 달리 장기요 양을 하는 사람이 없어서 2호는 내동 비어 있었다.

양자는 뭐가 토라졌는지 벽을 보고 누워 있었다. 엄마가 다가가서 어깨를 어루만졌다.

"엄마, 나 좀, 그냥, 두고 나가. 나, 힘들어."

"……그러게 왜 찬 바람을 쐬고 그래. 다들 봄이어도, 여름이어도,

넌 아니라니깐. 몸을 따뜻하게 해야 한다고 내가 얼마나 얘기를 했니. 너 때문에 이렇게 꼭 붙어 수발드는 엄마가 불쌍하지도 않아? 어쩌면 너는 그렇게 이기적이야? 난 너만을 위해 이렇게 헌신하는데, 너는 그거 하나 들어주기가 그렇게 힘들어? 못됐어, 기집애."

"……."

양자는 아무 말도 하지 않았다. 가끔 가늘게 내쉬는 숨소리에 맞추어 야윈 어깨가 리듬을 탔다.

"……도대체 뭣 때문인지, 엄마에게 얘기를 해야 도와주지. 이러고 있으면 어떻게 해. 뭐든지……."

"……나, 이혼할까봐, 엄마. ……죽기 전에 이혼할까봐."

"그게 뭔 소리야, 지금."

양자는 여전히 벽을 보고 누운 채 미동도 없었고, 엄마는 가까이 딸에게 다가섰다.

"민 서방이 그러자든? 나쁜 자식, 내가 그놈이……."

"그런 거 아니니까, 엄마는 좀, 가만히 있어. 제발, 좀, 가만히……."

"도대체, 뭔 일이야, 갑자기. 엄마한테 다 얘기를 해야 도와주지. 왜 그래? 무슨 일이야?"

"엄마, 나 좀 잘게. 나중에 해."

"어디 아파?"

"……."

딸의 뒷모습을 한참 지켜보던 그녀가 슬며시 방을 나왔다. 밖은 벌써 깜깜했다. 어디선가 구슬프게 우는 새소리가 들려왔다.

그녀는 개울가에 쭈그리고 앉아 흐르는 물을 바라보았다. 한참을 그렇게 우두커니 어둠 속에 앉아 있었다.

황토 3호 남자는 아직도 약초를 빻는 모양이었다. 일정하게 절구를 찧는 소리가 들려왔다. 김덕이 여사는 개울가를 한참 서성였다. 발소리 안 나게 조심조심 아랫집, 윗집을 오갔다. 시인의 방에서 희미한 불빛이 새어 나왔다. 가만히 문에 귀를 대보니 아주 작게 클래식 음악 소리가 들려왔다. 밑에 집 남자는 현관문을 열어놓은 채 약초를 빻고 있었다.

"뭔데 그렇게 온종일 빻아요?"

"……모르셔도 됩니다. 제가 오늘 산에서 귀한 것을 발견했거든요. 나눠 드릴래도, 저 먹을 것도 안 됩니다."

그녀는 그의 말하는 투가 마음에 들지 않았다.

"아니, 아저씨는 말씀을 이상하게 하시네. 뭘 달라는 게 아니라……"

그녀가 잔뜩 미간을 찌푸린 채 말했다.

"산에 별로 없어서 알려 드릴 수가 없습니다. 하루 산 헤매며 딴 게 고작 이거예요."

남자가 슬쩍 보여주는 약초를 그녀는 건성인 듯 흘겼지만, 풀의 모양새를 유심히 지켜보았다. 그녀가 대꾸 없이 돌아섰다. 안 그래도 심란한 마음 때문에 그가 하는 말이 유독 신경에 거슬렸다.

그녀는 저녁을 준비했다. 물에 불려 두었던 잡곡밥을 안치고, 항암 효과가 있다는 산나물을 무쳤다. 이틀 내내 고았던 사골을 다시 끓이기 시작했다. 그녀가 잠시 뒷짐을 지고 섰다가, 찜통 뚜껑을 열어보았다. 그녀는 지난밤부터 낮까지 소머리를 뼈째 고았다. 얼마나 푹 고았는지, 형체는 사라지고 소의 두개골만 남아 있었다. 슬쩍 보아도 우러난 국물이 찐득하니 걸쭉해 보였다. 그녀는 흉측해진 머리뼈를 건져낼까 하다가 그냥 두었다.

"양자야, 밥 먹자."

그녀가 방문을 열며 소리쳤다. 컴컴한 어둠이 방문 사이로 빠져나왔다. 앙상하게 야윈 딸의 뒷모습이 불 꺼진 방에 구겨져 있었다.

"얼른 일어나, 밥 먹자니까. 온종일 아무것도 안 먹고, 그러고도 니가 살길 바라는 거야? 몸이 좋아지길 바라는 거야?"

그녀가 방에 불을 켜고 상을 들여왔다. 양자는 꼼짝도 하지 않았다.

"얼른, 일어나래도, 소머리를 열두 시간 고았더니, 노린내도 안 나. 얼른 일어나서 먹어봐."

양자는 아무 반응이 없었다. 서늘한 느낌이 그녀의 머릿속을 훑고 지나갔다.

"……양자야."

작은 소리로 그녀가 중얼거리며 딸에게 다가섰다. 가슴이 요동치며 쿵쾅쿵쾅 뛰기 시작했다. 심장이 몸 밖으로 튀어나올 것만 같았다.

그녀는 딸이 폐암 말기 판정을 받던 날을 한순간도 잊어본 적이 없었다. 의사는 양자보다 먼저 그녀를 불러 마음의 준비를 시켰다. 지나간 시간이 원망처럼 흘렀지만 소용없는 일이었다. 딸이 자신보다 먼저 죽는다니, 세상이 억울해서 눈물도 나오지 않았다. 양자 본인과 남편, 모두가 체념하고 포기했지만, 엄마는 달랐다. 그녀는 양자가 죽어도 죽게 놔둘 수가 없었다.

병원에서 선고받았던 기간은 이미 지났으니, 안심이 되면서도 더 큰 불안함이 언제나 그녀의 마음 한복판에 있었다.

"이양자, 어디 아파?"

식은땀 한 줄기가 주르륵 등을 타고 흘러내렸다. 그녀가 천천히 딸의 어깨를 흔들었다.

"……어, 왜?"

양자가 부스스 잠에서 깨며 물었다.

"이런……."

그녀가 딸의 어깨를 찰싹 때렸다.

"이것아, 부르면 대답을 해야 할 거 아냐. 사람을 놀래켜도…… 가지가지 좀 해."

"왜 그래, 엄마, 진짜."

"얼른 밥 먹어. 할 일 없이 낮에 싸돌아다니니까 그렇게 깊게 잠이 들지. 한 번만 또 그래 봐. 그땐……."

"엄마야말로 뭔 일 있어? 도대체 오늘 왜 이렇게 보채고 그래?"

"내가 뭘."

톡 쏘며 대답은 그렇게 했지만 양자의 물음에 낮잠을 자며 꾸었던 꿈이 불쑥 떠올랐다. 물살에 둥둥 떠내려가는 검정 고무신이 보였다. 그냥 흘러가게 놔두어도 될 것을, 찜찜한 생각이 떠나지 않은 것이 스스로 여간 신경 쓰이는 일이 아니었다.

"중요한 물건도 아닌데……."

걸쭉한 사골을 딸에게 건네며 중얼거렸다.

"뭐가?"

"아니야, 어서 먹어."

힘없이, 힘겹게 국을 입에 밀어 넣는 양자의 모습을 엄마가 측은하게 바라보았다.

"아니, 니들은 시키는 일만 하고, 알아서는 못하는 거야?"

원장이 저녁상에서 수련원 식구들을 다그쳤다. 으레 있는 일이었다. 소리를 전혀 듣지 못하는 원장 노모만이 사람들이 남긴 밥을 남김 없이 먹고 있었다. 아직 식사가 덜 끝난 인부들이 슬그머니 숟가락을 내려놓았다.

"아니, 엄니는 거지가니 왜 남이 남긴 밥만 먹어."

원장의 94세의 노모는 귀가 완전히 먹어서 아무리 크게 얘기해도 알아듣질 못했다. 하지만 노모는 정정하고 건강했다. 낮에는 밭에 나가 소일 삼아 밭일을 했고, 끼니때가 되면 식당의 일손을 거들었다. 그러다가도 정신 나간 사람처럼 멍하니 하루 종일 문가에 앉아 있었다. 사람들은 구순을 훨씬 넘긴 분이 저렇게 정정할 수 있을까 싶다가도 버려진 음식이나 땅에 떨어진 음식만 주워 먹는 노모를 보면 치매가 이상하게 온 거라고 생각했다.

원장이 소리를 빽 질렀을 때, 노모는 식구들이 남긴 반찬과 밥을 양푼에 모으고 있었다. 버럭 지르는 소리에 깜짝 놀란 것은 외려 수련원 식구들이었다. 노모는 식구들이 남긴 음식들을 모두 모아 비벼 먹을 심산인 모양이었다.

"미숙아, 저거 뺏어. 우리 엄마가 그지냐니까?"

원장은 고래고래 소리를 질렀다. 사람들은 원장의 목청이 커진 이유가 원래 성격이 괄괄하기도 하지만 그녀의 어머니가 일찍 귀를 먹은 탓일 거라고 생각했다.

"아니, 차려준 밥은 안 드시고, 저러는데 우리도 어쩔 수 없잖습니까? 원장님 어머니니 본인이 좀 챙기세요. 노인네가 잔반 먹는 걸 보는 우리도 비위 상한다구요."

사람들의 원망 섞인 눈빛이 김 씨에게 몰려들었다. 원장이 부들부들 몸을 떨었다. 그냥, 좀 가만히 있지, 하는 표정들이었다. 김 씨는 오래전 원장이 한 종교단체의 목사로 있을 때 만났던 신도였는데, 원장에게 대들거나 대거리를 하는 사람은 그밖에 없었다. 원장은 큰 약점이나 잡힌 듯, 가끔 김 씨가 대들 때면 다른 때와는 달리 꾹 분을 참았다.

원장은 원래 종교인이었다. 아니, 지금도 종교인이다. 한때 비구니로 절에 있었던 적도 있었고, 원불교 정녀로 몇 년을 살았던 적도 있었다. 이후에는 새로 생겨난 기독교 단체의 목사로 재직하기도 했었다. 여러 종교에서 다양한 수행을 한 셈이니 그녀야말로 진정한 종교인이었다.

그녀가 평생 해왔던 종교인으로서의 성직을 버리고 만공산에 들어온 것은 10년 전이었다. 한 신도로부터 기증받은 땅에서 처음에는 노모와 단둘이 농사를 지으며 살았지만, 점점 식구가 불어났다. 텃밭을 일구며 살다가 본격적으로 수련원을 연 것은 3년 전이었다. 개울을 따라 황토로 집을 짓고, 유기농 농사를 짓자 점점 소문이 나기 시작했다. 일을 봐주는 수련원 식구도 열 명으로 늘어 작년에는 건물을 새로 하나 짓기도 했다. 집을 지을 때 많은 빚을 졌지만, 손해 보는 장사는 아니었다. 원장은 날로 이익을 내는 것에 자신이 붙었다. 죽음의 문턱 끝까지 내몰린 사람들이 대부분이다 보니 돈을 아끼거나 깎는 사람이 드물었다. 집을 짓느라 냈던 빚은 이미 다 갚았고, 계절이 바뀌면서 수입도 점점 늘어났다.

원장이 성큼성큼 노모에게 다가가 잔반이 담긴 양푼을 빼앗았다. 눈이 휘둥그레진 노모가 놀라서 원장을 쳐다보았다. 원장은 가차 없이 양푼을 바닥에 내동댕이쳤다. 안에 담겨져 있던 음식이 사방으로 튀었다.

"아이, 참."

김 씨가 재빠르게 자리를 피하며 탄식했다. 노모 근처에 서 있던 스물셋 미숙에게로 잔반이 된통 다 튀었다. 굴러가는 양푼을 따라 노모가 잽싸게 움직였다.

김 씨는 일부러 보란 듯 과일이나 빵부스러기 같은 것을 땅에 흘리곤 했다. 그럴 때 노모의 표정은 마치 개가 먹을 것을 기다리며 주인을 바라보는 것 같았다. 인간이 지닌 최소한의 자존심 같은 것은 노모가 상실한 청력과 함께 사라진 지 오래였다. 김 씨는 시치미를 떼며 먹을 것을 땅에 버리곤 낄낄거렸다. 노모는 먹을 것이 땅에 떨어지기가 무섭게 날름 주워 먹었다. 몇몇도 같이 헛웃음을 치곤했지만, 대부분은 노모에게 장난치는 김 씨를 못마땅하게 생각했다.

"노인네한테 그러지 마쇼. 벌 받소."

식구들 중에서 나이가 가장 많은 최영래가 점잖게 타이르곤 했다. 북한말을 쓰는 것으로 보아 순탄치 않은 내력이 숨겨져 있을 거란 짐작은 했지만, 말수가 워낙 적은 사람이라 대부분은 그에 대해 잘 알지 못했다.

"뭘 그러지 마쇼?"

김 씨가 예 툭 찢어진 눈을 더욱 가늘게 뜨며 최영래를 쏘아보았다.

"개도 아이고, 그러지 마쇼. 보기 껄끄랍소."

최영래는 말하고는 황급히 자리를 뜨기 일쑤였다. 삽을 어깨에 메고 터덜터덜 축사 쪽으로 사라졌다. 그러자 김 씨도 노골적으로 최영래를 볼 때마다 시비를 걸었다. 최영래는 김 씨가 원장의 노모에게 장난을 치며 모욕을 주어도 그저 슬쩍 자리를 피할 뿐 더 이상 아무 말을 하지 않았다.

미숙이 허겁지겁 행주를 들고 바닥을 치우기 시작했다. 사람들이 원장 눈치를 보며 하나둘, 슬금슬금 자리를 피했다. 노모는 바닥 여기저기 흩어진 음식을 주워 먹기 위해 필사적으로 손을 입으로 가져갔다.

"그만 좀 하라니까."

원장이 성큼성큼 다가가 분을 참지 못하고 노모를 세차게 밀어냈다. 노모는 바닥에 쿵 머리를 찧으면서도 입으로 가져가는 손을 멈추지 않았다.

2. 신발의 반작용

"어이, 공 조교, 누구한테 예뻐 보이려고 그렇게 입고 온 거야?"

"……선생님, 무슨 말씀이세요?"

공민지는 순간, 당황해서 얼굴이 확 달아올랐다.

교수 백용현은 코에 걸친 돋보기 위로 공민지를 훑어보았다. 그의 끈적끈적한 시선이 공민지의 다리에서 엉덩이를 지나 가슴께에 엉겨 붙었다. 그는 한 손에 책을 들고 있었는데, 다른 손으로 천천히 반백의 머리를 쓸어 넘겼다. 작은 연구실 안에 찐득한 열기가 피어올랐다.

"나한테 잘 보이려고, 그렇게 짧은 치마를 입고 온 거 아니냐고?"

그가 돋보기를 벗고 책을 내려놓으며 노골적으로 말했다. 그는 무표정했는데, 공민지는 교수가 화가 나서 자신을 혼을 내는 것인지,

아니면 장난을 치는 것인지 잘 알 수 없었다.

"······네? 저는 그냥······."

"예의가 아닌 듯해서 말이야, 자네가 그렇게 예쁜 몸매를 가지고 있는 줄 미처 몰랐네. 암, 예의가 아니지, 예쁜 몸에게 찬사를, 당연한 거 아닌가? 자네도 뭔가 원하니 그런 옷을 입고 온 게 아닌가."

"······."

공민지는 어찌할 바를 몰라 시선을 한곳에 두지 못했다. 백용현이 돋보기 너머 그녀에게서 시선을 거두며, 천천히 책을 집어 들었다. 그는 아무 일 없었다는 듯, 예의 같은 표정으로 책에 시선을 박았다. 그의 굽은 등 뒤로 햇빛이 쏟아져 들어왔다. 연구실 안, 빛을 등진 그를 빼고는 모든 것이 환했다. 그는 그늘진 몸과 마음, 컴컴한 표정을 눈부신 햇빛 속에 감추었다.

공민지도 문가의 자기 자리에 천천히 앉았다. 얼굴이 화끈거리며 심장이 터질 것만 같았다. 무슨 책인가를 펼쳤지만, 활자가 곧 흩어지며 사라져버렸다. 그녀의 나이 스물일곱, 살면서 처음 당하는 무안이었다.

공민지가 백 교수와 인연을 맺게 된 지는 얼마 되지 않았다. 한 여대에서 학부와 석사과정을 마친 그녀는 지난 학기에 박사과정에 입학했다. 이번 학기 들어와서야 그의 수업을 처음 듣고 있었다. 그녀는 수업 중에도 간간 웃음기 없이 야한 농담을 하는 노老 교수가 귀엽다고 생각하던 참이었다. 여학교에는 없는 자유로움이 있다고 여기는 정도였다. 여럿이서 듣는 수업이고, 다른 학생들과도 안면이 없어서 그녀는 학교 분위기가 원래 그런가 보다 생각했었다. 그녀는 백용현에 대해 아무것도 몰랐다. 어렵게 얻은 연구실 조교 자리, 등록금을 면제받게 되어 안심하던 차였다. 그러나 전액 등록금이 면제되는 교수 연구실 조교 자리에 왜 지원자가 없었는지, 그녀는 그로부터 무안한 성적 희롱을 듣고서야 겨우 깨달았다.

"서, 선생님. 자료를 좀 찾으러 도서관에 다녀오겠습니다."

그와 작은 공간 안에 아무렇지도 않게 앉아 있는 것이 고통스러웠다. 숨이 막혀 가슴이 답답했다.

"응, 그렇게 하게. 계단 올라갈 때 뒤 조심하라고, 생각보다 잘 보인다구. 나만 봐야지 아깝지 않은가."

"……."

조금 전보다 한술 더 뜬 희롱이 그녀에게 끈적끈적 달라붙었다. 그녀는 이제 그를 똑바로 쳐다볼 수도 없었다. 가만히 고개를 숙이고 돌아섰다. 치욕스러움에 눈앞이 캄캄해졌다. 그가 자신의 뒷모습을 쳐다보고 있을 거라고 생각하니 벌레가 스멀스멀 몸 위를 돌아다니는 것 같은 기분마저 들었다. 그녀가 손을 돌려 슬쩍 엉덩이를 가렸다.

"어이, 그리고 정호석 박사 콜해, 점심 먹자고 말이야."

문을 나서는 공민지를 그가 불러 세웠다.

"공 조교는 뭐 먹고 싶은 거 없어? 교외로 나갈까? 햇빛도 좋으니 그게 좋겠군. 장어나 좀 먹자고 해."

"……네?"

그녀는 몸을 문 뒤에 숨긴 채 얼굴을 겨우 내밀었다.

"말하면 알 거야. 자네도 점심 전에 돌아와. 같이 갈 거니까."

마지막 말에 그녀는 대답도 하지 못하고 가만히 문을 닫았다.

K대학 국문과 백용현은 가을이 오면 정년이었다. 만으로 65세가 되고, 28년간 몸담았던 정든 대학을 떠나야 했다. 그는 아쉬움에 잠을 이루지 못할 정도였다. 학교를 떠나게 돼서 그런 게 아니었다. 이제는 더 이상 젊고 어린 여학생들을 자주 볼 수 없게 된 것이, 그는 아쉬움을 넘어 억울한 마음까지 들었다.

백용현이 죽음을 처음 본 것은 한국전쟁 때였다. 다섯 살, 기억의 시작이었다. 어린 그가 받은 충격은 쉽사리 사라지지 않았고, 고스란히 그의 인생에 반영되어 남았다. 그의 삶을 한마디로 요약하면, 말 그대로 죽지 않기 위해 사는 것이었다. 죽지 않기 위해 젊어지길 원했으며, 죽기 싫어서 좋은 음식만 먹었고, 젊은 여자들을 탐했다. 끔찍하게 자기 몸을 챙겼다. 그의 인생은 죽음에 대한 반작용인 셈이었다. 그의 관심은 죽음과 정반대되는 것이었으나, 그러다 보니 거꾸로 죽음이 언제나 그 중심에 있었다. 죽음이 무섭거나 두려울수록 사는 게 불안해지기 마련이었다. 삶의 목적도 죽음에 대한 두려움에 있었고, 결론도 언제나 죽음에 도달했다.

사람의 죽음을 많이 보았다고 해서 죽음이 친숙해지고 가까워지는 게 아니었다. 그는 어렸을 적 처음 겪었던 죽음 때문에 무엇보다 죽음이 두려웠다. 시체에 들끓는 파리에 공포를 느꼈고, 썩어가는 살의 침묵이 두려웠으며, 검게 변하는 피의 어둠이 무서웠다.

제일 먼저 그의 아버지가 죽었다. 생애를 통틀어 모든 기억은 아버지의 주검으로부터 시작되었다. 그는 60년이 지난 지금도 눈을 감으면 기억의 맨 처음, 죽은 아버지의 몸이 떠올랐다. 그에게 아버지의 시신은 생각이 시작되는 문과 같았다. 생각의 문, 아버지의 주검은 생각을 열어주는 열쇠였다. 피 흘리며 죽은 아버지의 몸을 통과해야지만 모든 것이 시작되었다.

다섯 살, 그는 아버지의 시체 옆에 서 있었다. 어머니는 피범벅인 아버지를 껴안고 울부짖었다. 어린 그의 눈에는 피 흘리며 죽은 아버지의 모습이 괴물처럼 보였다. 어머니는 어린 그의 손을 꽉 잡고 죽은 아버지에게 이끌었지만 그는 그 손길을 뿌리치며 뒷걸음질 쳤다. 더 이상 아버지는 아버지가 아니었다. 죽은 것은 더 이상 이전의 것이 아니었다. 어머니는 아버지를 끌어안고 피를 손으로 뭉개며 오열했다. 아버지의 피가 어머니 얼굴에 번졌다. 그에게도 번졌다. 그도 따라 울었다. 슬퍼서가 아니었다. 어린 그는 죽은 아버지의 모습이 무서워서 오금이 저렸다. 검붉고 찐득거리는 피가 무서웠다. 다시는 보고 싶지 않았고 떠올리고 싶지 않았다. 한순간도, 단 하루도 죽은 아버지의 모습을 잊어본 적이 없었다. 이상한 일이었다. 눈을 감거나, 혼자 가만히 있으면 아버지의 모습이 생생하게 떠올랐다. 시간이 오래도록 흐르고, 세월이 기억을 망각 속으로 몰아넣어도 죽은 아버지의 모습은 사라지지 않았다.

그가 악착같이 살고자 하는 이유, 건강하고 싶은 유일한 까닭은 죽음에 가까워지는 것을 피하고 싶어서였다. 죽음이 무서워 살고자 했다. 죽음에는 침묵과 파리와 구더기들만이 존재한다는 것을 그는 너무 어린 나이에 깨달았다. 하지만 세월이 지난 지금의 공포는 어릴 때의 그것과는 사뭇 달랐다. 죽음에 한 걸음 더 가까이 다가선 것이 더욱 두렵고 무서웠다.

백용현은 운 좋게 죽지 않고 65세까지 살았고, 건강했으며 자기 나이보다 젊어 보였고, 실제로도 그랬다. 그렇지만 지금보다 더 젊고, 건강하고, 오래 살고 싶었다. 그러나 이제 그는, 그가 그토록 두려워하는 죽음에 전보다 한 걸음 더 다가선 것을 느낄 수 있었다. 그러면 그럴수록 그는 젊은이들이 열광하는 것에 열광했다. 그는 젊은이들보다 첨단기기에 능했으며, 젊은이들 사이에서 유행하는 것을 놓치는 법이 없었다. 그는 전보다 더 열심히 운동했고, 좋은 음식만 먹었고, 젊은 여자들에게 병적으로 집착했다. 젊은 것과 함께하면 죽음이 한 걸음 뒤로 물러서는 것 같았기 때문이었다.

공민지는 스탠드에 앉아 멍하니 운동장을 바라보았다. 봄 햇빛이 찬란하게 부서져 내렸다. 눈이 부셔서 그녀는 미간을 찡그렸다. 별일이 아닌 것 같으면서도 마음이 쉽사리 진정되지 않았다. 남자친구가 없었던 것도 아니고, 자신이 순진하기만 한 여자가 아니라는 것을 스스로 자조했지만, 그런 것과는 상관없이 연구실에서 있었던 일을 생각하면 불쾌한 기분이 가시질 않았다. 그가 노인이어서 더욱 모멸감을 느끼는 것인지 그녀는 스스로에게 물었지만, 답을 낼 수 없었다. 그저 그의 모든 게 기분이 나빴다. 자기를 쳐다보는 눈빛도, 예전에는 알지 못했던 느끼한 목소리도, 아무런 표정이 없는 그의 얼굴도, 모든 것이 한순간에 싫어졌다.

운동장에서는 축구경기가 벌어지고 있었다. 응원하느라 여학생들이 목청을 높였다. 꽹과리 같은 것을 쳐대기도 하고, 나팔을 불기도 했다. 여학생들의 함성이 운동장을 가득 메우고 있었다. 소란스러웠지만, 그녀는 아무것도 들을 수 없었다.

공민지는 백 교수의 희롱이 별일 아니라고 자신에게 되뇌었다. 스스로 아무 일도 아니고, 아무런 의도도 없다고 단정했다가도, 마음 한쪽 끝에서 일어서는 불쾌함은 이런 생각을 순식간에 밀어냈다.

연구실에서 계속 전화가 걸려오고 있었지만 그녀는 받지 않았다. 문을 나설 때 백 교수가 했던 말이 그제야 떠올랐다. 그녀는 백 교수가 말했던 대로 정호석에게 전화를 걸었다.

"선생님께서 정 선생님하고 점심을 하자고 하세요."

수화기 너머에서 긴 한숨 소리가 들려왔다.

"저 혼자만 부르시는 겁니까?"

"네, 정 선생님께 그렇게 말씀드리면 아실 거라고…… 장어를 드시고 싶으시다고……"

또 길게 한숨 소리가 이어졌다.

"하아, ……장어요. 알겠습니다. ……학교로 가지요."

하늘수련원장이 잠든 노모를 물끄러미 쳐다보았다. 구순을 넘긴 노모는 어린아이처럼 잠들어 있었다. 몸을 동글게 말고 옆으로 누운 채였다. 원장의 눈에 어느새 눈물이 맺혀 흘렀다. 볼을 타고 흘러내려 방바닥에 뚝뚝 떨어졌다. 노모를 바라보는 그녀의 눈이 벌게졌다.

눈물만 흘릴 뿐 그녀는 아무 소리도 내지 않았다. 혹 누군가 들을까 봐 그녀는 수건으로 입을 막고선 조용히 눈물을 쏟아냈다. 노모의 몸은 사람의 것처럼 느껴지지 않았다. 앙상한 뼈와 쭈글쭈글한 거죽. 고된 숨소리가 들리지 않았다면 살아 있는 사람이라고 여기지 못했을 것이다. 쪽찐 머리를 풀고 새근새근 잠든 노모의 모습을 원장은 울면서 바라보았다.

봄의 끝, 밤기운이 싱그러웠다. 맑은 밤하늘에 무수한 별이 쏟아지고 있었다. 어디선가 구슬피 우는 새의 울음소리, 개울물소리가 봄밤의 정적을 감쌌다. 평온한 시간이었다. 원장은 개울을 따라 서 있는 황토집을 바라보았다. 그녀에게 그 집들은 새로운 인생의 시작이자, 남은 전부였다. 그녀의 나이도 어느새 쉰 중반을 넘어서고 있었다. 그녀는 스스로 자신의 삶이 운이 좋다고 믿은 적이 없었다. 언제나, 어떤 상황이었든지 그녀는 당시를 최악의 상황이라고 여겼다. 이런 의지는 항상 최악의 상황을 벗어나게 만들어주었다. 그녀는 그 어떤 신도 믿지 않았지만, 그 어떤 신도 의심하지 않았다. 이는 그녀가 여러 종교에서 두루 성공할 수 있었던 이유였고, 현재의 그녀를 있게 한 원동력이었다.

그녀가 개울을 따라 걸었다. 황토집과 가까워질수록 불빛들이 흔들리며 흩어졌다. 황토 1호에 가까워졌을 때 그는 어둠 속에서 휙 빠르게 움직이는 무언가를 보았다. 그녀는 우뚝 멈춰 서서 어둠 속 저편을 가만히 응시했다.

"누구요?"

그녀가 고함치듯 허공에 대고 외쳤지만, 암흑 저편에서는 어떤 소리나 인기척이 없었다.

"누구냐니까?"

그녀가 두려움을 감추며 외쳤지만, 목소리는 가늘게 떨리고 있었다. 어둠 속, 3호 방과 5호 방에 불이 켜져 있는 것이 보였다. .

"도둑이야!"

원장이 있는 힘을 다해 소리쳤다. 목소리가 밤하늘에 쩌렁쩌렁 울리며 봄밤의 적막을 깨고 산중에 메아리쳤다. 놀란 짐승의 울음소리가 멀리서 들려왔다. 아주 가까운 곳에서 개가 짖었다.

"도둑이야!"

그녀가 더 큰 소리로 외쳤다. 어둠 속 저편에서 움직이는 것은 아무것도 없었다. 등으로 식은땀 한 줄기가 서늘하게 흘러내렸다. 그녀는 뚫어져라 어둠 속 저편을 응시했다. 곧 황토집 마당에 불이 들어왔다.

"여기야."

그제야 그녀는 용기를 내어 발걸음을 뗐다. 컴컴한 1호 근처에는 아무런 움직임도 없었다. 그러면 그럴수록 그녀는 더욱 이상한 기분이 들었다. 분명 자신이 본 것은 사람이라는 확신이 들었기 때문이었다. 웬 막대기를 들고 뛰어 내려온 3호 남자와 맞닥뜨린 곳은 1호 앞마당에서였다. 어둠 속에서 갑자기 나타난 남자 때문에 그녀는 순간 움찔했다.

"뭐야? 당신이야?"

"어디예요?"

3호 남자가 두리번거리며 물었다. 김덕이 여사도 천천히 뒤따라왔다.

"아니, 산중에 웬 도둑이래요?"

김덕이 여사가 놀랐는지 가슴을 쓸어내리며 말했다.

"어디 있어요, 도둑놈?"

"이쪽에서 저리로 가더라니까."

원장이 1호집 뒤쪽을 가리켰다.

"저쪽으로는 길이 없잖아요. 절벽이 가로막고 있는데……. 잘못 본 거 아니에요?"

"그러니까, 이렇게 깊은 산속에 도둑이 뭐하러 오겠어요."

김덕이 여사는 아직도 마음이 진정되지 않는지, 말은 그렇게 하면서도 주위를 둘러보았다.

"그럼, 내가 안 본 것을 봤다고 거짓말이라도 한다는 거야?"

3호 남자가 1호집 뒤꼍으로 성큼성큼 걸어 어둠 속으로 사라졌다가 금방 다시 돌아왔다.

"아무것도 없어요. 잘못 본 거예요."

"아니라니깐."

"맞아요, 원장님. 도둑이 암환자들 사는 데 뭐 훔칠 것이 있다고 왔겠어요. 도둑이 왔어도, 뻔히 사정을 아는 사람들일 텐데."

"……."

"그런데, 밤중에 이곳엔 웬일이세요?"

"……."

원장은 무안해져서 깜깜한 암흑 저편을 맥없이 쳐다보았다.

"분명 어떤 남자였는데……."

그녀가 혼잣말처럼 중얼거렸다. 원장을 남겨둔 채 3호 남자와 김덕이 여사가 슬금슬금 멀어져 갔다. 그들의 뒷모습에 새까만 밤이 따라붙는 것을 원장은 물끄러미 바라보았다.

백 교수의 외제 세단이 학교를 빠져나와 외곽순환도로에 접어들었다. 운전은 그의 제자인 정호석이 했고, 백 교수는 공민지와 함께 뒷좌석에 앉았다. 차에 오르기 전 그는 공민지와 한바탕 실랑이를 벌였다. 봄빛을 받으며 부드럽게 미끄러지는 차 안은 어색한 기운이 감돌았다. 말을 하는 사람이 아무도 없었다.

억지로 공민지를 자신의 옆에 앉힌 그였다. 완강히 옆자리를 거부하던 공민지 때문에 그는 화가 풀리지 않았다. 백 교수는 창밖만 내다볼 뿐 아무 말이 없었다. 빠르게 뒤로 밀려나는 풍경이 눈에 들어올 리 없었다. 나이가 들었다는 것을 스스로 느끼는 일은 여러 가지가 있겠지만, 부쩍 화를 참지 못하는 자신을 발견할 때면 더욱 그랬다. 옆자리를 거부한 공민지에 대한 서운함에 곱절은 늙어버린 것 같은 자신의 모습에 더욱 씁쓸해졌다.

더욱이 그는 정호석 앞에서 무안을 당한 것 같아 큰 분노가 치밀어 올랐다. 그가 슬쩍 운전하는 제자의 눈치를 보았다. 그러나 정호석은 으레 그렇듯, 룸미러를 아예 다른 방향으로 돌려놓아 뒷좌석을 보지 않았다. 백 교수는 간만에 그런 그가 센스 있다고 생각했다. 고개를 슬쩍 돌려 보니, 공민지는 아예 몸을 돌린 채 문에 바짝 붙어 있었다. 그게 다시 그의 심기를 불편하게 만들었다.

그는 그녀의 행동이 예의 없다고 생각했다. 불쾌감이 더욱 늘어 밥이고 뭐고 그냥 학교로 돌아갈까에까지 생각이 미쳤다. 그는 그녀의 예의 없음을 지적하려다가 꾹 참았다.

셋의 침묵을 깬 사람은 정호석이었다.

"선생님, 어디로 모실까요? 지난번에 갔던 그곳으로 갈까요?"

"어디? 팔당? 거기, 장어가 양식 같아. 별 효과가 없어서 말이야. 맛은 있는데, 먹고 나서 심심하니, 좀 그렇지."

"……."

"저기 춘천 쪽으로 가자구. 가서 점심 느긋하게 놀다가, 해 지고 오면 어때, 차도 막힐 테니 그게 낫지 않겠어?"

"……네, 선생님. 좋습니다."

"저기, ……저는 아무 계획 없이 와서요. 밤까지는 좀……."

공민지가 난감한 듯 시선을 떨어뜨렸다.

"혹시, 약속 있어? 전화해, 못 간다고. 가만히 보면 공 조교는 조교의 임무를 잘 모르는 것 같아. 스케줄을 자기에게 맞추는 걸 보면 말이야."

공민지가 사라진 것은 셋이 장어를 먹고 근처 강가의 송어횟집으로 2차를 가서였다. 벌건 살, 송어회가 안주로 나온 후, 한참을 기다려도 화장실에 다녀오겠다던 공민지는 돌아오지 않았다. 그사이 백 교수는 혼자서 복분자주 한 병을 비웠다. 정호석은 그가 술잔을 비우기 무섭게 얼른 잔을 채웠다.

"그런데, 이 친구는 화장실에서 남자를 만나나, 왜 안 오는 거야?"

정호석이 얼른 일어나서 그녀를 부르러 갔다. 찾으러 간 정호석이 한참 만에야 나타났다.

"화장실에도 없고, 주변에도 없습니다, 선생님."

"산책이라도 갔겠지, 뭐. 오랜만에 교외에 나오니 마음이 트이나 보지. 자아."

그가 정호석에게 술잔을 권했다. 운전을 해야 하는 정호석은 잠시 술잔 받는 것을 망설였다.

"괜찮아, 바로 출발할 것도 아닌데. 임용은 걱정하지 말라구. 나 믿지?"

"……네, 선생님. 고맙습니다."

정호석의 얼굴에 씁쓸한 표정이 번졌다.

해가 뉘엿뉘엿 넘어가도 공민지는 돌아오지 않았다. 그녀를 기다리던 그의 인내심도 한계에 다다랐다. 이미 그는 상당히 취기가 오른 상태였다. 안주로 시킨 송어회도 혼자서 거의 다 먹은 뒤여서 작정하고 그녀만을 기다렸다.

밖은 곧 어둠이 완벽하게 내려앉아 고즈넉하던 강가의 풍경이 완전히 사라졌다. 그는 가만히 화를 참았다. 이미 술도 다 깨서 기분은 민숭민숭했다. 백 교수는 아무 말 없이 눈을 부릅뜨고 앉아 있었고 정호석은 그 상황이 불편해서 안절부절못했다. 쉴 새 없이 그녀에게 전화를 하고, 주인에게 묻고 또 물었다.

"그만 가지. 알아서 오겠지."

백 교수가 일어섰다. 그의 음성에 노여움이 서려 있어서 정호석은 멀찍이 떨어져서 멋쩍게 서 있을뿐 아무런 대답도 하지 못했다.

신발을 신던 백 교수가 뭔가를 발견한 듯, 가만히 밑을 내려다보았다.

"어이, 주인 양반."

정말 귀찮은 일이라는 듯 어기적어기적 횟집 주인이 다가왔다.

"이 구두, 이 집 거요?"

백 교수가 하이힐 한 켤레를 들어올렸다.

"우리 집은 그런 거 신을 만한 여자가 없어요. 오늘 손님도 선생님 테이블뿐이었고요. 아무래도 같이 왔었던 여자분 거 같은데요."

"그럼 신발도 안 신고 갔단 말인가?"

백 교수가 정호석을 쳐다보았지만, 그는 어찌 된 영문인지 모르겠다는 듯, 난감한 표정을 지어 보였다. 그녀의 자줏빛 하이힐은 백용현에게 하루의 부작용처럼 들려 있었다.

"조금 더 기다려볼까요?"

"우리도 손님이 없어서, 문 닫을 시간 됐어요. 선생님."

횟집 주인이 난감한 듯 서둘러 대신 대답했다. 백 교수가 하이힐을 쥔 채 바닥에 내려섰다. 정호석이 얼른 주인에게 신용카드를 내밀었다.

"정말, 개념 없는 계집애로군."

구두를 신으며 백용현이 입술을 움직이지 않고 중얼거렸다.

3. 쥬비두비 쥬비두비 빰빠라

"그냥, 이혼해. ······죽기 전에 너랑 이혼할 거야. 서둘러줘."

양자가 그에게서 돌아누운 채 말했다.

"······"

방바닥에는 기름 먹인 종이가 깔려 있었는데, 군데군데 삭은 구멍 위로 황토가 올라왔다. 민진홍은 멀뚱멀뚱 방바닥을 쳐다보며, 손바닥으로 흙을 쓸어 모았다.

김덕이 여사는 부엌에 쭈그리고 앉아 온 신경을 방문에 모았다. 민진홍을 수련원으로 부른 것은 그녀였다.

"오기 힘들겠지? ······좀 멀지, 여기까지 오기가."

김덕이 여사가 사위에게 전화를 걸고선 혼잣말처럼 중얼거렸다.

"……."

수화기 너머에서 대답 없이 긴 한숨이 이어졌다. 딱히 할 말이 없어 그녀도 아무 말 하지 않았다. 김덕이 여사는 여전히 사위가 어렵고 불편했다. 차라리 남이 더 편하게 느껴질 때가 많았다. 새로운 식구라는 것은 때론 남보다 더 어려운 위치와 관계를 만들어낸다는 것을 그녀는 늦은 나이에 알게 되었다. 양자가 폐암 말기 판정을 받았을 때도 그녀는 사위 눈치를 보느라 맘대로 울 수도 없었다. 상스럽다 사위 눈 밖에 날까 걱정되었다. 양자에게 말기암 진단이 내려졌을 때도 민진홍은 덤덤하기만 했다. 때문에 그녀도 필요 이상 침착한 표정을 지어야만 했다. 워낙 말수가 없는 데다, 무뚝뚝해서 그녀는 그가 항상 어려웠다.

민진홍이 수련원을 찾은 것은 그녀가 전화를 건 지 열흘 만이었다. 그녀는 매일 버스가 들어오는 마을 어귀를 서성였다. 그녀는 애타게 사위를 기다렸다. 그가 오면, 양자의 마음이 풀리겠거니 했다. 그런데 이번에는 뭔가 분위기가 심상치 않게 돌아갔다. 양자도, 사위도 예전과는 달리 덤덤하니, 냉랭했다. 화나 분노도 모두 사랑 위에 근거한다는 것을 그녀는 잘 알고 있었다. 둘은 서로에게 화를 내지 않았다. 김덕이 여사는 그것이 불안했다. 그녀가 바짝 방문에 귀를 갖다 댔다.

"애들은 어려서부터 혼자 잘 컸으니, 별문제 없을 거야. ……이제, 니 인생 찾아. 망설이지 말고."

"……."

민진홍은 여전히 방바닥 위로 올라온 황토가루를 손으로 쓸어 모았다.

아이들은 모두 필리핀에 있었다. 그녀는 아이들 교육에 극성이어서, 딸아이가 여덟 살, 사내애가 일곱 살이 되자마자 필리핀으로 조기유학을 보냈다. 기초적인 영어교육만 끝내면 미국으로 아이들을 옮기는 것이 양자의 오랜 바람 중 가장 간절한 것이었다.

"형편이 어렵더라도 애들 교육은 꼭 마쳐줘. 이혼조건은 그거 하나뿐이야."

"……"

민진홍은 침묵했다. 아무 말도 하지 않는 사위 때문에 여사는 답답했다. 어서 양자가 원하는 대로 달래고, 미안하다 사과하고, 용서를 빌라고 그녀는 속으로 애원했다.

꽤액. 꽤액. 보자기 안, 잠잠했던 오리들이 목 놓아 울기 시작했다. 김덕이 여사가 아침을 먹고 마을로 내려갔다가 사 온 놈들이었다. 오전 내내 그녀는 오리 두 마리와 함께 마을로 들어오는 버스를 기다렸다. 그녀는 마을 입구 느티나무 아래 하염없이 앉아 있었다.

오리들이 미친 듯이 울기 시작했다. 김덕이 여사가 화들짝 놀라서 옆에 있던 걸레를 집어 던졌다. 그녀가 보자기 안의 오리들을 노려보며 입을 주억거렸지만, 오리들이 알아들을 리 없었다. 꽤액, 꽤액, 꽤액 멈추지 않았다.

먼지를 일으키며 마을로 들어선 버스 뒤로, 중형급 검정 세단이 따라왔다. 민진홍이 그녀를 먼저 알아보았다.

"장모님, 여기서 뭐하세요?"

운전석 창문을 내리고 남자가 말했다. 그녀는 사위를 한참 동안 뻔히 쳐다보고서도 누구인지 쉽게 알아보지 못했다. 낯은 익은데, 누군지 언뜻 생각이 나지 않았다.

"장모님."

민진홍이 차에서 내려섰다. 그녀가 멍하니 그를 쳐다보았다. 사위가 버스를 타고 올 거란 생각을 왜 하고 있었는지, 당황스러웠다.

"아이고, 난 또 누구라고. 내 정신이 이렇게 왔다 갔다 해. 그치, 자네 차가 있지, 참. 먼 길 오느라 고생 많았네. 어여, 올라가. 난 뒤따라 금방 갈 테니……."

김덕이 여사는 사위의 손을 잡고서 호들갑을 떨었다. 눈을 제대로 마주치지도 못한 채 그녀는 살갑게 그를 맞으려고 노력했다.

"여기서도 한참인데, 차 타세요."

"아니야, 차에 저것들 냄새 배. 찬찬히 볼일 보고 올라갈 테니, 어여, 먼저 가서 양자, 봐. ……걔가 좀 무뚝뚝해도, 속은 안 그렇잖아. 잘 알지?"

"……그럼, 먼저 올라가 볼게요."

검정 세단이 먼지를 일으키며 그녀의 눈앞에서 사라져갔다. 꽤액, 꽤액 오리들이 목 놓아 울었다.

"안, 시끄러. 정신없게."

김덕이 여사가 쌀포대에 담긴 오리들에게 소리쳤다.

양자는 숨이 막히고 가슴 통증이 심해졌다. 가까스로 기침을 참고 있었지만, 연신 옅은 기침이 나왔다. 근래, 마음이 편치 못해서 몸이 계속 안 좋은 터였다. 그녀는 남편에게 자기의 얼굴을 보이고 싶지 않았다. 수술 대신 항암치료를 택했을 때도 마찬가지였다. 두 차례 걸친 항암치료를 받는 동안, 남편은 꼭 한 번 병원에 왔다. 그녀가 원치 않기 때문이었다. 상한 얼굴로 남편을 마주 볼 용기가 나지 않았다. 무엇보다 자존심이 상해서 그녀는 남편을 볼 수 없었다. 아픈 자신의 모습이 자기 같지 않고 낯설었다. 몸은 40킬로그램이 겨우 넘었고, 머리카락은 모두 빠져버렸다. 눈은 움푹 팼고, 약물 때문에 정신은 언제나 혼미했다.

남편을 사랑하는 것도, 사랑하지 않는 것도 아니었다. 몽롱한 정신은 언제나 그런 감정에 가 있었다. 그런 것만 고민스러웠다. 자기의 병과, 삶과 죽음을 생각하기 전, 그녀의 감정은 남편과, 아이들과, 어머니와의 관계에 먼저 가 닿고는 했다. 병이 깊어 생긴 육체적 고통보다도 그녀가 사랑하는 사람들이 그녀를 자유롭게 놓아주지 않았다. 남편과 10년을 넘게 살았지만, 그녀는 그를 잘 모르겠다는 생각이 들었다.

그녀가 바라는 바는 어쨌든 그에게는 여전히 여자로 남고 싶다는 것이었다. 서로 사랑했을 때의 온전한 모습으로 마주하고 싶었다. 무뚝뚝하고 말없는 사람이었지만, 그가 속이 깊고 성실하다는 것을 그녀는 알고 있었다. 그렇기 때문에 더욱 그를 용서할 수 없었다.

엄마와 남편이 필리핀에서 아이들을 불러들이려 했을 때, 그녀는 완강히 거부했다. 온다고 해도 아이들을 보지 않을 작정이었다. 아이들은 죽음을 이해하기에 아직 어린 나이이기도 했지만, 무엇보다 자신의 모습을 아이들에게 보이고 싶지 않았다. 아이들을 보고 싶은 마음보다 그녀의 자존심이 더 중요했다. 아이들이 보고 싶었지만, 마지막이 될지도 모를 자신의 모습을 그렇게 아이들에게 남기고 싶지 않았다. 그녀는 간절하게 살기를 원했지만, 한편으론 조용히 죽고 싶었다.

"그럼, 병원 약은 전혀 안 먹는 거야?"

한참 만에 남편이 입을 뗐다. 그의 시선은 여전히 방바닥에 향해 있었다. 10년 넘게 함께 살았고, 고작 1년여를 떨어져 살았을 뿐인데, 둘의 관계는 처음 보는 사람들처럼 서먹했다.

"……"

양자는 아무 말 하지 않았다. 잦은 기침 때문에 말을 제대로 할 수가 없었다. 더군다나 터져 나오는 기침을 가까스로 참고 있었고, 등 쪽에서 밀려드는 엄청난 통증 때문에 그녀는 이미 제정신이 아니었다.

남편에게 여자가 있다는 것을 안 것은 암 선고를 받기 바로 전이었다.

양자는 남편과 대학원에서 만났다. 연애를 시작한 것은 양자가 박사과정에 입학하고부터였다. 남편도 박사과정을 밟고 있었고, 시간강사를 하고 있을 때였다. 결혼을 하면서 양자는 학교를 그만두었다. 두 사람 모두 같은 학교 출신에 전공도 같았고, 서로 경쟁할 수밖에 없었으므로 한 사람은 포기해야만 했다. 무엇보다 모두 박사과정을 밟기에는 형편이 넉넉지 않았다. 양자는 언제 생길지도 모를 남편의 임용을 위해 헌신했다. 생활비는 주로 양자가 과외를 해서 충당했다. 남편이 전임 자리를 얻을 수 있다면 이쯤의 고생은 아무것도 아니라고 생각했다. 그녀는 악착같이 일과 살림을 도맡았다. 아이들을 유학시킬 형편이 되지는 않았지만, 그녀는 자신이 있었고, 부족함 없이 뒷바라지를 했다. 결혼하고 10년 만에 남편은 한 지방대학 전임 자리를 얻었다. 흔한 전공이어서 그마저도 기적에 가까운 일이었다. 자신의 노력이 모든 것을 가능케 했다는 생각에 양자는 남편 본인보다 더 뿌듯하고 좋았다.

남편의 어린 애인으로부터 한 통의 편지를 받은 것은 작년 이맘때, 화창한 봄이 시작되던 때였다. 전화도 메일도 아니고 편지라니, 그녀는 이상한 기분이 들었다. 거리마다 목련과 벚꽃이 흐드러져 있었다. 새로운 봄 학기가 막 시작된 후였다. 남편은 학교 옆에 오피스텔을 얻어 살기 시작했고, 두 사람은 주말부부가 되었다. 예전보다 생활은 넉넉해졌고, 남편과는 주말에만 같이 지냈다. 아이들은 필리핀에 있으니 양자의 시간도 여유로웠다. 양자는 일을 더욱 늘렸다. 봄이 지나고 여름방학이 되면 본격적으로 학원을 열 생각이었다.

편지를 보낸 여자아이는 남편이 강의했던 경기도의 한 전문대학교 학생이었다. 그 애는 남편하고는 스물세 살 차이가 났고, 양자보다 스무 살이 어렸다. 편지를 읽으며 그녀는 피식 웃음이 나왔다.

"꼴에 할 건 다 하고 다녔네."

덤덤히 편지를 읽으며 중얼거렸다. 물론 화가 났지만, 질투심에 몸을 떨 정도는 아니었다. 무엇보다 남편이 우스웠다. 얼굴 모르는 당돌

한 여자아이도 딱하고 안쓰러웠다.

편지에는 그 애가 남편을 걱정하는 마음이 가득했다. 남편이 양자와의 잠자리에 대한 불만을 얘기한 모양이었다. 화가 나기보다 창피한 생각이 들었다. 남편의 미래에 양자가 얼마나 방해되는지에 대해, 남편의 말을 인용해서 조목조목 적어놓았다. 둘 사이에 무슨 일이 있었고, 어떤 감정들이 오갔는지는 그녀에게 별로 중요한 일이 아니었다. 무엇보다 그녀는 편지를 읽으며 자신에게 화가 나서 참을 수 없었는데, 그 와중에도 남편을 걱정하고 있는 자신을 발견했기 때문이었다. 혹시나 이 일이 알려져서 막 임용된 남편의 신상에 불이익이 갈까 걱정이 들었던 것이다.

그 애가 집으로 찾아온 것은 편지가 오고 한 달쯤 지난 후였다. 인터폰 화면에 뜬 여자아이는 자신이 편지를 보냈던 사람이라고 소개했다. 갑작스러운 일이었지만, 그녀는 당황하지 않았다. 하지만 막상 양자는 그녀를 마주하고선 무척 놀랐다. 생각하고 상상했었던 것보다도 훨씬 더 어려 보였기 때문이었다. 그녀의 눈에는 아직 어린아이처럼 느껴졌다.

"그런데, 몇 살이니? 너는."

문을 열어주고서는 자신도 모르게 입에서 반말이 튀어나왔다. 실수한 것 같아서 얼른 입을 손으로 가렸다.

"……스물둘이요. ……들어가도 돼요?"

양자가 옆으로 비켜섰다. 현관문을 닫고 여자애가 아무렇게 벗어놓은 구두를 가지런히 정리했다.

"이름이 뭐였더라?"

여자아이는 서서 찬찬히 집 안을 둘러보았고, 양자는 뒤에 서서 팔짱을 낀 채 물었다. 여자아이는 그 또래들이 즐겨 입는 차림새였다. 검정 레깅스에 짧은 미니스커트를 입었고, 큼지막한 명품가방을 들고 있었다.

"공민정입니다."

그녀가 살짝 돌아보며 고개를 숙였다.

"아, 그랬지. 이렇게 보게 될 줄 몰랐네. ……차, 줄까?"

양자가 침착하게 말하곤 부엌으로 갔다. 여자애는 여전히 거실 입구에 우두커니 서 있었다.

"아무 데나 앉아. 집에 책밖에 없어. 그 사람도 나도 하는 일이 비슷해서……."

거실은 보통의 다른 집과는 사뭇 달랐다. 소파도 없었고, 텔레비전 같은 것도 없었다. 양쪽 벽에는 책장이 가득 들어차 있었고, 빽빽하게 책이 꽂혀 있었다. 가운데에는 카페에서나 볼 수 있는 넓은 탁자가 놓여 있었다.

"거의 내 책이야. 남편 책들은 연구실로 가져갔거든."

"꼭 북카페 같아요. 가정집 같지 않고……."

여자아이는 책이 주는 위압감에 조금 눌린 듯 보였다.

"……남편하고는 거의 모든 것을 공유했지만, 책은 그러질 못했네. 그건 잘 안 되더라. 우린 엄격하게 자기의 책을 나누어 가졌어. 반말해도 괜찮지?"

그녀는 최대한 친절하게 대하려고 노력했다.

"……네."

여자아이는 들릴 듯 말 듯 아주 작은 소리로 대답했다.

방 안에서 긴 침묵이 이어지자 김덕이 여사가 참지 못하고 방문을 두드렸다. 엉거주춤 민진홍이 일어났다. 양자는 여전히 벽 쪽을 보고 누워 옅은 기침을 뱉어냈다.

"민 서방, 오리 먹지? 시간이 좀 걸려도 기다려. 내가 바로 잡아서 고아줄 테니."

"아니에요, 장모님. 곧 일어나 볼게요."

"무슨 소리야, 그게. 그러지 말고, 먹고 가. 오랜만에 왔는데. 양자하고 찬찬히 얘기도 나누고……."

"엄마……."

양자가 말을 막더니 기침을 토해내기 시작했다. 일어나 앉아 참았던 기침을 숨이 넘어가도록 뱉어냈다. 어느새 양자의 입가가 핏빛으로 변해 있었다.

캠퍼스에 봄비가 추적추적 쌓이고 있었다. 근래 화창했던 날씨가 가라앉더니 차가운 바람이 갑자기 찾아들었다. 사람들은 느닷없는 한파에 겨울옷을 다시 꺼내 입어야만 했다.

백용현은 잔뜩 어깨를 움츠렸다. 막 피었던 꽃잎이 찬 바람에 우수수 떨어져 내렸다. 그가 연구실로 향하던 걸음을 멈추었다. 캠퍼스 작은 연못에 떠 있는 벚꽃을 우두커니 바라보았다. 비가 타닥타닥 우산을 때렸다. 연못 주위를 둘러싸고 있던 벚나무는 앙상한 가지만 남아 스산한 풍경을 자아냈다. 가을의 문턱에 서 있는 것 같았다. 마른 가지 위에 막 푸른 움이 점처럼 묻어났다. 작은 연못 위에 떠 있는 하얀 벚꽃 잎이 눈처럼 차가워 보였다.

"……뭔가? 자네, 나랑 장난치자는 건가?"

활짝 열려 있는 연구실 문을 들어서며 백 교수가 말했다. 공민지가 일어서서 젖은 우산을 받아 들며 꾸벅 인사를 했다.

"날씨가 많이 춥죠, 선생님. 따뜻한 차 드릴까요?"

백 교수는 눈을 끔벅이며 미소 짓고 있는 그녀를 바라보았다. 짐짓 기분이 상한 표정을 지어 보이려 애를 썼지만, 마음 한구석에서 묻어나는 안도감으로 그의 표정은 어정쩡했다. 그러면서도 그의 시선은 힐끗 공민지를 훑어 내렸다.

공민지가 학교에 다시 나타난 것은 송어횟집에서 사라진 후 열흘 만이었다. 그녀는 그동안 아무런 연락도 없었다. 수업에도 들어오지 않고, 수소문을 해보아도 소식을 아는 학생들도 없었다. 백 교수는 조교로 일하는 그녀에 대해 안부를 대놓고 묻는 것이 이상해서, 모른 척할 수밖에 없었다. 오히려 학생들이 공민지에 대해 물을 때면 아는 체하며 대충 둘러댔다. 그는 뭔가 잘못한 것 같은 느낌을 들게 하는 그녀에게 화가 나서 견딜 수가 없었다. 때마다 정호석에게 전화를 해서 분을 풀었다. 정호석도 공민지가 갑자기 사라져 학교에 나오지 않는 것이 자기 탓인 양 전전긍긍했다. 백용현은 매일 정호석에게 전화를 걸어 하루빨리 그녀를 찾아오라고 다그쳤지만, 정호석도 뾰족한 수가 없었다.

"도대체 어떻게 된 건가? 연락도 없이……."

"죄송해요, 선생님. 그렇게 됐어요."

공민지가 차를 내려놓으며 생긋 웃음 지었다.

"그렇게 되다니? 그게 지금 무슨 말인가?"

그의 손이 부들부들 떨렸다. 무엇보다 그녀의 표정에서 읽을 수 있는 여유로움이 자신을 빈정대는 것처럼 느껴졌다. 잘못했다고 빌어도 분이 풀릴까 의문이었는데, 그녀는 정반대로 자기를 농락하고 있는 것 같았다. 뒤돌아 자기 자리로 돌아가는 그녀의 뒷모습을 그는 화를 억누르며 바라보았다. 그의 시선이 흔들렸다. 살면서 그는 자신의 권위를 적절하게 사용할 줄 알았고, 누릴 줄 아는 사람이었다. 좁은 연구실 안, 평생 간직해온 무엇이 무너지는 느낌이 들었다. 그는 쓸쓸하게 입맛을 다셨다. 웬일인지 그녀에게 화를 낼 수도 없었고, 예전 같은 권위를 부릴 수도 없었다. 기분이 상하고 화가 났지만 그녀의 건강한 몸을 보자, 일순 감정이 무너졌다.

"자네, 지금 나를 놀리는 건가?"

그가 침착하게 말을 뱉었다. 창밖에 내려앉은 습기가 좁은 방 안에 눅눅하게 퍼졌다.

"선생님, 무슨 말씀이세요. 제가 선생님을 놀리다니요."

그녀는 여전히 미소를 잃지 않고 말했다. 젊은 여자의 이러한 반응은 그가 처음 맞아보는 것이었다. 그는 그것이 당황스러워서 말과 행동이 자연스럽지 못했다.

"그렇지 않은가 말이야. 무슨 설명이 있어야 하지 않나?"

그가 갑자기 버럭 소리를 질렀음에도 그녀는 침착했다.

"누가 듣겠어요, 선생님. 소리 낮추세요. 말없이 그간 학교에 나오지 못해서 죄송합니다. 사정이 좀 있었어요. 그날, 그렇게…… 죄송해요, 선생님."

"……그게 다인가?"

그의 목소리에 서리가 서린 것처럼 차가웠다. 공민지를 건너다보는 그의 시선이 자꾸 흔들렸다. 자신이 의도한 대로 분위기나 과정이 흘러가지 못하는 데 화가 치밀었다.

공민지는 송어횟집으로 자리를 옮기고 난 후 바람을 쐬러 밖으로 나왔다. 강을 사이에 두고 두 도로가 마주보며 흘러갔다. 춘천과 서울로 향하는 구도로와 신도로가 강을 사이에 두고 뻗어 있었다. 그녀는 그곳이 익숙한 풍경이라는 것을 한참 만에 알았다. 잊고 지냈던 한 남자가 떠올랐다. 어렸을 적에는 미처 몰랐던 그의 친절함이 문득 그리워졌다. 힘차게 자전거 페달을 구르던 그의 발과, 단단한 허리를 감싸던 기억이 강을 따라 흘렀다. 찬란하게 부서져 내리는 햇빛 속 추억이 그녀의 몸을 감쌌다. 그녀는 한동안 눈을 감고 가만히 서 있었다. 끊었던 담배가, 간혹 피웠던 담배가 갑자기 간절해졌다. 그녀는 무작정 강을 따라 걷기 시작했다. 가까운 휴게소가 눈에 띄었지만 그녀는 강가에 나 있는 소로를 따라 아래로 내려갔다.

포장도로가 끊기고 흙길이 나타나서야 그녀는 자신이 횟집 슬리퍼를 신고 나온 것을 알았다. 걸음을 멈춰 서서 자기의 발을 내려다보았다. 오랜만에 느껴보는 발의 편안함, 뭔가 낯선 느낌이 들었다.

띄엄띄엄 음식점과 집들이 강을 따라 늘어서 있었다. 얼마나 걸었을까, 음식점들이 몰려 있는 작은 마을이 나타났다. 강가에 늘어서 있는 건물들이 풍경과 이질적으로 보였다. 잔잔히 흐르는 강물이 볼품없이 늘어선 건물에게 눈을 흘기며 멀어져 갔다. 그녀는 낚시용품을 파는 가게에 들어가 담배 한 갑을 샀다. 가게 주인으로 보이는 중년의 사내가 그녀를 아래위로 훑어보았다.

"라이터도 주세요."

"……그냥, 이거 가져요."

남자가 라이터를 내밀었다. 라이터에는 낚시용품점 전화번호가 찍혀 있었다. 그녀가 눈인사를 했지만, 그는 대수롭지 않다는 듯 시선을 피했다.

공민지는 강가에 쭈그려 앉아 담배를 한 대 피웠다. 오랜만에 피우는 담배 연기에 목이 턱 막히는 것 같았다. 다시 횟집으로 돌아갈 생각을 하자 막막해졌다. 송어횟집에서 나와 그녀는 생각했다, 어른이 되어가는 과정이라고. 내내 걸으며 별일 아니라고 다짐하고 마음을 다그쳤지만 찜찜한 기분이 가시진 않았다. 그날 하루에 있었던 일이 아주 까마득하게 먼 일처럼 느껴졌다. 온 길을 다시 걸어서 돌아가자니 거리가 만만치 않게 느껴졌다. 그녀는 아주 오랫동안 흐르는 강물을 멍하니 바라보았다. 연신 담배를 피웠다.

"저, 아저씨. 여기서 택시 부르려면 좀 걸리겠죠?"

그녀는 낚시용품점으로 가서 도움을 청했다. 남자가 그녀를 아래위로 쳐다보았다.

"택시요? 여긴 그런 거 없어요. 어디를 가려고 그러시는데?"

"저쪽으로……."

그녀가 걸어온 길 쪽을 가리켰다.

"저쪽, 어디요?"

"저쪽, 횟집이요."

머리가 멍해진 것은 낚시용품점에 다시 들어가고부터였다. 아무런 대책도 생각도 없이 그냥 걸어왔다는 것을 그때서야 그녀는 알 수 있었다.

"허, 참. 횟집이 어디 한둘이요? 정확히 어딘지를 알아야죠."

"장어집 근처, 무슨 횟집인데……."

뉘엿뉘엿 해가 지고 있었다. 그녀는 지금껏 시간이 얼마나 지난 것인지 가늠조차 할 수 없었다. 가게 안에 걸려 있는 시계를 보고서야 그녀는 꽤 오랜 시간이 지났다는 것을 알았다.

"상호 몰라요? 부르면 데리러 올 텐데."

"그게……."

"슬리퍼를 신고 나왔으면 근처일 거 아니요."

"한 시간쯤 걸어왔어요. ……아니, 더 걸렸을 수도 있고요."

"담배 사러 한 시간을 걸어왔다, 그 말이요? 그 아가씨 참, 이상한 아가씨네."

남자의 말대로 많은 가게가 있을 것이고, 그럼에도 그중에서 횟집을 찾아내는 것이 어렵지 않을 테지만, 그녀는 솔직히 자신이 없었다. 횟집 상호도, 위치도, 특징도 아무것도 기억이 나질 않았다. 횟집

마당에서 바라보았던 강 건너의 풍경이 어렴풋하게 떠올랐다.

"강 건너 갈대숲이 있었어요."

"참나, 아가씨, 강가엔 원래 갈대가 있는 법이요."

남자가 어이없다는 듯이 눈을 흘겼다.

"강가에 있다면 도로에서 잘 보이지도 않을 텐데, 큰일이요."

서울 쪽으로 가는 도로는 강에서 꽤 떨어져 있었다. 남자의 말대로 강가에 바짝 붙어 있는 가게들은 잘 보이지 않았다.

"일행이 있을 거 아니요? 전화해서 물어봐요."

물론 생각지 못한 것이 아니었으나, 그녀는 그렇게 하고 싶지 않았다. 그보다 배터리가 방전되어 그녀의 휴대폰 전원은 이미 꺼진 지 오래였다. 그녀는 아무 말을 하지 않았다.

"그럼, 일단 강을 거슬러 가봅시다. 내게 보트가 있으니."

"……고맙습니다. 아저씨."

"나, 아저씨 아니요. 그렇게 부르면 안 태워줄 거요."

남자가 정색을 하고 말하는 통에 그녀는 농담을 하는 것인지, 아닌지 잘 알 수 없었다.

"해가 지기 전에 돌아와야 하니 서두릅시다."

쥬비두비 쥬비두비 빰빠라. 남자가 모터에 시동을 걸며 흥얼거렸다. 둘이 탄 보트가 해가 지는 쪽을 향해 천천히 움직이며 물살을 가르기 시작했다.

4. 도라지꽃

　민진홍은 한 시간쯤 있다가 일어섰다. 황급히 돌아서는 그를 김덕
이 여사는 잡을 수 없었다.

　"다음에 또 올게요, 장모님. 아이들 여름방학 때 불러들이려 하는
데, 저 사람, 설득 좀 해주세요."

　"아니, 그거야 당연한 일이고…… 그나저나 밥을 먹여 보내야 하는
데…… 난 자고 갈 줄 알았지, 뭐야. 저, 오리들 푹 고아서……."

　"해 지기 전에 올라가려구요."

　그가 흰 봉투 하나를 내밀자, 그녀가 손사래를 치며 뒤로 물러섰
다. 그가 빠르게 손에 봉투를 쥐어주었다.

　"아니, 돈 있어. 자네가 고생인데……."

"저 사람만 신경 쓰지 마시고, 장모님 건강도 잘 챙기세요."

"아이고, 손님이 오셨네."

앞집 남자가 어슬렁어슬렁 다가와서 아는 체를 했다. 민진홍이 의아한 듯 그를 쳐다보았다.

"3호 간암인데, 내 입 봐. ……미안해라, 아저씨 이름이 뭐였더라?"

"앞집 사는 한승훈입니다."

황토 3호 남자가 민진홍에게 인사를 하며 김덕이 여사를 슬쩍 쳐다보았다.

"……양자 남편."

그녀가 거의 입을 움직이지 않고 작은 소리로 말했다.

"양자 씨에게 남편이 있었어요? 허, 참. ……나는 몰랐네."

민진홍이 민망한 듯 고개를 숙여 인사를 하더니 돌아섰다. 바쁘게 걸음을 옮기는 뒷모습을 그녀가 애처롭게 바라보았다. 그는 내려가면서 한 번도 돌아보지 않았다. 멀어져 가는 그가 보이지 않을 때까지 그녀는 손을 흔들었다. 어쩐지 횅한 찬 바람이 그의 등에서 불어오는 것 같았다.

"저기, 또 그 약초 따러 가요?……효과 있으면 우리도 좀 알려줘요."

황토 3호 남자가 못 들은 척 뒷짐을 지고 산 쪽으로 천천히 사라졌다.

양자가 각혈을 한 통에 방은 아수라장이었다. 민진홍은 아내가 기침을 하며 피를 쏟는 모습을 보자, 놀란 기색이 역력했다. 마치 무슨 전염병 걸린 사람을 본 것처럼 재빠르게 일어나서 방을 나가버렸다. 방바닥 기름 먹인 종이 위로, 황토벽으로 피가 튀었다. 종종 심해지다가 그치곤 했었던 일이라 본인도, 그녀도 대수롭지 않게 여겼다. 하필 사위가 있을 때 이런 일이 생겼는지, 새삼 양자의 병이 야속하기만 했다. 김덕이 여사가 물수건을 건네고선, 양자가 기침을 멈출 때까지 가만히 기다렸다.

양자는 이상하게도 몸이 아픈 것이 남편에게 창피했다. 그녀는 민진홍이 작별인사를 하러 다시 들어왔을 때에도 벽을 보고 누워 일어나지 않았다. 그녀는 속으로 생각했다. 이 정도의 편안함도 그로부터 가지지 못한다면 어쩌면, 처음부터 그를 사랑하지 않았을 수도 있겠다, 그렇게 생각하니 불편했던 마음이 조금 사그라졌다. 어찌해 보려고 안절부절못하는 엄마가 안쓰럽기만 했다.

"그게 지금 말이 된다고 생각해?"

그답지 않게 침착하지 못한 것에 양자는 더욱 화가 났다. 그 어린 여자아이가 집에 왔다간 뒤로도 근 한 달이 지나도록 양자는 남편에게 아무것도 묻지 않았다. 반면 궁지에 몰린 쥐마냥 민진홍은 전전긍긍했다. 무슨 얘기를 들은 것인지, 남편은 전에 없던 눈치를 보며 과도한 친절과 세심함을 들이밀었다. 남편의 그런 행동을 거부하는 것은 자기 자신이 더욱 초라해지는 것 같아 참을 수 없었다. 그녀는 과하지도 모자라지도 않게, 평소와 같이 남편을 대했다. 이해할 수 없는 일은 남편이 예전과 똑같이 자기의 자존심을 고집하는 것이었다. 그는 아무런 사과도 하지 않았고, 상황을 설명하지도 않았으며, 때때로 오히려 양자를 몰아세우곤 했다.

"그 애, 정신이 좀 이상한 애라니까. 정상 아니야. 학교에서도 돌아 이로 유명한 애야."

양자는 남편이 하는 말을 들으면서, 그가 원래 이런 사람이었던가 반문했다.

"치사한 자식! 적어도 그러진 말아라. 그러면 안 되지."

"내가 뭘 어쨌다고 그래. 그 애가 나 좋다고 따라다니는 것뿐이야. ……실은 괴로웠다구. 어디 상의할 사람도 없고."

민진홍이 정말 난감한 표정을 지어 보였다. 양자는 가만히 차를 마셨다. 그녀는 적어도 그 애가 거짓말을 하고 있다고 생각하지는 않았다. 오히려 남편의 과도한 행동과 얘기가 신경에 거슬렸다.

"그 애 이름이 뭐라고 했지?"

그녀가 조용히 찻잔을 들며 물었다. 민진홍은 막 캔맥주 하나를 따서 마시던 참이었다.

"공민지던가? 아니, 공민영인가?"

민진홍이 무심하게 말하더니 맥주를 들이켰다.

"속도 타시겠지. 공민지도, 공민영도, 정신병자도 아니잖아. 그 애 이름은 공민정이지. ……민진홍, 너 그럼 못쓴다. 나, 너에게 사과를 받고 싶지도 않고, 뭔가 억울한 마음도 없어. 근데, 있잖냐. 넌 좀 치사한 자식 같아. 그게 씁쓸해 죽겠단 말이지. 못난 자식, ……솔직히 너한테는 그 애가 아까워. 차라리 진심이었다고, 사랑했다고, 실수한 게 아니라고 말했다면, 기분이 썩 나쁘진 않았을 거야. ……근데, 너 는 좀, 그래. 어쩌다 그렇게 된 거니? 교수 돼서 그런 거니?"

"……도대체 무슨 말을 하는 거야? 너, 나 못 믿어? 그 애, 정말 이 상한 애라니까."

"너, ……참, 못났다. 난 그런 줄도 모르고 어떻게 너랑 10년 넘게 살았다니. 나도 참, 이다."

그녀가 길게 한숨을 쉬며 찻잔을 내려놓았다.

"이제 올라올 필요 없어. 거기서 지내. 적절한 때 이혼하면 되는 거 고. ……넌 직업이 있으니, 집은 나 줘. 애들은 어차피 외국에 있으니 까, 돈이나 내놓으면 되는 거고, ……됐지?"

"아이, 참. 그런 게 아니라니까."

그가 성난 사람처럼 벌떡 일어나더니 고함을 질렀다. 양자가 물끄 러미 그를 바라보았다. 그는 씩씩거리며 숨을 몰아쉬었다.

"너, 그거 아니? 이제껏 살면서 오늘이 말, 제일 많은 거?"

그가 무슨 말인가 하려다가 입을 다물었다.

"용서는 그 애에게 빌어야 되는 거야. 아니?"

하늘수련원 원장은 구상했던 새로운 사업을 준비 중이었다. 그러 니까 생식을 만들어 파는 것이었는데, 모든 것을 유기농 재료로만 만들어서 서울에 팔 작정이었다. 미숫가루 같은 것을 만들어 시험 삼아 돌려보니 꽤 반응이 좋아서 용기를 얻게 되었다. 모든 것은 김 씨가 도맡아 진행했다. 유통라인을 만든다는 핑계로 그는 출장이 잦 았다. 가까운 대도시에서 서울까지 바쁘게 움직였다.

"누귀는 뙤약볕에서 콩이나 까고 앉았구, 둥글소 똥이나 치고 앉았

는데, 뉘기는 팔도유람, 귀경하는 게 일이니, 강생이 똥 취급하는 것
도 아이고."

최영래가 작심한 듯 말을 뱉었다. 김 씨를 두고 하는 말이었다.

요즘 김 씨는 바빠서 식구들과 둘러앉아 밥을 먹지 않았다. 며칠
에 한 번, 잠깐 들러 원장에게 돈을 받아 다시 출장을 나갔다. 김 씨
가 원장을 지난밤 만나지 못한 것인지, 모처럼 아침상에 앉아 밥은
먹지 않고, 내동 서울 얘기며, 출장 다니며 힘든 얘기들을 새벽부터
늘어놓는 중이었다. 농장 일손이 하나 빠진 셈이니, 최영래가 그 몫
까지 가져가게 된 것은 당연한 일이었다. 최영래는 하루 일이 끝나지
않아서 저녁을 먹고도 축사나 밭으로 나가 일을 해야만 했으니, 불
만이 쌓일 대로 쌓여 있었다.

"그럼, 똑똑한 빨갱이 동무가 나가서 하지비요?"

김 씨가 비아냥거리며 노골적으로 시비를 걸었다. 최영래가 덤벼들
듯이 벌떡 일어섰다. 의자가 바닥으로 넘어졌다.

"와, 덤비시기요?"

김 씨가 천천히 자리에서 일어섰다. 최영래가 주먹을 꽉 쥐었지만
달려들지 않았다. 몸을 부들부들 떨었지만 그는 꾹 참았다.

"아침부터 뭣들 하는 짓이야?"

원장이 식당에 들어서며 고함을 질렀다.

"아이, 깜짝이야."

꽤나 큰 식당 안에 그녀의 목소리가 쩌렁쩌렁 울렸다. 갑자기 나타
난 그녀 때문에 둘의 싸움은 진전 없이 끝이 났다. 최영래가 자리를

피하는 걸로 이번 싸움도 마무리가 되었다.

"김 씨, 정말 이럴 거야?"

"내가 뭘 어쨌다고 그러는데요? 저놈 자식이 말끝마다 시비를 얹어놓는다니깐."

김 씨가 눈을 부라리며 말했다. 다른 사람들은 먹던 밥을 마저 먹었다.

"나이도 많은 사람한테 저놈 자식이 뭐야."

"나이가 많긴 뭐, 얼마나 많다고 그래요. 기껏해야 여섯 살인데. 여섯 살이면 사회에선 야자 해요."

"최 처사님이랑 김 씨 아저씨, 여덟 살 차이 나요."

미숙이 국에 밥을 말며 말했다.

"넌, 밥이나 처먹어, 인마."

김 씨가 밥을 먹는 미숙이 머리를 툭 쳤다. 미숙이는 잠깐 눈을 흘기더니 눈길을 돌렸다.

"그런데, 우리 엄니는 어디 갔어?"

"할머니, 안 내려오셨는데요."

"뭐야? 아니, 그럼 노친네가 새벽부터 어딜 간 거야?"

식구들이 밥을 먹다 말고 하나둘, 원장의 구순 넘은 어머니를 찾아 밖으로 나갔다.

"끼니를 거르는 양반이 아닌데……."

"어디 가서 또 동냥짓 하나 보죠."

"뭐가 어째?"

원장이 눈을 부라리며 김 씨를 노려보았다. 그때서야 그는 자기가 실수한 것을 알고 슬그머니 엉덩이를 빼며 밖으로 나갔다.

보트가 강 위를 부드럽게 미끄러져 떠내려갔다. 얼마간 전속력을 다해 질주한 보트는 시동을 끄자 물살을 타며 천천히 흘러내려 갔다. 공민지는 송어횟집을 찾을 수가 없었다. 무엇보다 사위는 어둑어둑해졌고 이미 영업을 마친 듯, 간판불이 들어와 있는 곳도 몇 곳 되지 않았다.

"이렇게 멀리 왔을 리가 없는데, 잘 떠올려보쇼."

벌써 강을 오르락내리락한 게 세 번째였다. 아까와는 달리 돌아가고 싶은 마음이 간절해졌지만, 아무것도 생각나지가 않았다. 그것보다 해가 지고 어둑해진 강 한가운데 떠 있다는 사실에 공포가 밀려왔다. 그녀는 오한이 들어서 몸을 움츠렸다. 믿고 따라왔던 낚시용품 남자도 갑자기 무섭게 느껴졌다.

"여기는 주로 주말장사를 해서, 평일엔 일찍 문을 닫는다니까."

"혹시, 여기에 맞는 충전기 있을까요?

그제야, 공민지가 자신의 휴대폰을 내밀었다. 그녀의 목소리가 가늘게 떨렸다.

"거, 다르게 구멍이 조그만 하네."

라이터를 켜서 핸드폰을 비춰 보며 말했다. 불꽃에 흔들리는 남자의 표정을 그녀는 놓치지 않고 바라보았다.

"그러니까, 새것이 다 좋은 게 아니라니깐. 돌아가서 한번 알아봅시다. ……그건 그렇고. 뱃삯 말이요. 반나절 비는 쳐줘야 하는데, ……
어떻게, 되겠소?"

"……네? 뱃삯이요?"

그녀가 깜짝 놀라면서 휘청하는 통에 하마터면 물에 빠질 뻔했다.

"이게, 낚싯배 아니요. 하루 30인데, 15는 받아야 하는데, 두 시간
쯤 걸렸으니깐, 10만 내쇼."

배가 하염없이 어딘가로 떠내려가는 것 같았다. 그녀의 마음이 잔
잔하던 강의 물살에 철렁, 아주 멀리 늘어선 가로등 불빛이 강물에
비쳐 출렁출렁 흔들렸다. 완전히 어두워져 짙은 그림자 같은 남자의
모습을 그녀는 아무 말 못하고 바라보았다.

그녀가 쥐고 있던 지갑을 펼쳐 돈을 확인했다. 머릿속에서는 복잡
한 상상이 원치 않게 떠올랐다. 돈을 세는 그녀의 손이 벌벌 떨렸다.
예정에 없던 갑작스러운 나들이로 그녀의 지갑엔 돈이 거의 없었다.
다시 모든 게 원망스러웠다.

"아저씨, 가게로 돌아가서 드려도 되지요?"

그녀가 침착하게 말했다. 그의 표정을 읽을 수 없어서 불안했다.
배 위에서 무슨 일이야 있겠냐 싶었지만, 언젠가 전남 보성에서 일어
났던 대학생 실종사건이 생각나서 그녀는 떨리는 몸을 주체할 수 없
었다. 한참, 침묵이 이어졌다.

"아저씨 아니라니까. 그것 빼곤 아, 그럼 되지, 안 돼요?"

그나마 안도가 되는 순간이었다. 그녀는 불안한 마음을 들키지 않
고자, 보이지도 않을 텐데 억지로 미소를 지어 보였다.

"그럼, 돌아갑니다. 쥬비두비 쥬비두비 뺌빠라."

남자가 흥얼거리며 보트에 시동을 걸었다. 고요한 정적을 깨고, 잔잔한 물살에 큰 파동을 일으키며 보트가 전속력을 내기 시작했다. 바람을 맞으며 정말, 하루가 길게 느껴졌다. 무엇보다 아직도 집으로 돌아가지 못했고, 집으로 돌아가려면 아직도 더 시간이 걸릴 것이라고 생각하니, 막막해졌다. 무엇보다 당장 남자에게 건넬 돈을 어떻게 구할 것인지 그녀는 골똘했다.

"선생님, 제가 점심 사고 싶은데, 그래도 될까요?"

백 교수가 공민지를 뻔히 쳐다보았다. 못 본 열흘 사이에 그녀는 뭔가 많이 달라진 느낌을 주었다. 그녀가 예전보다 살갑게 구는 것이 영 편하게만 느껴지지는 않았다.

"자네, 무슨 일 있었나?"

"아니, 별 뜻은 없구요. 선생님께 죄송하기도 하고, 그래서요."

"……."

백용현은 지난 일이 떠올라 무슨 의미가 있지는 않을까 의심이 들었다. 그렇지만 선뜻 그녀의 말을 거부하기도 그랬다. 단지 점심을 같이하는 것뿐이겠지만, 그는 벌써 다른 생각을 하고 있었다.

"정호석 선생도 부를까요?"

"목적은 게 있는 게로군. 그러지 말고, 날 빼고 둘이 하지 그러나."

그가 싸늘한 표정을 지으며 고개를 돌렸다. 펼친 책에 눈을 박았다. 쌀쌀한 기운이 순식간에 연구실에 퍼지며 그녀는 머쓱해졌다.

"아니에요, 선생님. 그런 게 아니라. 혹시 선생님께서 불편하실까봐,

그런 건데. ……마음 상하셨다면, 죄송합니다."

"바로 수업이 있으니, 저녁이나 하지."

그가 책에서 눈을 떼지 않은 채 무심한 척 말했다. 창밖, 내리는 빗방울이 굵어지기 시작했다. 타닥타닥 창을 때렸다. 자리로 돌아가는 공민지의 뒷모습을 그가 힐끔 쳐다보았다. 그녀의 뒷모습은 어딘지 모르게 기품 있어 보였다. 키나 몸은 크지 않았으나, 가는 허리에서 엉덩이로 떨어지는 굴곡이 아름다웠다. 그가 돋보기 위로 그녀의 몸을 건너보았다. 자리로 돌아가던 공민지가 순식간에 다시 방향을 바꿔 돌아섰을 때, 그는 뭔가에 댄 듯 화들짝 놀라 허둥댔다. 시선을 한곳에 두지 못하고 멀뚱멀뚱 두리번거렸다.

"선생님, 드릴 말씀이 또 있는데요."

"으음, 뭔가?"

헛기침이 먼저 튀어나왔다. 그가 돋보기를 벗으며 짐짓 딴청을 부렸다.

"혹시, 그날, 제 신발은 어떻게 된지 아시나 해서요."

"신발? ……무슨 구두 말인가?"

그는 시치미 떼며 반문했다. 아무렇지 않은 표정을 지으려 애썼지만, 그의 눈가가 가늘게 떨렸다.

"네, 구두요. 그날, 횟집에 두고 와서 혹시……."

그녀가 밝게 웃으며 말끝을 흐렸다. 그는 그녀의 자줏빛 구두가 떠올랐다. 그는 그것을 서재 책장, 보들레르의 시집 옆에 진열해놓았다. 에로틱한 그 빛깔이 그는 마음에 들었다.

"나보고 자네, 구두를 챙겨 왔냐고 묻고 있는 게지? 으흠."

"아니에요. 혹시 해서 여쭈어본 거니 신경 쓰지 마세요, 선생님."

그는 기분 나쁜 듯 고개를 돌렸지만, 선명하게 구두 빛깔이 눈앞에 어른거렸다.

낚시용품점에 돌아온 후, 그녀가 돈이 없다는 사실을 말하자 남자의 표정이 싸늘해졌다.

"참, 대책 없는 아가씨네."

돈을 찾으러 가는 데만 한 시간이 걸린다고 했다. 휴대폰이 없어서는 안 될 삶의 중요한 부분을 차지하고 난 후, 잃게 된 것이 한두 가지가 아닐 테지만, 그중 하나는 자기 집 전화번호도 휴대폰을 보지 않고서는 기억할 수 없는 일이다. 물론 그녀는 집 전화번호를 알고 있었지만, 가족에게 오늘 있었던 일을 설명할 자신이 없었다. 아니, 차를 몰고 와줄 식구가 그녀에겐 없었다. 그렇다고 난처한 상황을 도울 몇몇 친구의 전화번호를 외우고 있지도 못했다. 남자는 돈을 부쳐준다고 해도 당장은 확인할 길이 없다고 했다. 누군가 데리러 와야만 했다.

"아저씨, 전화 좀 빌려주세요."

강을 거슬러 돌아오는 동안 머릿속에 떠오른 전화번호가 있었다. 그의 전화번호는 휴대폰에서 지워버렸지만, 그렇기 때문에 기억하고 있는 유일한 것이었다.

전화를 걸고서도 그녀는 한동안 아무 말도 하지 못했다. 굵고 낮은 음성이 고요한 강가에 잔잔히 퍼졌다. 핸드폰에서 보채는 아기 울음소리가 섞여 들려왔다. 아이를 어르는, 아내인 듯한 여자의 음성도 간간 들려왔다.

"전화 끊겠습니다."

"……나, 민지야."

여러 번 묻는 물음에도 대답 없던 그녀가 겨우 말했다. 이번에 남자의 긴 침묵이 이어졌다. 아기 울음소리가 점점 멀어졌다.

"……안 들리니, 전화 다시 해주세요."

그가 뚝, 전화를 끊었다. 그녀가 새까만 강을 물끄러미 바라보았다. 5분쯤 있다가 전화가 걸려왔다.

"오랜만이네, 무슨 일이야?"

다시 걸려온 전화에선 건조한 그의 음성만이 들릴 뿐 아이 울음소리도, 아내의 음성도 들리지 않았다.

"……전화할 사람이 없어서. ……미안해. ……나 좀 도와줘."

서로 침묵이 길어졌다. 강도 말없이 흘렀다. 고요한 밤이 찾아오고 있었다. 그녀는 깜깜한 강을 바라보자 하루가 영원히 끝나지 않을 것만 같았다. 그녀는 다급하게 자신의 상황을 설명했다. 말하는 내내 수화기 너머에서는 아무 말도 들려오지 않았다. 그녀는 혹 그가 데리러 와주지 않는다면, 어떻게 하면 좋을지 생각했다. 머릿속으로 누구에게 전화해야만 하나 고민스러워졌다.

"한 시간은 걸릴 거야. ……너무 걱정하지 마."

꽤액, 꽤애핵, 오리들이 살기 위해 발광이었다. 목 놓아 울며 김덕이 여사의 손아귀에서 벗어나려 애를 썼지만, 그러면 그럴수록 그녀는 더욱 손에 힘을 주었다. 오리가 발버둥 치지 못하도록 몸통을 허벅지 사이에 끼고 양손으로 오리의 긴 목을 움켜쥐었다. 그리곤 빨래를 쥐어짜듯 목을 비틀었다. 순식간에 오리 머리가 휙, 돌아갔다. 그것으로 끝이었다. 남은 오리가 미친 듯 울어댔다.

"저놈이 더 시끄런 놈인갑네. 조용히 안 하믄 너도 바로 잡아버린다."

그녀가 축 늘어진 죽은 오리를 산 오리 앞에 흔들었다. 오리가 도망가려고 날개를 퍼덕였다. 그러면 그럴수록 목에 매인 나일론 끈이 조여졌다. 남은 오리가 미친 듯이 발버둥 쳤다.

"에잇, 너도."

그녀는 같은 방법으로 순식간에 남은 오리도 잡아버렸다.

그녀가 바지랑대를 빼서 빨랫줄을 느슨하게 한 다음 오리 두 마리를 거꾸로 매달았다. 밑에 양동이를 받치고, 목을 땄다. 가위로 머리를 잘라버렸다. 빨랫줄에 매달린 오리, 피가 콸콸 쏟아졌다. 오리 머리는 뒤꼍에 발로 쓱, 쓱 땅을 파서 대충 묻었다.

민진홍이 돌아가고 난 후 양자는 상태가 더 안 좋아졌다. 하루가 지나고, 이틀이 지나도 자리에서 꼼짝하지 못했다. 김덕이 여사는 자신이 괜한 짓을 한 것 같아 마음이 불편하고 씁쓸했다. 양자가 아무것도 입에 대지 못하는 동안 자신도 함께 굶었다. 저러다가 어떻게 되는 건 아닌지 겁이 났다. 어떻게 해서든지, 양자에게 뭐라도 먹일 작정이었다. 아무것도 먹지 않기 때문에 기력이 더 쇠하는 것이라 그녀는 믿었다.

그녀가 쪼그려 앉아 뚝뚝, 떨어지는 시뻘건 피를 넋 놓고 바라보았다.

"어머니, 그런 거 함부로 먹으면 안 돼요. 기생충 있다니까요."

"상관 말고, 아저씨 먹는 거나 신경 써요."

몇 주 전부터 약초를 따러 다니는 3호 남자가 그녀는 영 못마땅했다. 산이 자기 것인 양, 같은 처지에 그것 좀 나누어 먹으면 좋을 것을, 그녀는 서운한 마음이 가시질 않았다.

"우리 어머니 삐치셨구나."

그가 메고 있던 보따리를 내려놓더니 뭔가를 꺼냈다. 그가 보랏빛 꽃이 활짝 핀 도라지를 꺼내더니 오리들을 매어놓았던 자리에 심었다.

"뭐래?"

"아니, 벌써 도라지꽃이 피었드라니깐요."

"그건, 여름에 피는 거 아니었어?"

"그러니깐요. 여름이 빨리 오려나 봐요."

그가 보자기에서 도라지 몇 뿌리를 내밀었다. 씨알이 굵은 것을 보니 10년생도 넘어 보였다. 그만한 야생 도라지는 인삼보다도 귀했다. 그녀의 눈이 휘둥그레졌다.

"아니, 이게 다, 뭐야."

"폐엔 이만한 게 없죠. 굵은 것은 생으로 그냥 먹고, 나머진 오리랑 푹."

그녀가 도라지를 받아들며 어쩔 줄을 몰라 했다.

"같이 오리 나눠 먹으면, 좋은데."

미안해서 하는 말이었다. 간암 환자는 기름진 음식을 피해야 하는 것을 그녀도 잘 알고 있었다.

"그나저나, 시끄러워서 빨리 좀 잡지, 그랬는데…… 아따, 이놈들 하여간. 내가 니들 우는 것 보고, 오래 못 살고 이렇게 금방 갈 줄 알았다."

그가 거꾸로 매달린 오리들을 손가락으로 툭툭 치며 말했다.

"미안해요, 아저씨. 앞으론 조심할게요. 근데, 이것들 꼭 깨끗하게 빨아 널은 빨래 같지 않아요?"

그녀의 입가에 수줍음 가득한 웃음이 환하게 번졌다. 콜록콜록 방 안에서 양자의 기침 소리가 들려왔다. 햇빛은 하루가 다르게 쨍쨍해졌다.

5. 홍어탕

꽃이 지자마자 봄도 슬쩍 물러갔다. 봄, 짧은 시간이었다. 날이 좋다 생각하자 곧 더워졌다. 햇빛의 위력은 점점 기세가 좋아졌다. 하늘수련원 사람들은 갑자기 더워진 날씨에 여름을 준비하느라 허둥댔다.

하지만 황토로 지은 집은 날씨가 더워져도 선선한 기운이 감돌았다. 밤에는 여전히 쌀쌀함을 느낄 정도여서 불을 지펴야만 했다. 김덕이 여사는 하루 대부분을 아궁이 앞에 앉아 있었다. 방이 뜨겁지도 않고, 또 춥지도 않게 불을 적절히 넣었다. 환자에겐 추운 것보다 가볍게 땀을 흘릴 정도가 좋다고 그녀는 믿었다. 그녀는 양자가 감기에 걸리지 않게 하려고 황토방 온도를 일정하게 맞추기 위해 애를 썼다. 추운 날보다 따뜻한 날씨를 환자들은 더욱 경계해야만 했다.

양자는 남편이 다녀간 뒤로 계속 앓았다. 좋아하던 산책도 거의 하지 않고, 온종일 누워만 있는 날이 많았다. 양자는 엄마에게 아무 말도 하지 않았다. 김덕이 여사도 아무것도 묻지 않고, 딸을 내버려 두었다. 양자는 가끔 일어나서 책을 읽는 것을 빼고는 거의 움직이려 하지 않았다.

"그렇게 누워만 있지 말고 나가서 좀 걷기라도 해."

"……힘들어, 엄마."

양자는 엄마의 걱정을 뒤로하고 돌아눕기 일쑤였다.

김덕이 여사는 마음속 한곳에 머물러 있는 불안함을 떨치지 못했다. 분명 지난겨울보다는 봄이, 봄보다는 막 여름이 시작되고 있는 지금, 양자의 몸상태는 확연히 나빠지고 있었다. 점점 왜소해지는 딸의 몸을 볼 때마다 마음이 땅 밑으로 꺼지는 것 같았다. 그럼 그럴 수록 그녀는 딸을 위해 악착같이 보양식을 만들었다. 그녀는 집 마당에서 개를 잡고, 오리를 직접 잡아 딸에게 먹였다. 암에 좋다는 약초도 갈아서 먹였다. 아궁이 위에서는 언제나 뭔가 삶아지고, 고아지고 있었다. 그럼에도 양자가 먹는 양은 하루가 다르게 줄어들고 몸은 점점 더 야위어갔다. 암세포들이 더욱 기세를 올려 그녀의 몸을 잠식해가는 중이었다. 그럴수록 김덕이 여사는 포기하지 않고 열렬히 뭔가를 만들었다.

"벌써, 꽃이 다 졌더라. 올해는 장마가 빨리 오려나봐."

먹는 둥 마는 둥 밥상을 물리고 누워버린 양자를 측은하게 바라보며 그녀가 중얼거렸다. 해가 부쩍 길어졌다. 저녁을 먹은 뒤에도 밖은 낮처럼 훤했다. 점점 기력이 쇠하는 양자를 볼 때면 당장이라도 병원에 데려가야 하는 건 아닌지 덜컥 겁이 났다. 큰 병원은 차로 한 시간 거리에 있었는데, 병원에서 멀리 떨어져 있다는 사실은 아무 일이 일어나지 않았어도, 언제나 큰 불안함을 주고는 했다.

"……양자야. ……벌써 자? 밖에 나가 바람도 좀 쐬고 그래."

그녀가 나직하게 불렀지만 양자는 아무 대답 없었다. 무슨 말을 하려다가 그녀는 입을 다물었다. 정말 상태가 많이 안 좋아진 것인지, 마음이 편치 못해서 그런 것인지 그녀로서는 알 길이 없으니 답답하기만 했다.

"어머니, 계세요?"

양자가 물린 밥상을 끌어다 놓고 막 한 수저 뜬 차였다. 앞집 3호 남자였다. 그녀가 입에 밥 한 숟가락을 밀어 넣으며 일어섰다.

"식사 중이셨어요?"

남자는 근래 산에서 채취한 약초가 효험이 있는지 황달기가 많이 가라앉은 것 같았다.

"아저씨, 얼굴 많이 좋아졌네."

요즘에는 서로가 일부러 작정하지 않으면 얼굴 보기가 힘들었다. 살기 위해, 살리기 위해 하루하루가 바쁜 나날이었다.

"그러게요, 요즘 매일 산에 나가니. ……양자 씨야말로 통 볼 수가 없네. 괜찮죠?"

"응, …… 그럼. 좋아."

남자가 그녀에게 조곤조곤 얘기를 하다가 집 안을 향해 갑자기 소리를 높였다.

"산책도 하고 그래. 보고 싶어, 양자 씨."

"벌써 누웠어. 날씨가 더워져서 그런지, 저 애가, 기력이 좀 없네."

"다른 게 아니고, 저기 있잖아요. 산에서 내려오다 최 씨를 만났는데, 그 있잖아요, 이북말 쓰는. 그런데…… 원장, 거기, 찾았다네요."

"어머, 그래요? 잘됐네. 아니, 어디를 가 계셨대?"

"그게,…… 시체를 찾았대요. 죽었대요, 그 할머니."

"응? 그래? 어쩌다가……."

김덕이 여사가 놀라서 눈이 휘둥그레졌다. 원장의 어머니, 그녀가 어느 새벽, 갑자기 없어진 뒤 열나흘 만이었다.

백용현은 여름이 시작되자마자 서둘러 종강을 했다. 다른 강의들에 비하면 거의 한 달이나 빠른 것이었다. 보통의 선생들은 마지막 학기말에 간단한 퇴임식과 의미 있는 강의로 지난 시간의 수고를 기념했지만, 그는 어떤 정년행사도 갖지 않을 작정이었다. 그에게는 마지막 학기를 화려하게 마무리해줄 제자들이 없었다. 그 역시 마지막 학기라고 해서 지난 세월 강단에서의 감회 같은 것이 남들처럼 남아 있지도 않았다.

학기 종반을 향해가는 캠퍼스는 차분하게 가라앉아 있었다. 학생들은 들뜬 신학기 초와는 달리 기말시험 공부를 하거나 취업을 준비하느라 여념이 없었다. 백 교수는 종강을 했지만, 매일 학교로 출근했다. 딱히 할 일이 있는 것은 아니었다. 그가 주로 학교에 나와 하는 일이란 앞으로 무엇을 할 건지 계획하고, 기간을 짜는 일이었다.

그가 세운 말년의 계획이라는 것은 고작 여행을 다니며 동남아의 어린 여자나 사서 노는 것 정도였지만, 어쨌든 그런 것을 준비하고 상상하는 게 좋았다. 그에게는 부양해야 할 가족도 없었으며, 그의 인생을 옥죄는 어떤 굴레도 없었다. 죽는 날까지 사는 데 모자람 없는 돈도 있었다. 그에게는 보기와는 달리 사치스러운 취미도 없었다. 오로지 관심은 자기 자신뿐이었다. 이제 말년을 화려하게 살 일만 남았다. 그는 스스로 아직 젊고, 건강하다고 생각했으므로, 잘 살 자신이 있었다.

"자네 어딘가? ……아직 집이면 어떻게 하자는 거지? ……마지막까지 최선을 다해주게. ……조교라는 건 말이야, 교수가 학교에 나오면 할 일이 없더라도 말이야, 와서 앉아 있는 게 일이란 말이야. ……일이란 것은 없다가도 생기는 것이니까."

그는 출근하자마자 공민지에게 전화를 걸어 잔소리를 늘어놓았다. 공민지는 그가 출근하는 날이면 어김없이 학교에 나와야 했다. 그녀가 학교에 나와서 하는 일이라야 기껏, 커피를 타고, 점심약속을 잡고, 전화를 받거나, 복사를 하는 소소하고 잡다한 심부름이 전부였지만, 매일 정시에 출근해야만 했다. 백 교수는 끝까지 자신이 가진 권위를 놓고 싶지 않았다. 조교가 방에 있다는 것은 아직 꺼지지 않은 권위의 상징 같아 보였다. 이젠 그 시간이 다했음에도 끝까지 그것을 누리고 싶었다.

그는 커피를 내리며 공민지를 기다렸다. 그녀가 출근하면 점심을 먹는 게 오전 일과의 전부였다. 이제 소소한 일을 기다릴 시간이 더욱 많아지고 있었다. 혼자 견뎌야 하는 시간임에도 그는 깨닫지 못하고 마음이 조급해지곤 했다.

그는 뜨거운 커피를 한 모금 마시고서야 날씨가 더워진 것을 깨달았다. 그가 부리나케 공민지에게 전화를 걸었다.

"저기 올 때, 얼음 좀 사 오게. 날씨가 더워져서 말이야. ……이런 것도 좀 미리미리 준비해야지, 안 그런가? ……시키기 전에 준비해놓는 것이 조교의 임무란 말이야. ……난 이제, 곧 학교를 떠날 테지만, 자네는 다르잖은가. ……나중에 선생이 될지도 모르고, 돼보면 내 심정을 잘 알 텐데. ……자네 내가 말년이라고, 날 무시하는 겐가? ……저번 일 때문에 내게 복수하려고 그러느냔 말일세."

수화기 너머 공민지는 가만히 그의 말을 듣고 있었다.

백용현의 첫 부인, 손화자는 그림을 그리던 여자였다. 1년 연애 후 그의 나이 스물여덟, 그녀가 스물일곱에 결혼해서 2년을 채우지 못하고 이혼했다. 손화자는 명문여대 서양화과를 나오고, 프랑스로 유학을 다녀온 여자였다. 유학을 다녀와서 막 활발하게 작품활동을 시작한 신예였다. 불문과를 나온 그도 프랑스로 유학을 준비하고 있던 터였는데, 이미 유학을 다녀온 그녀에게 이상한 경외심 같은 것이 있었다. 단순히 프랑스로 유학을 다녀와서가 아니라, 그녀의 자유분방하고 개방적인 모습에는 가식이 없었기 때문이었다. 그녀의 모든 것이 자연스러워 보였다. 대개 명동을 드나드는 사람들이 지적인 멋에 취해 폼을 잡거나, 책으로 읽은 그저 그런 정보를 나누어 가진 것을 자랑하기에 바쁘던 시절, 그녀는 남달랐다. 아무런 티를 내지 않았음에 그녀는 유별나게 티가 났다. 명동의 많은 사람들은 몸에 맞지 않은 옷을 억지로 꿴 듯, 지적인 허영과 자유를 가장한 객기가 넘쳐났지만, 그녀만은 달랐다. 자기 몸에 꼭 맞는 옷을, 가장 편안해 보이는 옷을 입고 있는 유일한 사람처럼 보였다. 고지식한 그가 그녀에게 반할 수밖에 없었던 이유였다.

그는 손화자를 명동의 한 다방에서 처음 보았다. 공공장소에서 젊은 여자가 담배를 피우는 것을 그때 처음 보았다. 아무렇게나 기른 듯 부스스하게 헝클어뜨린 머리가 허리까지 떨어졌다. 그녀는 주로 몸에 딱 달라붙는 셔츠를 입었는데, 가슴께가 깊이 파여 있어 편편한 가슴골이 훤히 드러나곤 했다. 볼륨감 있는 몸매는 아니었다. 화장기 없는 얼굴이 창백해 보였다.

그녀는 브래지어 같은 것도 하지 않아서 허리를 숙일 때면 밋밋한 가슴이 그대로 드러났다. 작은 가슴에 새끼손톱만 한 젖꼭지가 보일 때면 남자들은 기회를 놓치지 않고 힐끔거렸다. 그녀는 언제나 허리를 꼿꼿이 세우고 앉았는데, 남자들은 가슴 콤플렉스 때문일 거라고 수군거렸다. 어쨌거나, 셔츠 위로 우뚝 솟아나 있는 젖꼭지는 그녀의 몸에서 유일하게 살아 있는 생명체처럼 보였다. 다른 남자들처럼 그도 예외는 아니었다. 처음이자 마지막으로, 살면서 뭔가를 사랑한 유일한 순간이었다. 그녀의 젖꼭지, 언뜻, 언뜻 보이는, 기회를 잡지 못하면 볼 수 없는 포도알 같은 그녀의 젖꼭지, 정확히 말하자면 그는 그것에 반했다. 그녀의 젖꼭지는 자유에 대한 상징이었고, 동경이었다.

그의 첫 번째 부인, 손화자가 연구실에 들어선 것은 공민지가 출근
해서 자리에 막 가방을 내려놓은 것과 거의 동시였다. 그는 예의 그
렇듯 돋보기 너머로 점점 가벼워지는 공민지의 옷차림새를 힐끔거리
고 있던 차였다. 순간, 비쩍 마른 한 할머니가 노크도 없이 문을 열
고 들어와 공민지 옆에 섰다.

그는 단번에 문 앞에서 선 그녀를 알아보고 천천히 의자에서 일어
났다. 젊고 생기 넘치는 공민지 옆에 선 그녀는 마치 유령 같았다. 그
녀는 몸이 너무 가벼워서 재가 되어 폭삭 내려앉을 것처럼 위태로워
보였다.

"자네는……."

손화자는 머리에 쑥 색깔 비니를 쓰고 있었다. 마른 몸과는 대조
적으로 어깨까지 풍만하고 새까만 머리가 내려와 있었다. 세월이 많
이 흘렀어도 그녀의 머리카락만큼은 변하지 않은 것 같았다.

"선생님, 아는 분이세요?"

공민지가 그녀에게 자리를 안내했지만, 손화자는 한동안 얼굴에
미소를 머금은 채 가만히 서 있었다. 백용현도 얼빠진 표정으로 그
녀를 쳐다보기만 했다.

"차가운 커피라도 드릴까요?"

공민지의 목소리가 둘 사이 적막의 한가운데를 가로질렀다.

"자넨 좀, 나가 있지."

백용현이 가라앉은 목소리로 말했다.

"네, 선생님. 잠깐 얼음만 냉장고에 넣어두고요."

문가에 서 있던 손화자가 천천히 테이블 앞에 앉았다. 공민지는 사온 얼음이 너무 커서 냉동실에 들어가지 않는지, 작게 나누어 넣으려고 얼음을 깨고 있었다. 백용현은 자꾸 그것이 신경에 거슬렸다.

"자네, 뭐하는 건가? 잠깐 나가 있으래두."

"네, 선생님. 죄송해요. 이게 잘 안 들어가서요."

그녀는 미니냉장고에 얼음을 넣기 위해 몸을 숙였다. 허리를 굽히고 얼음을 냉동실에 어떻게든 넣어보려고 애를 썼다. 그러자 그녀의 몸매가 적나라하게 드러났다. 도드라진 엉덩이 라인과 다리. 몸의 곡선이 그리는 순간을 그는 놓치지 않았다. 손화자는 말없이 연구실 이곳저곳을 눈으로 둘러보았다. 그는 손화자와 공민지의 뒤태를 번갈아 힐끔거렸다. 몇십 년 만의 해후 같은 것은 공민지의 매혹적인 자태 앞에 순식간에 날아가버린 듯 보였다.

노모의 시신이 발견된 다음 날, 수련원 식당 앞에 상가喪家가 차려졌다. 수련원 식구들이 분주하게 움직여 천막을 치고 음식을 준비했다. 갑작스러운 일이었지만, 최영래의 지휘 아래 식구들은 일사분란하게 움직였다. 식당 앞마당에 대형 천막이 쳐졌고, 여자들은 읍내에 나가 서둘러 장을 봐 왔다. 하지만 준비를 마치고 시신을 기다렸지만, 반나절이 지나도 소식이 없었다. 썰렁한 상가를 오전 내 수련원 식구들이 지켰다.

시신은 읍내, 하나밖에 없는 병원에 안치되어 있었다. 노모의 시신을 확인하러 갔던 원장은 넋이 반쯤 나간 상태였지만, 목 놓아 울거나 하지는 않았다. 노모는 무릎 높이밖에 되지 않는 개울에서 발견됐다.

"아니, 사람들이 많이 지나다니는 곳인데, 어째 눈에 띄지를 않았을까."

경찰이 혼잣말처럼 중얼거렸다. 작은 동네이고, 별일이 없는 동네여서 노모의 죽음은 경찰들에게도 간만의 큰 사건이었다. 경찰들이 잔뜩 병원으로 몰려와 부산을 떨었다.

"집으로 데려가도 되지요?"

원장이 힘이 다 빠진 목소리로 물었다.

"절차가 좀 남아 있긴 한데……"

경찰이 선뜻 대답하지 못하고 책임자를 데려왔다.

"워낙 고령이라 별일이야, 있었겠어요? ……물음 떠보니 치매를 앓았다고 하더라고요? ……간단히 서류절차만 마치면 되니까, 일단 그렇게 하세요."

노모의 앙상하게 말랐던 몸이 물에 퉁퉁 불어 있었다. 평소에 먹을 것을 탐하던 노모여서 사람들은 마음이 더 짠했다. 노모는 잔뜩 찡그리고 죽어 있었다. 그 표정이 원장의 마음을 움직였으나, 그녀는 그때에도 역시 울지 않았다.

"아니 평소 깡말랐던 분이 왜 이리 무거울까."

트럭 짐칸에 시신을 싣던 인부들이 말했다.

시신이 도착하자 대기하고 있던 장의사가 곧바로 염습殮襲을 준비했다. 한껏 더워진 날씨 때문인지, 죽은 지 꽤 되어서인지 벌써 시체에서 지독한 악취가 피어올랐다. 보통은 실내에서 염습을 해야 했으나, 썩은 냄새가 진동해서, 식당 앞에 포장을 깔고 이루어졌다. 물에서 건진 지 하루도 지나지 않았는데, 더운 날씨 탓에 시신이 급작스럽게 부패하는 모양이었다. 시신을 놓고 여장의사는 먼저 소주를 맥주컵에 가득 부어 단번에 마셨다. 염습이 시작되었다.

"저기 여기, 소주 한 병 더 갖다 놓아요."

여장의사는 손을 바쁘게 놀렸다. 그녀는 시신의 밑 부분을 얇은 천으로 가린 후 감싸고 있던 천을 벗겨냈다. 몸 군데군데가 이미 시커멓게 변해 있었다. 사람들이 고개를 돌리며 코를 움켜쥐었다. 알코올을 묻힌 솜으로 시신의 몸을 구석구석 닦기 시작했다. 미숙이 잰걸음으로 재빨리 술을 가지러 갔다. 죽은 노모의 몸이 터질 것처럼 부풀어 올라 있었다. 평소 앙상하게 뼈만 남았던 고인의 모습과는 너무 달라서 사람들은 살짝 겁이 났다.

"꼭 다른 사람 같네."

염습을 구경하며 서 있던 수련원 식구들이 수군거렸다. 미숙이 소주와 막걸리를 가져와 장의사 옆에 놓았다. 가까이 한 발짝 다가선 것뿐이었는데, 미숙은 구역질을 했다. 그 모습을 지켜보던 몇몇이 넘어오는 헛구역질을 가까스로 참았다.

원장은 방에 틀어박혀 밖으로 나오지 않았다. 장의사는 몸을 구석구석 닦은 후 시신에게 옷을 입히는 염을 했다.

"발상이 낼모레요?"

장의사가 물었지만, 누구도 선뜻 대답을 하지 못했다.

"시신이 이 정도면 집으로 데려오면 안 되는데, 그냥 병원에서 절차를 밟지 그랬어요. 하루도 버티기 힘들 것 같은데……."

그녀가 다시 소주를 맥주컵에 가득 부어 단번에 들이켰다. 둘러선 식구들이 술을 넘기는 그녀를 멍하니 쳐다보았다.

"부탁하니 하긴 했는데, 일 생기면 바로 연락 주시고."

이미 나무토막 같은 시신의 몸을 끈으로 꽉 동여매며 그녀가 무심히 말했다. 누구도 대답을 하는 사람이 없었다.

최영래는 상가에서 좀 떨어진 곳에 간이 아궁이를 만들고 연탄불을 피웠다. 큰 들통에 물을 붓고 끓이기 시작했다.

"그런데, 원장님네는 정말, 친척도 하나 없나 봐요."

김덕이 여사가 물었지만 아무도 대답하는 사람이 없었다. 그녀는 염습하는 것을 보지 않고, 멀찍이 뒤로 빠져 있었다. 마음이 괜스레 불편해서 사람들 눈에 띄지 않고 빠져나갈 순간을 찾고 있었다.

"그런데, 원장님이 나와서 봐야 하는 거 아닌가."

"미숙아, 한번 가서 보고 와. 눈치 봐서 나와 보시라고 전하고."

인부들이 미숙에게 원장을 데려오라고 시켰지만, 미숙은 선뜻 걸음을 떼지 못했다. 여장의사가 향 한 뭉치에 불을 붙여 염한 시신 옆에 두었다. 다시 한 뭉치를 반대쪽에 두더니, 부채질을 해서 연기가 시신 쪽으로 가게 했다. 이번에는 순식간에 지독한 향내가 피어올랐다. 식구들이 한 발 뒤로 물러섰다. 김덕이 여사는 연기가 피어오르자 조용히 그곳을 빠져나갔다.

"그런데, 시신은 어디에 둘 거요?"

아무도 대답하는 사람이 없었다.

"……냄새가 많이 나서 시원한 실내에 두어야 할 텐데."

"……."

서로가 말없이 눈치만 살폈다.

"이런 것도 물어봐야 하지 않나? 괜히 우리가 알아서 했다가 원장이 성질이라도 내면 어떡해."

"미숙아, 얼른 가서 데려오라니까."

그때서야 미숙이 내키지 않는 발걸음을 뗴었다. 여장의사는 벌겋게 취기가 오른 모습이었다. 그녀는 분명 여자였으나, 여자처럼 보이지 않았다. 자욱하게 피어오르는 향 연기를 무심하게 시신 쪽으로 보냈다. 땅바닥에 털썩 주저앉아 맥없이 부채질을 했다. 그녀가 막걸리를 사발에 부어 마셨다.

"그런데, 여긴 뭐 없소? 큰일을 했는데…… 김치라도 한 접시 내와요."

"자, 일합시다."

최영래가 소리치자 사람들이 흩어졌다. 여자들은 천막에 음식재료를 풀고 남자들은 군데군데 모여 담배를 피웠다. 여자들이 둘러앉아 홍어를 썰기 시작했다. 장독을 가져와 안에 돌과 짚을 깔고 듬성듬성 썬 홍어를 담았다. 연탄 타는 냄새가 술술 풍겨왔다.

몇 번을 불러도 대답이 없자, 미숙은 방문을 가만히 열었다. 방안엔 아무도 없었다. 미숙은 이상한 생각이 들어 슬며시 겁이 났다.

조심조심 발걸음을 옮겨 화장실에 가만히 귀를 대보았다. 화장실에서도 아무 인기척이 없었다. 가슴이 쿵쾅댔다. 다시 밖으로 나가서 사람을 데려와야 하나, 어떡해야 하나 망설였다. 미숙이 천천히 화장실 문손잡이를 돌렸다. 얼마나 힘을 주어 문을 돌렸는지, 손에 땀이 배었다. 문을 천천히 밀며 틈으로 고개를 살짝 들이밀었다. 문이 열림과 동시에 원장이 천천히 고개를 들어 미숙을 바라보았다. 변기에 우두커니 앉아서 똥을 싸고 있는 원장과 눈이 마주쳤다.

"엄마야."

미숙이 화들짝 놀라서 뒷걸음질 쳤다.

"뭐야!"

원장이 버럭 소리를 질렀다.

"똥 싸는 거 첨 봐? 미친년이 노크도 없이 화장실 문을 열고 지랄이야."

"죄, 죄송해요."

미숙이 깜짝 놀라 황급히 문을 닫았다.

"저기, 원장님. 염 끝났다고 잠시 나오시라고……"

미숙이 화장실 문에 바짝 붙어 소곤거렸다. 안에서는 아무 말이 없었다.

초상은 간소하게 치러졌다. 첫날은 문상객도 거의 없어 썰렁했다. 수련원 식구들과 황토방에 사는 사람들이 심심深心하게 상가를 지켰다. 아주 간혹 문상 온 사람들을 수련원 식구들이 맞았다. 어쩌다 보니 상주 역할을 최영래가 맡았다.

연탄불 위 홍어탕이 끓기 시작했다. 밤이 채 오기 전 하나, 둘 홍
어탕에 취해, 술에 취하는 사람이 늘어났다.

6. 가슴이 살았던 자리

공민지가 옛 애인을 만난 것은 꼭 1년 만이었다. 둘은 4년을 연애했고 3년 전에 헤어졌다. 그녀와 헤어진 후 남자는 바로 결혼했고, 공민지도 다른 남자를 만났다, 곧 헤어졌다. 그렇지만 후에도 두 사람은 가끔 만났다. 한 사람이 원하면 상대는 거절하지 않았다. 둘이 만날 수밖에 없는 이유였고, 암묵적인 룰이었다. 때마다 둘은 해후, 잠자리를 가졌다. 관계가 끝나면 후회하며, 다시 만날 일이 없기를 다짐하며, 서로 서둘러 돌아섰다. 하지만 일정한 시간이 지나고, 서로의 몸이 서로의 몸에 대한 기억을 잊어갈 때쯤, 둘은 다시 만나는 일이 반복됐다. 1년에 한 번, 혹은 두 번을 넘기지 않았다. 마지막으로 만났던 때는 작년 이맘때쯤이었다. 남자의 아내가 만삭이라고 했다. 몇 달이 지나고 남자에게서 전화가 걸려왔다. 술을 마시지 못하는 그가 잔뜩 취해 있었다.

"이제 내가 전화해도 나오지 말아줘. 나도 너, 전화를 받아도, 나가지 않을 거야. 앞으로 다시는…… 그러지 않을 거야."

남자는 술에 취해서 또박또박 말하려고 애썼다. 공민지는 가만히 남자의 말을 들었다. 한방을 쓰는 동생 민정이 눈치를 채고 눈으로 무슨 일이냐는 듯 언니를 채근했다.

"딸이야, ……딸을 낳았어. ……애기 눈을 보니까, 나, 이제 끝이라고, 난, 애를 위해 살 거야. ……너, 얼른 시집가라."

남자가 취해서 횡설수설 말을 뱉었다.

"내 일은, 내가 알아서 할 테니. 얼른…… 애한테, 집에 들어가."

그녀가 전화를 매몰차게 끊었다. 옆에 바짝 붙어 앉아 있던 동생이 무슨 일이냐는 듯, 눈으로 물었다.

"딸 낳았대. 나보고 얼른 시집가라고."

"미친 자식."

"그렇게 얘기하지 마. 네가 뭘 안다고."

동생 민정이 황당하다는 표정을 지었다.

이후 남자로부터 전화가 걸려오지 않았다. 그녀도 그에게 전화하지 않았고, 1년여가 흘렀다.

남자가 나타나자 낚시점 주인은 공손해졌다. 돈을 받는 손이 쑥스러워 보이기까지 했다.

"우리가, 이게, 시간으로 먹고 사는 장사라…… 그래도 싸게 해드린 거예요."

공민지는 밖에서 기다렸다.

"조금 무서웠어."

"그랬겠네. ……그런데, 여기까지 왜 온 거야? 돈도 없이."

남자가 걸음을 멈추더니 공민지가 신고 있는 슬리퍼를 내려다보았다.

"너, 무슨 일 있었니?"

남자가 나직하게 말했고, 갑자기 그녀가 울음을 터뜨렸다. 쭈그려 앉아서 엉엉 울기 시작했다. 그는 가만히 내려다보며 그녀가 울게 내버려두었다.

한참 울던 그녀를 남자가 일으켜 세우더니, 꼭 안았다. 그는 아무것도 묻지 않았다. 그녀는 그에 품에 안겨 또 한참을 울었다. 그는 그녀가 안쓰러웠지만, 익숙한 그녀의 향수 냄새가 자기 몸에 배는 것이 신경 쓰였다. 우는 그녀를 달래며 자신이 예전과는 변했음을 알았다. 그녀가 울음을 그치자 둘은 나란히 손을 잡고 걸었다. 둘은 근처 모텔로 향했다.

"싫어, 자기 먼저 가. 난 자고 갈 테니."

그녀가 돌아누우며 말했다.

"……나 들어가 봐야 돼. 아기가 아파. ……미안하지만, 이러지 말자."

"내가 뭘 이러는데?"

남자가 그녀의 말을 못 들은 척 옷을 입기 시작했다.

"이제, 그만 가자."

남자가 속옷을 주워 입으며 말했다. 그녀는 침대에 알몸인 채로 빤히 그를 쳐다보았다.

"오늘은 일찍 들어가도록 하지."

연구실을 나서려는 공민지에게 백용현이 친절하게 말했다.

"네? 지금 나왔는걸요. 저는 괜찮습니다. 신경 쓰지 마시고, 선생님 일 찬찬히 보세요."

공민지가 문을 조용히 닫고 연구실을 나갔다. 연구실에 적막이 무겁게 내려앉았다. 백용현과 손화자, 둘은 힐끔 쳐다볼 뿐 서로 말을 망설였다.

"뭐, 마실 거라도 줄까?"

먼저 입을 뗀 사람은 백 교수였다. 자리에서 일어나 냉장고를 열었다, 서랍을 열었다, 부산을 떨었다. 평소에 잘 하지 않는 일이어서 어디에 뭐가 있는지 알지 못했다. 그는 속으로 괜한 말을 했다고 생각했다.

"담배 피워도 되지?"

손화자는 이미 담배에 불을 붙이고 있었다.

"물론."

말은 그렇게 했지만, 연구실에서 누군가 담배를 피우는 일은 처음 있는 일이었다. 자리로 돌아오지 못하고 백 교수는 또다시 서랍을 열었다, 냉장고를 열었다, 허둥댔다.

"그냥, 물이나 한 잔 줘."

"잘 모르겠구만, 뭐가 어디 있는지. 커피가 있는데 좋지 않을 것 같고."

둘은 물 한 잔씩을 놓고 마주 앉았다. 처음으로 오래도록 서로를 바라보았다. 손화자는 어색했던 감정이 조금 누그러진 듯, 편안한 표정을 지었지만, 백용현은 여전히 안절부절못했다. 시선이 그녀에게서 허공으로, 책장으로, 문가로 쉴 새 없이 바뀌었다. 평소의 그와는 완전히 다른 모습이었다. 오랜 시간이 지났음에도 그녀를 보자 이상한 긴장감이 감돌았다. 어쨌든 그녀의 존재는 그에게 시간이 흘러도 여전히 사라지지 않는 콤플렉스 같은 것이었다.

"아직도 담배 안 끊었나?"

"10년쯤 끊었다가, 다시 피우기 시작한 지 2년쯤 됐다."

"건강에도 안 좋은 걸, 왜 자꾸."

그가 헛기침을 하며 물을 마셨다. 젊었던 시절, 잠깐 흉내만 내던 때 말고는 평생 담배에 손을 대지 않았다. 담배가 백해무익하다는 것을 온전히 받아들이고 있는 그였다. 남이 피우는 담배 연기도 끔찍하게 싫어해서 종종 트러블이 생기기도 하는 그였으나, 손화자가 내뿜는 담배 연기만은 온순하게 받아들이고 있었다.

"나, 있잖냐. ……곧 죽는다."

백 교수의 눈이 휘둥그레졌다.

"그게, 무슨 소리……."

이제 아무것도 무시하지 못할 나이에 들어선 것을 그도 잘 깨닫고 있던 터였다.

손화자가 미국으로 건너간 뒤 아주 가끔, 건너서 소식을 전해 듣고는 했지만, 그것도 20년이 훌쩍 지난 일이었다. 그는 그동안 그녀가 미국에서 어떻게 살았는지 전혀 알지 못했다. 명동 시절 어울리던 사람들 중에 지금까지 관계를 맺고 있는 사람은 아무도 없었다. 일찍 교수가 되고 권위주의적인 사고가 자리 잡으면서부터 그는 그 외에 것들과는 결별했다.

그러고 보니 안 그래도 비쩍 말랐던 그녀의 몸이 더욱 가벼워 보였다. 처음 연구실 문을 들어서던 느낌이 왜 그랬는지 그는 깨달았다. 자세히 보니 안색도 말이 아니었다. 큰 눈은 더욱 움푹 패였고, 광대뼈는 예전보다 더 도드라져 보였다.

"나, 10년 전에 유방암수술 했거든. 재발했댄다, 이번엔 자궁이라네, 3기."

그녀가 다시 담배에 불을 붙이며 말했다. 길게 내뿜은 담배 연기가 연구실을 가득 메웠다.

"……."

그는 아무 말도 하지 못했다. 위로를 해야 했지만, 어떻게 해야 하는지 그는 알지 못했다. 아직도 자기가 그녀에게 잘 보이고 싶어 한다는 사실을 확인하는 것 같아, 기분이 조금 쓸쓸해졌다.

"이번엔 죽게 되면, 그냥, 죽으려고 한다. 그래서 첫 번째 남편 잘 있나, 혹시 마지막이 될지도 모르니, 인사나 하러 왔지."

"……한국엔 언제 왔는데?"

"몇 달 됐어. 처음엔 미국에서 병원 이곳저곳 알아보다가, 포기하고 들어왔지. 죽으러 왔어, 한국에. ……그러니, 이제 마음 편하네."

"진작 연락하지, 그랬나."

"연락해 뭐해, 다 늙어서. 그런데, 넌, 예전보다 더 고지식해진 것 같으다. 아무리 늙었다고 해도."

손화자가 담배를 휴지에 비벼 끄며 말했다. 그는 그녀가 하는 짓을 멍하니 쳐다보았다.

"내가 젊었을 때, 고지식했나?"

"니 말투 봐. 했나? 그랬나? 너도 스스로 잘 알고 있었잖아, 자신이 고지식해서 꽉 막혀 있었다는 것 말이야. 언제나 주눅 들어 있었잖아, 그래서. ……그래서, 나 좋아했던 거 아니었어?"

반복해서 담배꽁초를 꾹꾹 누르는 그녀의 손가락을 그는 우두커니 바라보았다. 이제는 늙어서 거죽밖에 남지 않은 손, 쭈글쭈글해져 핏줄이 선명하게 솟은 그녀의 손을 바라보았다. 그녀의 손 거죽을 신기한 광경을 보듯 골똘하게 쳐다보다가, 그는 자기 손을 내려다보았다.

날씨가 적절하게 더워서 홍어의 삭힌 맛은 기가 막혔다. 하룻밤에 독에 넣어두지 않았음에도 싸한 암모니아 향이 혀와 코에 강하게 퍼졌다. 홍어탕을 끓이는 연탄불은 한 번도 꺼진 적이 없었다. 들통 안에 홍어탕이 떨어져가면, 남아 있는 홍어탕에 물을 붓고 삭힌 홍어와 갖가지 재료를 넣고 다시 끓였다. 시간이 지날수록, 끓이면 끓일수록 홍어탕의 맛은 깊고 심오해졌다.

"그런데 장례식장을 시신 있는 곳으로 옮겨야 하는 거 아니에요?"

문상 온 사람들이 홍어탕에 술을 마시면서 수군거렸다. 거의 모든 사람이 같은 얘기를 했다. 노모의 시신은 수련원에 없었다. 시신을 염습해 안치하고 얼마 되지 않아서, 경찰이 부랴부랴 시신을 도로 찾으러 왔다.

"그렇게 간단하게 내어주면 안 된답니다. 자살사건이 아니어서, 조사를 해야 한답니다. 정말, 죄송하게 되었습니다."

"뭔 조사? 뭔 조사!"

원장의 눈이 성질에 못 이겨 뒤집어지는 것을 상가에 모인 모두가 보았다. 그녀는 사람의 감정 중, 슬픔이 분노와 동일하다는 것을 직접 확인시켜주는 것 같았다. 그녀는 미친 사람처럼 고래고래 소리를 지르며 경찰에게 달려들었다.

"저희에게 자주 있는 일이 아니어서, 절차를 잘 모르고 실수한 거니, 이해해주세요. 길어야 하루 이틀이니 양해를 좀……."

멱살을 잡힌 경찰이 쩔쩔매며 주위 사람들에게 도움을 청했다. 원장은 알아들을 수 없는 말로 고함을 지르며 길길이 날뛰었다. 장정 여럿이 달려들어 말려보았지만, 그녀의 기세를 잠재우기에는 역부족이었다. 행여 싸움에 휘말릴까 문상객들은 멀찍이 떨어져서 그녀가 발광하는 모습을 지켜보았다.

결국 시신은 반강제로 의경들이 차에 싣고 사라졌다. 원장은 넋을 놓고, 울기 시작했다. 간혹 그녀가 넋두리에 섞어 내뱉는 한들이 상가에 모인 사람들을 침잠시켰다. 미숙이 원장을 겨우 다독거려 방으로 데려갔다. 한 번 터진 그녀의 울음은 짐승의 것과 닮아 있었다. 우렁 찬 그녀의 울음소리가 만공산에 쩌렁쩌렁 울렸다. 장례 첫날이었다.

둘째 날이 되자, 본격적으로 문상객이 몰려들었다. 어떻게 소식을 들었는지, 원장이 전에 몸담았던 여러 곳의 종교단체에서 꽤 많은 사람들이 문상을 왔다.

상가의 분위기는 이상했다. 시신도 없고, 상주도 없고, 문상객만 빼꼭하게 앉아 술과 음식을 먹고 있었다. 문상 왔던 사람들은 홍어탕에 술을 마시고는 곧 자기들이 왜 왔는지를 잊어버렸다. 천막 안은 아는 사람들끼리 모여 앉아 오랜만에 회포를 푸는 만남의 장소로 변했다. 원장 노모의 죽음을 누구도 슬퍼하거나 애도하지 않았다. 상가의 분위기는 밤이 되자 거나한 술판과 노름판으로 뒤바뀌고 있었다. 점점 잔칫집 분위기가 되어갔다. 너나 할 것 없이 술에 거나하게 취해 떠들썩하게 웃고, 노래를 불렀다. 화투판에서는 자정도 되기전, 이미 여러 번 주먹다짐이 오갔다.

수련원 식구들은 맡은 바 성실하게 임무를 다했지만, 이상하게도 김 씨는 장례가 시작되고서 코빼기도 비치지 않았다. 전화를 해도 받지 않고, 연락도 없었다. 그러나 누구도 그의 존재를 인식하지 못했다. 오직 최영래만이 간혹 그가 없음을 상기시키곤 했다. 김덕이 여사와 3호 남자가 거들 일이 없나 보러 왔다가 초상집 풍경을 보고 질겁했다. 여기저기 벌어진 술판과 화투판에 분주히 음식을 나르는 식구들로 부산스러웠다. 초상집인지 잔칫집인지 구분이 가지 않았다. 둘은 왔다가 그길로 발길을 돌렸다. 황토 3호 남자는 술이 당겼는지 집으로 향하는 발걸음이 무거워 보였다. 왁자지껄 떠드는 술판에 끼어들어 한잔하고픈 마음이 간절한 모양이었다. 터덜터덜 황토방으로 향하는 둘의 발걸음이 자꾸 땅으로 꺼져들었다.

"제가 한 술 했거든요, 정말. 한 달이면 30일을 줄창 마셨으니까."

"에휴, 아저씨 그런 소리 하지 말아요. 큰일 나."

"아, 안 먹지요. 당장은. 지금까지 노력한 게 아까워서라도 참아야지요. 그런데요. 병 나으면요, 정말 찐하게 한잔하려고요. 살아남는 게 목적이 아니라, 내가 꼭 살아서 술 진탕 한 번, 먹고……."

"어쨌든 몸이 나아야지 술을 마시든, 뭘 먹든지 하지요."

한적한 산길 내내 상가의 소란스러운 풍경이 두 사람의 뒷모습을 따라왔다. 꽤 떨어진 곳이었음에도 황토집이 있는 곳까지 간혹 사람들의 웃음소리가 들려왔다.

원래 초상집의 풍경이라는 것이 고인의 명복을 빌어주는 것도 중요하지만, 슬픔에 빠진 유족들에게 죽음과 상심을 잊으라, 떠들썩하게 놀아주는 것이 예의이긴 하다. 그러나 하늘수련원 상가의 분위기는 그와는 사뭇 달랐다. 사람들은 단지, 먹고 마시러 놀러 온 것이지, 고인의 숭고한 삶에 대한 반추 같은 것은 눈을 크게 뜨고 찾으려야 찾을 수가 없었다. 예정대로라면 다음 날, 새벽 발인이 이루어져야 하지만 아무것도 정해진 것은 없었다. 시신이 올 때까지 상을 더 치러야 하는 것인지, 마무리해야 하는 것인지 아무도 아는 사람이 없었다. 장의사는 계속 술을 마시면서 대기하다가 자리를 떴다.

"내, 이런 초상집은 처음 봅니다. 새벽에라도 일정이 바뀌면 언제든 전화 주세요."

그녀가 마신 술의 양으로 따지면 혀가 꼬이고 자세가 흐트러질 만도 하건만, 그녀는 여전히 멀쩡하고, 꼿꼿했다.

둘째 날, 갑자기 소란이 일었다. 자정에서 새벽으로 가는 사이였다. 갑자기 나타난 수련원 원장이 음식이 차려진 상을 엎기 시작했다. 원장은 분노에 찬 표정으로, 살기를 띤 표정으로 쌍욕을 하며 문상객들 앞에 있는 밥상을 뒤엎어버렸다. 사람들이 순간 한꺼번에 침묵했다. 일순 흐르는 적막이 살벌하게 느껴졌다. 아무도 그녀를 말리는 사람이 없었다. 사람들은 그녀가 다가오자 재빠르게 자리를 피했다. 그녀는 분이 풀리지 않는지, 씩씩거리며 주위를 둘러보았다. 그녀는 이미 눈에 초점을 잃고 제정신이 아니었다.

"그래도 위로해주겠다고 문상 온 분들인데, 그러지 말기요."

최영래가 날뛰는 원장에게 점잔하게 한마디 했다. 최 씨 말을 듣자 이상하게도 그녀가 잠잠해졌다. 미숙이 슬며시 다가가 원장을 부축했다. 원장은 다리가 풀려 비틀거렸다. 그녀의 나약한 모습을 사람들은 처음 보았다. 하물며 남의 얘기를 듣는 것도 처음 보았다. 원장이 미숙의 부축을 받으며 사라졌다.

"자, 얼른 정리하고 상 다시 차리라요. 손님들도, 오마니 잃은 충격이 커서 그러하니, 모두 이해해주시라요. 보던 일, 다시 보시라요."

사람들은 최영래의 말에 따라 움직였다. 식구들은 상을 치우고 새로운 음식을 내왔다. 문상객들도 거들었다. 새 음식이 나오자 상가 안은 다시 곧, 시끌벅적해졌다. 시간이 지날수록 홍어탕의 맛은 깊고 오묘해졌다. 장례에 있어 상의할 일이 있거나, 뭔가를 결정해야만 할 일이 생기면 사람들은 이제 최영래를 찾기 시작했고, 그는 스스로 알아서 결정을 내렸다.

"너 이러려고, 날 부른 거니? 우리 이러면 안 되잖아."

공민지는 여전히 벌거벗은 채 옆으로 누워 있었다. 마른 몸에 비해 풍만한 가슴이 한쪽으로 쏠렸다. 남자의 말은 건성으로 들으며 그녀는 담배를 피웠다. 이상하게 그 앞에서는 생각하지 못한 자기의 다른 모습이 나오곤 했다. 그녀는 그 앞에서는 아무것도 부끄럽지 않았다. 사랑에 대한 자신감이기도 했고, 사랑의 깊이에 대한 우월감이기도 했다. 연애 시절부터 남자는 그녀에게 쩔쩔맸고, 시간이 지날수록 그녀는 남자에게 까칠해졌다. 오로지 그에게만 그녀는 과감해졌다. 그녀도 스스로 자기의 이중적인 모습에 당황하곤 했다. 그와의 연애를 빼고 그녀는 모든 면에 있어, 상처받기 쉽고 예민했으며, 예의 바른 성격이었다. 오직 그에게만 그녀는 냉정하면서 관대하지 않았다.

"냄새 밴다니까."

남자는 말을 뱉고선 실수했다는 것을 깨달았다. 공민지의 눈빛이 가늘게 흔들렸다.

"자기에게 원하는 거 없어, 그런데 1년에 한두 번 보는데, 왜 그렇게 쩔쩔매니? 조금, 쿨할 수는 없는 거야?"

백용현은 손화자와 마주 앉은 지 채 10분이 지나지 않았지만, 벌써 불편해졌다. 물론 30여 년 전, 명동 시절의 그녀를 그는 아직도 똑똑히 기억하고 있었다. 조금 과장하면 그녀와 관련된 모든 것을 그는 또렷하게 기억하고 있었다. 때때로 그녀에 대한 기억에 집착하는 것이, 그는 혹, 사랑이 아닐까 생각한 적도 있었다. 자기가 살면서 사랑이라는 것을 했다면 그때 한 번뿐이라고 믿은 적이 있었다. 그러나 막상 그녀와 마주 앉고 보니, 지난날 자신이 했던 생각이 틀렸음을 깨달았다. 그는 손화자에게서 도망치고 싶어서, 무슨 핑계를 댈까 고민 중이었다.

"그럼, 어디서 지내는 거지?"

"우리 나이는 호텔이 편하잖아. 환자이기도 하고."

둘의 대화는 하나를 묻고 멈춰 서고, 대답을 하고 다시 멈춰 섰다. 정적이 흐르는 동안, 손화자는 담배를 다시 피워 물었고, 백용현은 바쁘게 시선을 옮겼다.

"나, 한쪽 가슴 다 도려냈어. 왼쪽 가슴."

백 교수가 화들짝 놀란 표정을 지었다. 뭔가 긴장감이 풀리고 있던 차였는데, 그는 다시 가슴이 뛰기 시작했다. 젊은 날, 그가 그토록 탐닉했던 전부의 절반이 사라졌다고 생각하니, 좀 이상했다.

"너, 좋아했잖아. 절벽 가슴. ……이제 흔적도 없다, 한쪽은."

손화자가 도려낸 가슴 쪽을 손으로 짚었다.

"……."

백용현이 눈을 천천히 끔벅이며 왼쪽 가슴이 있던 자리를 쳐다보았다. 그가 사랑했던 까맸던 젖꼭지가 불현듯 머릿속에서 튀어 올랐다.

"보여줄까?"

"……뭘 말인가?"

"가슴 있던 자리."

"으흠."

그는 고개를 돌리며, 돋보기를 만지작거렸다. 당돌한 그녀의 성격은 여전했다.

"별일도 아니야, 나 죽으면 가슴이 살았던 자리도 기억하고, 가슴이 사라진 자리도 기억하라고."

"뭔가, ……그게, 무슨 말이야. 나이 먹고서도 당신은, ……여전히 추레하군."

백용현이 불쾌한 표정을 지으며 고개를 돌렸다. 그는 짐짓 화난 얼굴이었으나, 그를 바라보는 그녀의 표정은 장난기 가득, 미소가 번져 있었다.

손화자가 갑자기 일어나더니 웃옷을 벗기 시작했다. 그녀는 하얀 반팔 티셔츠에 얇고 헐렁한 가디건을 걸치고 있었는데, 그것을 벗는 데는 3초의 시간도 걸리지 않았다. 백용현은 얼굴이 확 달아올랐다. 그는 뒤돌아서 창 쪽을 바라보았다.

"지금, ……뭐하는 건가?"

"네가 변하지 않았다는 게, 나는 왜 이렇게 화가 나니. 아니, 젊었을 때의 네가 나이만 먹은 것 같아, 씁쓸하기도 하다. ……넌 날 정면으로 바라보지도 못하잖아. 넌 좀, 그래, 젊었을 때부터……."

"당신이 나에 대해 뭘 안다고 그러는 건가? 몇십 년 만에 갑자기 찾아와서, 이렇게 무례한 일을 벌이는 이유가 뭐냔 말이야."

"말했잖냐, 단순하게, 가슴이, 감정이 있었던 자리를 보여주려고 한다고. 있던 게 없어졌을 때 알게 되는 그 존재감 말이야, 젊은 날 한 때 우리가 심취했었던 철학이잖아. 그때 알던 것들은 알던 게 아니었다는 말이지. 이렇게 늦은 나이에 그런 게 명징해질지는 몰랐다. 널 보러 온 이유도 간단해, 네가 정말 존재했었는지, 확인하러 온 거란 말이지."

"……그래도 그렇지."

"나, 환자잖아. 곧, 정말 죽는다니까."

백용현이 고개를 돌려 그녀를 바라보았다. 거기엔 죽어가는 한 노인이 서 있었다. 이미 죽은 모습의 손화자가 서 있었다. 죽은 가슴 한쪽이 늘어져 있었고, 가슴이 살았던 자리가 움푹 패 있었다.

그녀의 표정에는 어떤 감정도 묻어나지 않았다. 이미 살아 있지 않은, 벌써 죽은 어떤 것이었다. 그는 시선을 떨어뜨려 왼쪽 가슴이 있던 자리를 노려보았다. 그가 사랑했던 포도알 같았던 젖꼭지도 사라지고 없었다. 왼쪽 가슴이 있던 자리는 평평하다 못해 마치 분화구의 모습처럼 움푹 패어 있었다. 그가 사랑했던 한 시절이 사라진 것을 그는 느꼈다. 오른쪽에 남아 있는 가슴은 더욱 보잘것없었다. 작았지만 생기 있었던 젖가슴은 세월의 깊이만큼 밑으로 주욱 늘어져 있었다. 노크 소리가 들리자마자 갑자기 공민지가 연구실로 들어섰다. 병들어 늙고, 보잘것없는 노인의 몸을 측은한 눈으로 건너보던 그의 시선이 천천히 공민지에게로 향했다. 손화자는 돌아보지 않고, 천천히 옷을 추려 입었다.

귀까지 벌겋게 달아오른 공민지는 밖으로 다시 나가야 하는지, 그냥 모른 척 가방을 챙겨야 하는지 난감했다. 그녀는 어정쩡하게 문 옆에 서 있었다.

"자네, 그러고 계속, 거기 있을 텐가?"

말은 공민지에게 하고 있었지만, 방금 전에 보았던 손화자의 죽은 가슴, 가슴이 있던 자리, 활동을 멈춘 분화구처럼 움푹 팬 그곳을 그는 보고 있었다. 손화자가 얇은 담배 한 개비에 불을 붙이더니, 담배 연기를 허공에 길게 내뿜었다.

"키스해줘."

공민지가 차에서 내리기 전 남자에게 말했다. 둘은 서울로 돌아오는 동안 한 마디도 하지 않았다. 서로는 서로가 이제 볼 일이 없을 거란 것을 느낄 수 있었다. 연민이나 애틋함이 이제는 전혀 남아 있지 않다는 것을 서로 확인했다.

"마지막, 이것도 못해?"

남자가 마지못해 몸을 돌려 여자를 안았다. 칙, 여자가 가만히 남자의 옷에 향수를 뿌렸다. 남자는 키스에 열중하느라, 이미 그녀의 냄새에 익숙해 있던 터라 아무것도 맡을 수 없었다. 공민지가 남자를 천천히 품에서 밀어냈다.

7. 옥수수수수

장마가 다른 해보다 일찍 시작되었다. 뜨겁게 달궈질 틈도 없이 많은 비가 내리기 시작했다. 쏟아지는 폭우, 일주일 넘게 계속되는 궂은 날씨 때문에 황토집에 사는 사람들은 밖으로 나갈 수가 없었다. 때 이른 태풍도 몰아치기 시작했는데, 강력한 비바람이 만공산 전체를 삼킬 태세였다. 우― 우, 커다란 괴물의 울음소리가 밤마다 산을 흔들었다. 황토집 앞으로 흐르는 개울이 넘쳐서 사람들은 가슴을 졸였다. 넘친 개울물이 작은 오솔길에 큰 물길을 냈다. 길은 흔적도 없이 사라졌고, 사람들은 불안한 마음이 가득해졌다. 사람들은 비바람이 그칠 때까지 집 안에서 꼼짝도 할 수 없었다. 한나절 잠잠해졌는가 싶다가도 밤이 되면 비바람은 살아서 되돌아오곤 했다. 산 전체를 울리며 포효하는 비바람의 울음소리는 적막하고 고요했던 산속을 온통 헤집어놓으며 사람들을 두려움에 떨게 만들었다. 7일째였다.

하지만 황토로 지은 집은 신기하게도 방 안의 습기를 빠르게 먹어 치웠다. 세상은 온통 습기로 후텁지근했지만, 황토로 만든 방 안은 달랐다. 김 여사는 아궁이 앞에 앉아 군불을 지피는 데 온 신경을 다 바쳤다. 습한 날씨는 양자의 기운을 더욱 침잠시켰는데, 김 여사는 험상궂은 날씨에 지지 않기 위해 밤낮으로 아궁이 앞에 앉아 있었다. 적절한 온기를 방 안에 넣음으로써 양자가 날씨의 영향을 받지 않게 하기 위해서였다.

비가 시작된 지 열흘째, 빗줄기가 가늘어지고 있었다. 김덕이 여사는 아궁이 앞에 쭈그려 앉아 땀을 뻘뻘 흘리며 불을 꺼뜨리지 않기 위해 애쓰고 있었다. 그녀는 멍하니 물이 내려가는 길을 쳐다보고 있었는데, 웬 사람 하나가 물길을 거슬러 올라오는 것이 보였다. 처음에는 사람처럼 보이지 않고, 물 위에 떠 있는 나무처럼 보였는데, 조금씩 가까워지자 사람의 형상으로 바뀌었다. 황토색 우비를 입은 한 남자가 숨을 헐떡이며 그녀에게 다가왔다.

큰비가 연일 내리고 날씨가 궂다 보니 낯선 사람이 풍기는 분위기도 사뭇 다르게 느껴졌다. 그녀가 천천히 일어나 처음 보는 사람임에도 알은체를 했다.

"이양자 씨 여기 살죠?"

그녀는 눈만 껌벅이며 언뜻 대답을 하지 못했다. 마치 무슨 큰 잘못을 저지르기라도 한 것 같았다.

"이양자 씨 여기 안 살아요? 밑에서 물어보니 5호에 산다고 하던데. 여기 5호 맞죠?"

"무슨…… 일인데요?"

그녀가 말을 더듬거리며 남자를 힐끔거렸다. 남자가 모자를 뒤로 젖히자 앳된 얼굴이 드러났다. 얼굴을 보고서야 그녀는 조금 안도했다.

"등기 왔어요. 여기 사인해주세요."

"등기?"

"예, 내용증명 한 통하고, 법원에서 온 거 하나예요."

"아니, 우리 애가 뭘 잘못한 것도 없는데."

"저도 내용은 잘 모릅니다. 본인 되세요? 여기 사인하시면 됩니다."

"양자가 우리 딸이긴 한데……"

"그럼, 여기 본인 이름 쓰세요."

'김덕이'라고 그녀가 또박또박 글자를 새겼다. 집배원은 자신이 거슬러 올라온 거대한 물길을 바라보며 허탈한 표정을 지었다.

"근데, 누구한테서 온 거라고요?"

"민진홍 씨네요."

"민진홍?"

김덕이 여사가 고개를 갸웃거리며 받아든 편지를 뚫어져라 쳐다보았다.

손화자는 거의 매일 백용현을 찾아왔다. 그녀는 오전에 연구실에 들러 담배를 피우다가 돌아갔다. 그는 찾아온 그녀에게 손수 차를 대접하거나 물 한 잔을 대접하고 맞은편에 앉아 있곤 했다. 그녀는 말하고, 그는 주로 들었다. 그녀의 말은 두서없고, 뜬금없는 것이 많아서, 그는 언제나 그녀에게 혼나고 있는 느낌을 지울 수 없었다.

"근데, 정년이라면서. 방은 왜 정리를 안 하는 거니?"

"몇 학기 더 연구실을 얻어 쓰기로 했거든. 정년이라고 당장 방 빼라고 하는 건 좀 예의가 아니잖나."

"나와서 커피나 타 먹고 앉아 있는 것보단, 학생들을 위해서 다른 용도로 쓰는 게 낫지 않겠어?"

그녀가 담배 연기를 길게 뿜으며 말했다. 그는 일어나서 창문을 열고, 연구실 문을 활짝 열어놓았다. 그녀는 점점 더 야위어갔다. 하루하루가 다르게 그녀의 모습은 달라졌다. 시간이 지나고 보니 처음 보았을 때가 더 나아 보였고, 가장 최근의 모습이 가장 최악이었다. 매일매일 그녀의 상태는 눈에 띄게 나빠지고 있었다. 그는 그녀와 마주 앉아 이야기할 때면 꼭 귀신이나 유령과 얘기하고 있는 것 같은 착각이 들었다. 그녀의 말투는 단호했지만, 매가리가 전혀 없어서 마치 연구실 허공에서 희미한 목소리가 떨어져 내리는 것 같았다. 그는 그녀가 말할 때면 귀를 기울였지만, 전부를 알아듣지는 못했다.

"……"

듣기 싫거나 알아듣지 못할 때면 그는 고개를 모로 살짝 돌리며 입을 꾹 다물고 윗입술을 아랫입술에 묻곤 했는데, 그의 그런 모습은 고집불통 노인의 인상을 풍겼다.

"두 번째 부인하고는 왜 헤어졌어?"

그녀가 뜬금없이 물었다. 그는 두 번째 부인 임은수하고 10년을 살았다. 아들도 하나 두었었다. 마흔 중반에 그는 두 번째 이혼을 했는데, 이유는 손화자 때와는 달랐지만, 본질적으로는 같았다. 여자들이 그를 버렸다는 것. 손화자가 자신의 욕망과 이 나라의 강박과 답답함을 이기지 못하고 미국으로 갔다면, 임은수는 순전히 다른 남자를 찾아 떠난 것뿐이었다.

그의 두 번째 부인은 춤바람이 나서 집을 나갔다. 몇 개월 지나지 않아 집으로 돌아와서는 정식으로 이혼을 원했다. 이번에는 아이까지 데리고 나갔다. 그녀가 워낙 어린 나이에 결혼했고, 둘의 나이 차도 많이 났다. 그와 10년을 살았어도, 그녀의 나이 겨우 서른 초반이었다. 그는 떠나는 그녀를 막지 못했다. 그가 그녀를 잠시 잡아두었던 이유는 아직 어린 아들 때문이었다. 그녀는 완강하게 아이를 고집했다. 그도 엄마 밑에서 자라는 게 낫다고 생각했다. 어쩔 수 없이 보냈는데, 후에 알아보니 북유럽의 어느 나라로 입양을 보냈다고 했다. 이후 임은수는 초혼을 숨기고 시집간 듯 보였다.

그녀의 물음에 그는 잊고 있었던 어린 아들의 얼굴이 잠시 떠올랐다.

"그냥, 사는 게 쉽지 않았지."

손화자가 창가를 향해 담배 연기를 뿜으며 헛웃음을 지었다.

"너에게서 그런 말이 나오니, 이상하다."

공민지가 헐레벌떡 연구실에 들어서며 머리를 꾸벅 숙였다. 지각을 해서 교문에서부터 뛰어온 모양이었다. 백용현이 으레 습관처럼 한마디 하려다가 손화자의 눈치를 보며 꾹 참았다. 그녀의 가슴이 심하게 오르내렸다. 숨을 고르느라 더욱 숨소리가 거칠었다. 백용현은 그녀가 하는 양을 놓치지 않고 쳐다보았다. 보면 볼수록 멋진 몸을 가졌다고 그는 생각했다. 바지를 입을 때면 그대로의 바디라인이 살아났고, 치마나 원피스를 입으면 다른 색깔의 모습이 그녀에게서 풍겨오는 것 같았다. 딱 붙는 청바지에 티셔츠를 입었을 뿐인데, 그녀의 뒤태가 황홀하게 느껴졌다. 공민지가 가방을 내려놓더니 다시 말없이 고개를 숙이고 방을 나갔다. 연구실을 나서는 그녀의 뒷모습을 백용현이 넋을 놓고 바라보았다.

"왜, 저 친구랑 자고 싶니?"

손화자가 툭 한마디 내뱉었다.

"내가 뭘 어쨌다고 그러는 건가?"

"눈에서 광선이 나간다. 나이 먹은 뒤에 그러는 건, 안 돼. 그거 다 콤플렉스야."

"자네는 나를 정말, 잘 아는 것처럼 말하는데, 내 쪽에서는 그게 황당하다고밖에……."

"어머니는 언제 돌아가셨니?"

그녀가 그의 말을 자르며 물었다. 그의 표정이 일그러지며 그녀를 노려보았다.

"왜 그렇게 무섭게 쳐다보니? 오래전 일이잖아."

그랬다, 그녀와 부부로 지낼 때만 해도 어머니는 정정하게 살아 있었다. 민주화 열풍이 몰아치던 해이니, 어머니가 돌아가신 지도 벌써

25년이 훌쩍 지나 있었다.

"87년에 돌아가셨어."

"미안하다. 시간이 많이 지났지만 언젠가는 사과하려고 했어."

"뭘 말인가?"

"네 엄마 말야, 집에서 내쫓은 거. ……미국에 가서 매번 너를 생각한 것은 물론 아닌데, 가끔 떠오를 때면 니네 엄마 일이 생각나더라. 내가 너무 어리고, 좀 발랄했으니까. 이해해라. 널 만나면 그건 꼭 용서를 빌고 싶었다."

"지금 당신이 하는 그게 사과란 말이지?"

그가 쓴웃음을 지으며 창밖으로 시선을 돌렸다. 40여 년 전의 일이었다. 외아들인 그가 따로 홀어머니를 살림 낸 것이 그도 두고두고 마음이 아팠다. 평생 시장에서 좌판을 놓고 장사를 해온 그의 어머니와 손화자는 처음부터 맞는 구석이 단 한 군데도 없었다. 결국 결혼한 지 1년도 되지 않아서, 거의 며느리에게 쫓겨나다시피 그의 어머니는 방 하나를 얻어 나갔다. 손화자는 시어머니의 잔소리를 견디지 못했고, 시어머니는 며느리의 사고방식을 견디지 못했다. 분명한 것은 손화자가 가정적인 여자와는 거리가 멀었다는 사실이었다. 두 사람에게 결혼은 하나의 퍼포먼스 같은 의미로 남았다.

"당신은 어땠는데?"

그는 언젠가 얼핏 들었던 그녀의 남편에 대한 얘기가 떠올랐다. 그녀는 뉴욕에 자리를 잡고 작품활동을 했던 모양인데, 그곳에서 만난 화가, 예술가들과 어울리며 피폐해졌던 모양이다. 히피즘이 전 세계

젊은이들의 유일한 탈출구로 각인되던 시절이었다. 그녀가 이미 마약중독자가 되어 죽었다는 얘기를 전한 사람도 있었다. 그녀를 미국에서 보았다던 몇몇은 처지가 곤란하고 망가진 그녀의 인생에 조소를 보내며 은근슬쩍 비꼬았다. 그리고 그를 걱정하는 척 조심스럽게 말을 전하곤 했다.

"어렸으니까, 마흔 이후엔 나쁘지 않았고."

은근히 반격을 꿈꾸던 그가 심술이 났다. 사실, 놓고 보면 부부의 연이 있었다고는 해도, 별로 서로의 인생에 영향이 없었던 두 사람에게 감정의 골이나, 질투 같은 것이 남아 있을 리 없었다. 그러기에는 세월이 너무 흘러 모든 기억마저 가물거렸다.

"근데, 당신은 한국에서 만날 사람이 나밖에 없는 건가? 불쌍한 인생이군."

"왜, 싫어? 난 나름 너를 위해서라고 생각하며 오는데. ……원치 않으면 안 올게, 이제."

"아니, 그런 말은 아니고. 그냥, 궁금해서 묻는 거라네."

"얼마, 안 남았으니, 좀 참아. 저승길 가는 친구에게 마지막 인정을 베푼다고 생각하렴."

"아니, 내가 무슨 말을 했다고, 그렇게 말을 하는 겐가? 그런 뜻이 아니라, 그냥 궁금해서 물어본 것뿐이라니까."

그의 얼굴이 순간 벌게졌다.

"젊은 날엔 약을 끊는 게 너무 힘들었어. 계속 병원을 들락거려야만 했거든. 마흔이 되기까지 힘들었던 것 같다. 몇 번 죽으려고도 했고, 그림은 완전 좋았고."

"마, 마약 말하는 건가?"

"……, 하하하하."

그녀가 당황한 그의 얼굴을 뻔히 쳐다보더니 깔깔 웃기 시작했다.
그녀가 웃자 그는 민망해졌다. 오래전 그녀의 그런 소식을 들어서 알
고 있었지만, 본인에게 직접 들으니 뭔가 이상한 느낌이 들었다.

"그런데 한국에 남아 있었다 하더라도, 뭐가 달라졌을까 싶다. 한
국을 떠난 게 한때는 후회가 되기도 했었는데 말이다. 곰곰 떠올려
보면 밖에서 느끼던 한국의 실정이라는 것 말이야. 나, 못 견뎠을 거
야. 어차피 이곳에 남았어도, 정신병원을 들락거렸을 테고, 미국에서
는 드럭 때문에 병원을 왔다 갔다 했으니, 그래도, 환영이 있는 편이
낫지 않았겠어?"

그녀를 향한 동경이 생경해졌다. 그가 그녀에게 반했던 모습, 그것
이 그녀에게 아직도 고스란히 남아 있는 것 같아, 재회한 후 처음으
로 마음이 떨렸다. 틀에 박히고, 꽉 짜인 소심함으로 가득한 그의 인
생에서 그녀는 분명 이질적인 존재임이 분명했다.

그가 멍하니 그녀를 바라보았다. 움푹 팬 눈자위, 불룩 솟은 광대
뼈, 쏙 들어간 볼, 처음으로 그는 그녀에게 측은한 마음이 들었다.

"근데 안 아픈가? 고통은 참을 만해? 엄청 아프다고 하던데."

그녀가 가방에서 뭔가를 꺼냈다. 작은 앰플의 주사약이었다.

"약으로 시작한 자, 약으로 돌아오리니."

"아니, 그게, 마, 마약이라는 건가? 지금?"

그의 눈이 휘둥그레졌다.

"하하하하. 아니 마약이면 어떻고, 아니면 안 되는 거야? 이제, 곧 죽을 건데. 너도 참. ……진통제인데, 뭐 마약이나 비슷한 거지. 지금은 그래도 걸어서 너를 보러 올 수도 있지만, 횟수가 쌓이면 이제 침대에서 꼼짝 못하겠지. 구원의 세계로의 진입이지."

"음……."

그는 뭐라 말하지 못하고, 마치 목사의 가르침에 매료된 선한 교인처럼 그녀를 우러러 쳐다보았다. 분명, 그녀를 바라보는 그의 표정에는 존경의 눈빛이 어려 있었다.

양자에게 남편으로부터 편지가 왔다. 그가 하늘수련원을 다녀간지 두 달여 만이었다. 그간 남편은 양자에게 한 통의 전화도 없었다. 양자는 남편이 다녀간 뒤로 영 기력을 찾지 못했다. 날씨는 더워졌고, 일찍 시작된 장마로 좋은 컨디션을 유지하기 힘들었다. 무엇보다 양자는 아무런 의지가 없었다. 바깥출입도 하지 않은 채 온종일 방에 누워 있었다. 그러면 그럴수록 김덕이 여사는 더욱 힘을 냈다.

집배원이 물길을 따라 떠내려가듯 사라졌다. 그녀는 딸에게 온 두 통의 편지가 불길하기만 했다. 그녀는 젖은 손으로 편지봉투를 뜯었다. 자필로 쓴 내용증명에는 왜 이혼을 택할 수밖에 없는가 하는 이유가 잔뜩 쓰여 있었다. 내용증명이라는 게 재판을 염두에 둔 것이라는 정도는 그녀도 알고 있었다. 어느새 그녀의 눈에는 분노를 넘어 서러움이 잔뜩 어렸다. 눈물이 그녀가 펼쳐 들고 있는 편지 위로 떨어졌다. 무엇보다도 그녀가 참을 수 없는 것은 양자를 정신이 이상한 여자로 몰고 있는 부분이었다. 자신이 결백한데도, 양자의 의부증으로 인해 자신이 엄청난 괴롭힘에 놓여 있다고 적고 있었다. 양자의 죽음과 현재의 병세를 고려한 내용은 전혀 없었다. 내막이 어떠한지 그녀는 잘 알지 못했지만, 양자가 사리분별도 못하는 정도의 수준이 아니라는 것을 그녀도, 사위도 잘 알고 있었다. 양자가 성격이 다정한 구석은 부족해도, 똑똑하고 명석한 것을 사위가 가장 잘 알고 있었을 텐데, 너무 야속하기만 했다. 그녀는 억울했다. 죽음을 목전에 둔 자기 딸이 이러한 취급을 받는 것에 참을 수 없었다. 다른 한 통의 편지는 법원에서 온 것이었는데, 이혼서류와 첫 공판조정에 관한 내용이었다.

"내 이놈을 당장……."

무슨 일이라도 낼 것처럼 발을 떼던 그녀가 멈칫했다. 빗줄기는 가늘어졌지만, 오솔길을 집어삼킨 거대한 물길은 더욱 기세 좋았다. 그녀가 쥐고 있는 편지를 벅벅 찢어 구기더니 아궁이에 던져 넣었다.

시신 없이 치른 이상한 장례가 엿새 만에 끝이 났다. 결국 원장의 노모는 끝내 장례절차를 받지 못하고 한 줌의 재가 되어 수련원으로 돌아왔다. 부축을 받으며 원장이 차에서 내리고 최영래가 노모의 유골함을 들고 따라 내렸다. 장례가 치러지는 엿새 내내 날씨는 푹푹 쪘다. 경찰이 노모의 시신을 인계했을 때엔 이미 부패가 상당히 진행되어 한시라도 빨리 화장을 해야만 했다. 상가 안, 조화는 이미 시들어서 하얀 국화가 누렇게 말라 있었다. 원장이 텅 빈 상가를 둘러보았다.

"왜, 천막을 지금까지 놓아두었냐."

그녀의 음성에 힘이 하나도 없었다. 딱히 누구에게 하는 말이 아니고, 푸념처럼 말을 뱉었다.

"오데, 유골을 뿌리 갔소?"

최영래의 말에 원장이 멍하니 유골함을 내려다보았다.

"우리끼리라도 간단히 식을 하자요. 남은 사람들이야, 엿새 내내 잘 먹고 놀았지만, 먼 길 가는 오마니, 뭐라도 해야 하지 않갔소."

원장이 아무 대답 없이 서 있자, 수련원 식구들이 바쁘게 움직였다.

황토집에 사는 식구들이 식당 앞에 차려진 상가로 모여들었다. 영정사진이 덩그러니 천막 안을 지키고 있었다. 미숙이 금세 음식을 내왔다. 간단한 제사상이 차려지고 수련원 식구들이 원장 뒤로 섰다. 영정사진 아래, 유골함이 놓여졌다. 사람들은 모두 서 있기만 할 뿐 무엇을 어떻게 해야 하는지 막막했다.

"술이나 한 잔씩 올리자요."

원장을 자리에 물러서게 하고 하늘수련원 식구들이 차례차례 술을 올리고 절을 했다. 수련원 원장은 마치 넋이 나간 사람처럼 아무 맥이 없었다. 단지 어머니를 잃은 슬픔에 기운이 빠졌다고 하기엔 사람이 허해 보였다. 기세 좋고 괄괄했던 그녀의 기운 빠진 모습에 모두들 적잖이 당황했다. 장례가 시작되고서도 그녀는 괜찮아 보였는데, 어느 순간부터 넋이 나간 다른 사람처럼 보였다.

"할머니는 옥수수를 가장 좋아했어요."

노모의 유골은 평소 그녀가 주로 시간을 보내던 텃밭, 그곳에 앉아 밭일하던 사람들을 구경하거나, 음식을 기다리곤 했던 옥수수밭에 뿌려졌다.

바람이 전혀 없어 가루가 잘 날리지 않았다. 뜨거운 햇빛 때문에 최영래를 바라보는 사람들은 모두 찡그린 표정이었다.

장례식이 끝난 다음 날부터 엄청난 비가 쏟아지기 시작했다. 산 밑에 자리 잡은 수련원 식당 앞으로 큰 물길이 생겨 굽이쳤다. 밑에 마을로 내려가는 작은 다리는 물에 완전히 잠겨서 수련원 식구들은 옴짝달싹 못하고 그곳에 갇혔다. 점점 불어나는 물에 사람들은 근심이 늘었다. 노모의 죽음은 연이어 쏟아진 비 때문에 금세 그렇게 잊혀졌다. 원장은 무엇을 하는지 방에서 꼼짝도 하지 않았다. 식사도 미숙이 방으로 날라 주었는데, 먹는 둥 마는 둥인 모양이었다. 미처 치우지 못했던 천막이 비바람에 찢겨 펄럭였다. 최영래와 인부들이 비를 맞으며 천막을 걷어내고, 모은 쓰레기들을 거대한 물속에 슬쩍 던져버렸다. 비는 내리기 시작한 후 열흘이나 계속되었다.

공민지는 백 교수 때문에 거의 매일 학교에 출근해야만 했다.

그녀가 처음 느꼈던 백 교수에 대한 생각이 많이 바뀌었다. 처음엔 그의 끈적거리는 시선이 부담스럽고 기분 나빴지만, 지금은 그것을 이용할 줄도 알았고, 별로 신경 쓰이지도 않았다. 그녀가 느끼기에 현재의 그는 그냥, 힘없는 노인이었다. 그녀는 오전에 주로 도서관에

가 있었는데 전부인인 손화자가 거의 매일 오전, 그를 찾아왔기 때문이었다. 점심때가 되고 손화자가 돌아가면 공민지는 백 교수와 점심을 먹었다. 손화자가 찾아오기 시작한 이후부터 백 교수는 뭔가 달라졌다. 탐욕스럽고, 고집스러웠던 표정이 아이같이 변하고 있었다. 공민지는 그런 백 교수가 조금 귀엽다고 생각했다. 엄한 표정을 지으며 꾸중을 하고, 잔소리를 할 때도 공민지는 더 이상 그에게 기분이 상하거나, 무섭지 않았다.

"자네, 어딘가? 누가 찾아왔네만."

"네? 누가……."

"그걸 내가 어찌 아는가."

"네, 선생님. 금방 가겠습니다."

"올 때 생수 좀 갖다주게나. 물이 떨어졌구만."

수화기 너머 만류하는 여인의 목소리가 들려왔다. '물 정도는 자기 손으로 떠먹어야 하는 게 아니야?' 그녀는 피식 웃음이 나왔다.

"가서 떠다 드릴게요, 선생님."

연구실에서 전화가 온 것은 막 도서관에 자리를 잡고 앉은 뒤였다. 여름방학이 시작된 지 얼마 되지 않아서인지, 도서관엔 꽤 많은 학생들이 있었다. 계절학기를 듣고 취업준비를 하는 학생들의 표정이 비장해 보였다. 잠시 시간을 때우러 온 그녀와는 사뭇 달랐다. 그녀는 잠시 가만히 주위를 둘러보며 숨을 골랐다. 어째 하루 종일 바쁠 것 같은 예감이 들었다. 잠시 숨을 고르고 앉아 있다가 천천히 연구실로 향했다. 연구실까지는 걸어서 10여 분이 걸렸는데 그나마 내리막길을 걷는 것이 다행이었다. 날씨 탓인지, 벌써 지치는 것 같았다.

연구실 복도에 들어섰을 때, 문 앞에 한 여자가 아이를 안은 채 서 있었다. 그녀는 불길한 느낌이 들었다.

"저를 찾아오셨어요? 제가 공민지인데요."

아이 엄마가 꾸벅 인사를 했다. 공민지도 따라서 고개를 숙였다.

"아녕하세요. 저넌, 니본에서 온, 나오미이미다. ……제 난편은 최준이미다. ……부쑥 찾아와서, 죄송하미다."

여자가 수줍은 표정으로 고개를 연신 숙이며 자신을 소개했다. 공민지는 난감했다. 그는 한 번도 자신의 부인에 대해서 말한 적이 없었다. 그녀도 묻지 않았다. 그의 부인이 일본 사람일 것이라고는 생각지 못했다. 갓난아이가 잠에서 깨 울기 시작했다. 공민지가 여자와 품에 안긴 아이를 번갈아 쳐다보았다. 아이를 어르며 서 있는 여자를 보고서야, 그녀는 그를 마지막으로 만났던 날이 떠올랐다. 칙, 그녀의 머릿속으로 아찔한 향기가 스며든 것은 동시였다.

8. 죄송하무니다

"나, 부탁이 있다."

"뭔가?"

"나, 좀, 안아주라."

"……음."

손화자가 연구실을 나서기 전 말했다. 그는 난처해하며 고개를 돌렸다. 그는 이상하게도 안아달라는 말이 포옹이 아니라, 같이 자자는 말처럼 들렸다. 그가 선뜻 대답도 포옹도 하지 않은 이유는 그녀가 말함과 동시에 머릿속에 한 가지 생각이 떠올랐기 때문이었다. 그녀의 가슴이 있던 자리, 쭈글쭈글한 거죽과 피부가 그의 눈앞에 선명하게 떠올랐다.

"……인색한 놈, 같이 자자고 하면 난리 나겠다."

"아니, 그런 게 아니라……."

그는 지금껏 나이 많은 여자와 동침을 해본 적이 없었다. 세 번째 이혼을 했을 때가 그의 나이 쉰이 되던 해였다. 당시 세 번째 부인, 심은경의 나이가 서른다섯이었다. 그녀가 떠난 이후에는 나이가 많은 여자는 거들떠보지도 않았다. 그는 또래 여자에 대해 아무런 경험이 없는 것이나 마찬가지였다. 인생을 한 여자와 공유하며 느끼는 인정 같은 것을 그는 전혀 알지 못했다.

"나 간다. 삐쳐서 이제 안 올지도 모른다."

"……."

그녀가 천천히 발걸음을 뗐다. 그는 아무 말도 하지 못하고 멀어져 가는 그녀의 뒷모습만 멍하니 쳐다보았다. 그는 우두커니 서서 너무나 가벼워 보이는, 그녀의 뒷모습을 바라보았다. 미끄러지듯 멀어져 가는 환영처럼 그녀는 눈부신 빛 속으로 사라졌다. 복도 끝, 창밖에서 밀려드는 찬란한 햇빛에 눈이 부셔 그는 미간을 찡그렸다.

"별일도 아닌데, 참."

그가 연구실 안으로 들어서며 중얼거렸다. 뱃속에서 꼬르륵하는 소리가 났다. 허기를 느끼자 공민지에게 부리나케 전화를 걸었다. 이미 점심시간을 훌쩍 지나 있었다. 여러 번 반복해서 걸어보아도 그녀는 전화를 받지 않았다. 그는 머리끝까지 화가 올랐다.

"버릇없는 기집 같으니라고."

그가 수화기를 신경질적으로 내려놓으며 고함을 쳤다. 손님이 찾아왔었다는 것이 그제야 기억이 났다. 그렇다고 해도 이해가 되는 것은 아니었다. 전화를 내려놓고, 그는 조교 책상 주변을 두리번거리며 중국집 전화번호를 찾았다. 보이지 않자 그는 점점 더 화가 났다. 모든 것이 공민지 탓 같았다. 배가 고픈 것도, 중국집 전화번호가 눈에 띄지 않는 것도, 손화자가 삐친 것도 모두 다 공민지의 잘못 같았다. 그는 요즘 아무 일도 아닌 것에 화가 나는 일이 잦았다. 늙고 있다는 증거였다. 때마다 공민지에게 화를 쏟아붓곤 했다. 화가 나는데 그녀가 눈앞에 없을 때면 더욱 울화가 치밀었다. 그는 중국집 전화번호를 더 찾아보는 대신, 공민지 전화번호를 연속해서 신경질적으로 눌러댔다.

"도대체 어떻게 된 일인지, 말을 좀 해봐."

벽 쪽을 보고 돌아앉은 양자를 김덕이 여사가 채근했다. 잠깐 멈추었던 비가 다시 내리고 있었다. 장마라고 하기엔 그 기세가 예전과는 달랐다. 일주일이 넘게 쏟아진 폭우는 황토집에서 요양하는 사람들의 마음을 졸이게 만드는 데 충분했다. 사람들은 혹시 물길이 더욱 거세져서 집 안으로 들어오지 않을까 조바심을 냈다. 내리는 비만큼이나 김덕이 여사의 심사도 심란하기만 했다. 김덕이 여사는 이제 딸의 이혼문제를 마냥 지켜볼 수만은 없었다. 양자의 몰골은 날이 지날수록 수척해졌다. 날씨가 궂은 탓에 장을 보지 못한 지 꽤 여러 날이 지났다. 찬거리도 보양할 음식도 모두 떨어지고 없었다. 김덕이 여사는 걱정이 늘었다. 끈적거리는 습기가 양자의 몸을 더욱 침잠시켰다. 김덕이 여사도 맥이 빠지기는 마찬가지였다. 여름 더위보다도 습기를 더욱 견뎌내기 힘들다는 것을 뼈저리게 느끼고 있었다. 건강한 사람도 견디기 힘든 날씨가 계속되었다. 비가 시작된 지 열흘이 넘었다. 낮에도 하늘은 어두컴컴하니 쉬지 않고 비를 뿌렸다.

"그 사람, 여자가 생겼어."

"그게 다야?"

"어린애야."

"너, 엄마가 남편 없이 어떻게 살아왔는지 보고도 그렇게 덤덤한 거야?"

"엄마하고 나는, 다른 문제야, ……그건."

"잠깐 한눈 한 번 팔았다고, 인생을 포기해? 당장 전화해서, 얼른 민 서방한테, 오라고 해."

"와서 뭘 어쩌란 말이야. 이미 끝난 얘기야, 엄마. 그냥 좀 내버려 둬."

"그럼, 애들은 어떡하려고 그래? 남의 손에 키울 거야?"

"……그게 뭔 상관이야. 이제 곧 죽을 텐데."

짝. 말이 끝나기가 무섭게 순식간에 양자의 턱이 돌아갔다. 김덕이 여사가 양자의 뺨을 세차게 때렸다. '죽을 텐데……' 고함치던 양자의 말이 순식간에 날아갔다. 양자는 그대로 몸이 돌아가며 고꾸라졌다.

"……괜찮어?"

때린 그녀도, 맞은 양자도 서로 당황하긴 마찬가지였다. 김덕이 여사가 어쩔 줄을 모르며 속삭이듯이 말했다.

"양자야, ……양자야."

그녀가 양자의 등을 어루만졌다. 양자가 조용히 흐느꼈다. 김덕이 여사도 금세 눈앞이 뿌예졌다.

"그러니까, 그런 말 말어."

그녀가 흐느끼며 양자의 등에 얼굴을 묻었다.

하늘수련원 식구들도 계속 내리는 비 때문에 모두 할 일을 잃었다. 폭우 앞에서 수련원 식구들은 농사를 뒤로 미루고 방 안에서 삼삼오오 모여 화투를 치거나, 식당에 모여 앉아 낮부터 막걸리를 돌려 먹으며 시간을 죽였다. 최영래만이 고군분투 축사를 지키며 가축을 돌보느라 정신이 없었다. 비교적 높은 곳에 축사를 지었지만, 산에서 내려오는 많은 물이 물길만 따라 내려오는 것이 아니어서, 그는 밤이고 낮이고 긴장을 늦출 수 없었다.

원장은 방 안에 틀어박혀 나오지 않았다. 하지만 방문 앞에 내놓은 밥상은 언제나 깨끗하게 비워져 있었다. 왕성한 식욕은 여전한 듯 보였지만, 분명 원장은 예전과는 다른 사람이었다.

미숙이 새벽에 식사를 준비하러 나왔다가 놀라서 까무러친 적이 있었다. 동틀 무렵, 원장은 엄청나게 들이 붓는 비를 맞으며 옥수수밭 근처를 배회하고 있었다. 미숙은 뭔가 섬뜩한 생각이 들어 모른 척 지나쳤는데, 무엇인가 스윽, 스윽 옥수숫대 사이를 움직이는 것이 옆 눈으로 보였다. 원장은 아무 표정도 없이 비를 맞으며 맨발로 옥수수밭 고랑을 왔다 갔다 하고 있었다. 그것이 사람의 모습처럼 보이지 않았다. 하늘을 보며 무슨 말인가를 중얼거리기도 했다. 미명이 오고 있었지만 빗줄기 속에 숨겨진 어두컴컴한 원장의 윤곽은 이 세상 사람의 것이 아닌 것 같았다.

밤이 되면 원장은 집을 나서 어딘가를 밤새 헤매다 들어왔다. 모든 것이 빗소리에 묻혀버렸다. 사람들은 원장의 상태가 어떠한지 관심 없었고, 알지도 못했다. 원장은 으슥한 밤이 찾아오면 넋을 잃은 사람처럼 스윽 집을 나섰다. 어린 미숙은 그런 원장이 겁이 났다. 밥상을 방으로 가져다줄 때에도 마주치지 않으려고 문 앞에 밥상을 놓고 도망치기 일쑤였다. 미숙이 느끼건대 원장은 귀신이 씌었거나, 정신이 나간 게 분명했다. 쌩쌩했던 그녀의 성격은 온데간데없이 사라졌고, 맥이 하나도 없어졌다.

"아저씨, 원장님이 이상해요."

"뭐기?"

"아무래도, 할매귀신이 씐 거 같아요. 그 비를 다 맞고 밤새 어딘가를 돌아다녀요."

"밤마다?"

"네, 무서워 죽겠어요."

"그러지 말기야. 입조심하라."

최영래가 미숙의 입을 단속했지만, 겁이 난 미숙이 사람들을 붙들고 사정을 얘기하는 통에 곧 수련원 식구 모두가 이 사실을 알게 되었다. 사람들은 공공연하게 모여 밥을 먹거나, 화투를 치거나, 낮술을 마시며 원장의 일을 떠들어댔다. 비는 그칠 줄 몰랐고, 원장의 상태는 점점 나빠지는 것 같았다. 무엇보다도 낮에는 무엇을 하는지 방에서 나오지 않고, 깜깜한 한밤중이 되어서야 산속을 떠도는 그녀가 온전하지 않은 것은 분명해 보였다. 어쩌다 마주치기라도 하면 식구들은 그녀를 피해 숨거나 도망쳤다. 그녀는 아무런 표정도 없었고, 다른 사람에게 말을 거는 법도 없었다. 그 모습이 그녀의 죽은 노모와 너무 닮아 있어서 사람들은 그녀를 볼 때마다 섬뜩한 생각이 들었다.

비는 기세등등했고, 사람들의 인내심은 바닥을 드러냈다. 하릴없이 노는 데 열정을 바치던 수련원 식구들도 이제, 툭하면 서로 싸웠다.

큰비를 뚫고 낯선 사람들이 하늘수련원을 찾았다. 사람들은 식당에 들어서자마자 입고 있던 우의를 문가에 벗어놓았다. 식당에 모여 있던 수련원 식구들은 잘못한 일도 없는데, 괜스레 뭔가 뒤가 켕기는 듯 서로의 눈치만 보았다. 하나둘, 일어나 그들이 벗어놓은 우의를 털어서 의자에 걸쳐 놓았다. 원장을 만나러 왔지만, 만날 수 없는 이유를 자세히 설명할 길이 없어 미숙이 최영래를 부르러 갔다. 수련원을 찾아온 사람들은 모두 다섯 명이었는데, 모두 화가 나 있는 사람들처럼 얼굴에 심사가 뒤틀려 있었다. 큰비를 뚫고 수련원까지 올라온 것이 예삿일이 아니었다. 올라오는 도로는 이미 거대한 물길로 변해 있어, 차가 오고 가는 것에 어려움이 있었는데, 그것을 뚫고 올라온 사람들이었다.

아무도 말을 하는 사람이 없었다. 넷은 인상을 가득 구긴 채 한데 모여 앉아 있었고, 땅딸막한 키에 머리가 벗겨진 한 남자는 콧노래를 부르며 식당 안과 밖을 왔다 갔다 했다. 그는 쏟아지는 비를 쳐다보기도 하고, 수련원 건물을 살펴보기도 했다.

최영래가 등장하자 기다리던 사람들이 몰려들어 그를 둘러쌌다. 서울에서 왔다는 그들은 간략하게 사태를 설명했다. 김 씨가 그들에게 하늘수련원 이름을 팔아 사기를 쳐서 해먹은 돈이 3억이었다.

"네, 이 잡놈을 가만두지 않겠어."

그들이 들고 온 차용증과 계약서에는 원장의 인감이 모두 찍혀 있었다. 어찌 된 영문인지 확인할 길도 없었다. 수련원 식구들은 혹 자신에게 불이익이 오지 않을까 노심초사 촉각을 곤두세웠고, 최영래는 무엇을 어떻게 해결해야 할지 골똘해졌다.

"최근에 김가가 다녀간 지 얼마나 됐겠나?"

"할매 상 때도 안 왔으니, 한 달은 넘은 거 같은데요."

문제는 하늘수련원을 담보로 잡힌 것이었다. 돈만 돌려준다면 그들은 수련원에 미련이 없다고 했다. 촌에서 이런 땅과 황토 건물을 가지고 수익을 낼 수 있을지, 그들은 회의적이었다. 그들은 투자한 돈을 돌려받고 싶어했다. 원장이 정신이 돌아와야지만 해결할 수 있는 일이었다. 그에 대해 아는 사람이라곤 아무도 없었기 때문이었다.

서울에서 내려온 사람들은 그렇게 큰 목돈을 되돌려줄 여력이 그들에게 없음을 확인하더니 낙담했다. 수련원 식구들은 혹 무슨 일이라도 생겨서 이곳에서 쫓겨나거나 일이 없어질지도 모른다는 불안감이 생겼다. 그들은 서로 다른 이유로 침묵했다. 서울에서 온 사람들도 별 기대를 하지 않았다는 표정이었다. 갑자기 밖에서 여자의 비명 소리가 들려왔다. 빗소리에 잘못 들었나 싶어 귀를 기울이고 있던 사람들은 다시 괴기한 여자의 비명 소리를 또렷하게 들을 수 있었다. 그리곤 그 소리는 빗소리에 섞여 곧 멀어졌다. 사람들은 식당 밖으로 나와 주위를 두리번거렸다. 저 멀리 산속을 향해 비명을 지르며 뛰어가는 원장의 뒷모습을 사람들은 바라보았다.

"근데, 여기 암환자 요양원이라고 하던데, 정신이 이상한 사람들도 오는 건가요?"

무리 중 한 아주머니가 물었지만, 아무도 대답하는 사람은 없었다. 엄청난 빗줄기를 뚫고 멀어져 가는 원장의 뒷모습을 수련원 식구들과 서울에서 온 사람들이 근심스러운 표정으로 바라보았다.

잠에서 깨어 보채는 아이에게 여자는 젖을 물렸다. 둘은 등나무 벤치에 나란히 앉았다. 가끔 오가는 학생들이 신기하다는 듯 젖을 물린 여자를 쳐다보았다. 몇몇 남자들은 끈끈한 눈빛을 흘렸다. 블라우스 단추를 풀고 드러낸 여자의 가슴을 공민지도 힐끔거렸다. 풍만한 여자의 왼쪽 가슴이 훤히 드러났다. 공민지가 가방에서 손수건을 꺼내어 그녀에게 건넸다.

"괜찮스무니다. 아이가 싫어하무니다."

여자가 정중하게 공민지의 호의를 거절했다. 여자는 아이에게 젖을 물린 채 한동안 말이 없었다. 공민지는 그런 여자의 모습을 곁눈으로 흘끔거리거나, 바람을 찾아 맥없이 손부채질을 해댔다. 둘은 침묵했다. 어색한 둘 사이로 찐득한 습기가 들러붙었다. 더운 날씨 탓에 캠퍼스에는 돌아다니는 사람이 거의 없었다. 등에서 땀 한 줄기가 흘러내렸다. 날씨는 찌는 듯했다. 습기가 많아서 가만히 앉아 있어도 질척거렸다.

공민지는 무엇을 어떻게 말하고, 곤혹스러운 이 자리를 피할 것인지 골똘했지만, 뾰족한 수가 생각나지 않았다. 그녀가 자신에 대해서 무엇을, 얼마나 알고 있는지 궁금했다. 왜 자기를 찾아온 것인지 알아야만 무슨 대답이라도 할 수 있을 텐데, 난감하기만 했다. 그 와중에 연구실에서 계속해서 전화가 걸려 왔다. 그녀는 받지 않았다. 전화기를 꺼놓지도 않았다. 뻔히 손님이 찾아온 것을 알고 있음에도 계속해서 전화를 거는 백 교수가 얄미웠다. 새삼 그가 정말 예의도 없고 뻔뻔한 사람이라는 생각이 들었다.

"비가 그치니 엄청 덥죠."

이런저런 생각 끝에 먼저 입을 뗀 것은 공민지였다. 시답잖은 말을 한 것 같아 그녀는 바로 후회했다. 여자는 아무런 대꾸를 하지 않았다. 둘 사이엔 더 어색한 기운이 흘렀다. 아이는 젖을 물고 잠이 들었는지 조용했다. 가끔 여자가 한숨을 쉬었는데, 그녀는 그게 조금 신경 쓰였다. 배에서 꼬르륵 소리가 났다. 그녀가 손으로 자신의 배를 가볍게 문질렀다.

"고향이 토오교오이무니다. 그곳도, 굉장히, 여름에는, 덥스무니다."

"아, 그렇구나."

짧은 대화 후, 둘은 다시 맥이 끊겼고, 다시 말이 없었다. 여자는 조심스럽게 잠든 아이 입에서 젖을 빼내자 아이가 칭얼댔다. 여자는 다시 젖을 물렸다. 아이의 작은 손이 여자의 충만한 가슴을 악착같이 움켜쥐었다.

"저기, 제가 찾아온……."

공민지는 막, 한국말 잘하시네요, 하고 말하려던 참이었다. 공민지가 고개를 돌려 그녀를 쳐다보았다. 여자는 그녀의 시선을 피해 먼 곳을 바라보았다. 여자의 얼굴을 유심히 본 것은 처음이었다. 여자의 얼굴을 똑바로 쳐다볼 수 없는 것이 양심 때문인지, 민망함 때문인지, 여러 생각이 들었다. '그를 안 것은 내가 먼저야' 속으로 별 도움 안 되는 다짐과 핑계를 대보기도 했지만, 소용없었다.

그녀가 여자의 얼굴을 찬찬히 쳐다보았다. 이목구비가 뚜렷했다. 여자의 인상은 착하고 순해 보였다. 작은 쌍꺼풀과 하얀 피부, 말을 할 때 잡히는 보조개가 예뻐 보였다. 대개의 일본 여자들과는 달리 이도 가지런했다.

갑자기 여자가 울음을 터뜨렸다.

"죄송하무니다. ……죄송하무니다."

여자가 아이를 안은 채 무릎을 꿇고 말했다. 공민지는 깜짝 놀라서 엉거주춤 같이 꿇어앉았다. 때마침 곁을 지나가던 한 커플이 무슨 일인가 싶어 걸음을 멈추었다.

"아무 일 아니에요."

공민지가 커플에게 얘기했다. 여자의 눈에서 눈물이 뚝뚝 떨어져 아이에게 닿았다. 아이도 칭얼대며 울기 시작했다. 아이가 젖을 놓자 여자의 왼쪽 가슴은 무방비로 드러났다. 여자는 가슴을 추스르지도 않고 눈물을 쏟아냈다. 공민지는 주위를 두리번거리며 여자에게 무릎걸음으로 다가섰다.

"죄송하무니다. 저와, 아이는 그 사람을, 너무 사랑합니다. 제발……."

"도대체 왜 그러시는 거예요? 네?"

순식간에 공민지의 얼굴이 벌겋게 달아올랐다.

"무슨 일 때문에 그러는지 모르겠지만, 그쪽이 상상하는 그런 거 아니에요. 우린 아주 오래전에, 그쪽이 만나기 전에 이미 정리된 사이예요. 그러니…… 그만, 울어요."

"제발, 그 사람을 놓아주세요. 이렇게 부탁하무니다. ……이렇게 찾아와서 죄송하무니다. 죄송하무니다."

아이가 간드러지게, 숨이 넘어갈 듯이 울기 시작했다. 그러자 여자가 아이를 바로 안았다. 그때까지도 여자의 왼쪽 가슴은 그대로 드러난 채였다. 공민지가 옷을 여며주었다. 여자가 눈물을 훔치며 억지로 웃어 보였다. 공민지가 그녀의 눈빛을 피해 고개를 숙였다.

"왜, 그쪽이 죄송해요. 그런 거 아니라니까. ……아무 사이도 아니고, 아무 일도 없었다니까요."

말하는 그녀의 목소리가 점점 움츠러들었다. 여자는 공민지의 말을 못 들은 것인지, 듣고서 못 들은 척하는 것인지, 아이를 어르기만 했다.

"……죄송한 건, 저죠. ……미안해요."

공민지가 들릴 듯 말 듯 아주 작은 소리로 속삭였다. 그녀는 마음 한쪽이 완전히 허물어지는 것을 느꼈다. 여자는 민지의 말에 반응하지 않았다. 겨우 울음을 그친 아이를 등을 토닥이며 얼렀다.

"……죄송하무니다. 다시는, 이런 일이 없도록, 주의하겠스무니다."

여자가 아이를 안은 채 꾸벅 고개를 숙였다.

"제가, 마음이 모자람이 많아서, 이런, 실수를 저질렀스무니다. 용소해주세요."

여자가 다시 꾸벅 고개를 숙였다. 여자가 고개를 숙일 때마다 안고 있는 아이가 떨어질 듯 위태롭게 느껴졌다. 공민지는 이러지도 저러지도 못하고 고개만 숙인 채, 가만히 있었다. 샌들 위로 드러난 발톱을 내려다보았다. 지난밤 동생 민정이 발톱에 칠해준 와인빛 매니큐어가 핏빛으로 번지고 있었다. 허물어진 마음 한쪽, 반대편이 아프게 아려왔다. 그녀는 고개를 들지 못했다. 귀까지 벌게졌다.

"……."

"……."

여자가 말없이 고개를 땅에 닿을 듯 숙이자, 공민지도 같이 고개를 숙였다. 여자가 폭염 속으로 멀어져 갔다. 공민지가 한참 만에 고개를 들어 여자의 뒷모습을 바라보았다. 눈물을 훔치며, 아이를 등에 고쳐 업으며 쨍쨍한 햇빛 속으로 천천히 걸어가고 있는 여자를, 공민지는 멍하니 쳐다보았다.

"여보세요? ……네, 선생님. 근처예요. ……냉면이요? 알겠습니다, 선생님."

엉겁결에 받은 전화를 끊으며 공민지는 작은 소리로 욕을 했다.

"시팔."

공민지가 걸음을 바삐 움직여 한낮 뜨겁게 달궈진 캠퍼스 오르막을 걷기 시작했다. 몇 걸음 떼지도 않았는데, 그녀는 이미 땀범벅이었다. 그녀는 뛰기 시작했다. 타닥, 타닥 한 걸음 내딛을 때마다 샌들 굽이 바닥에 부딪히며 못 박는 소리를 냈다. 숨이 턱밑까지 차올랐다. 숨이 찬데 갑자기 눈물이 나왔다. 찐득하니 습기가 온몸을 휘감았다. 얼마 못 가서 그녀는 멈추어 섰다. 그녀는 숨을 헐떡이며 엉엉 울기 시작했다.

"아니, 무슨 일이래?"

공민지가 고개를 들어 소리 나는 쪽을 바라보았다. 얼굴은 땀과 눈물로 범벅이었다. 마스카라가 번진 얼굴에 검댕물이 볼을 타고 흘러내렸다.

"아니, 왜 그래?"

환영처럼 다가온 사람은 손화자였다. 공민지는 얼른 얼굴을 훔쳤다. 검은 물이 더욱 번졌다.

"날 더운데, 길거리에서 왜 울고 그러니, 촌스럽게."

손화자가 몇 발짝 떨어져 서서 예의 힘없는 목소리를 뱉어냈다. 공민지가 허리를 숙인 채 고개만 들어 그녀를 올려다보았다. 그녀의 모습은 한낮에 나타난 유령 같았다. 헐렁한 옷에 숨겨진 앙상한 뼈, 몸의 윤곽이 드러났다. 볼에는 살이 하나도 없이 움푹 패어 있었고, 눈은 생기를 잃고 꺼져 있었다. 살아 있는 사람 같지 않았다.

"이제 좀 가라앉니?"

공민지는 고개만 끄덕였다. 그녀는 연구실 안에서 볼 때와는 다른 인상이었다. 뭔가 측은한 마음이 들었다. 그녀의 왜소한 몸 때문인지, 아직도 자신감 넘치는 그녀의 말투 때문인지 확실치는 않았다. 분명한 것은 밝은 햇빛 속에서 본 그녀는 병색이 완연해서, 죽음과 더욱 한 발 가까워졌다는 것이었다.

"선생님은 괜찮으세요? 얼굴색이 많이 안 좋아 보이세요."

"나야, 뭐 죽을 날 받아놓고 사는 사람이니, 안 좋은 게 당연하다지만 넌, 뭐니? 이렇게 더운 날에."

둘은 처음 나누는 대화였지만, 서로 친숙함을 느꼈다. 공민지는 그녀에게 창피하지 않았고, 손화자는 어린 그녀가 내심 걱정이 되었다.

"점심 드시고 가시지 그러세요."

"나, 아무거나 못 먹어. 약 때문에 토해."

"선생님이 배고파서 신경질 나셨어요. 얼른 가봐야 하는데, 뛰어갈 힘이 없네요."

공민지가 굽혔던 허리를 폈다.

"그래서 울었니?"

손화자가 말하더니 농담이라는 듯 슬며시 미소를 지었다.

"헌데, 키가 몇이야?"

"166이요."

"그렇게 크지는 않구나. 몸 선이 좋아서 크게 보이나 보다."

손화자의 목소리는 여전히 힘없고 작았지만, 또렷했다. 말하던 중 손화자가 인사도 없이 돌아서 갔다. 모습이 너무 자연스러워서 공민지는 그녀가 다시 돌아올 줄 알고 한참 그대로 서 있었다. 손화자는 한 발, 한 발 천천히 움직이지 않는 것처럼 움직였다. 아주 느릿느릿 그녀의 모습이 멀어져 갔다.

"안녕히 가세요, 선생님."

손화자는 돌아보지 않았다. 공민지가 본 그녀의 마지막 모습이었다.

9. 안아주라

 백용현이 화들짝 놀라 잠에서 깼다. 새벽이었다. 미명이었다. 그는 잠에서 깨어 황망한 표정으로 창밖을 무심히 바라보았다. 창밖으로 천천히 변하는 하늘의 빛깔을 쳐다보았다. 꿈은 기이했다. 나이를 먹어갈수록 꿈은 현실처럼 점점 더 선명해졌는데 꿈이 꿈 같지 않고, 기억의 한 편린 같았다. 실제 있었던 일마냥 너무 생생했다.

 전쟁이 나기 전 살던 고향집 툇마루, 어머니가 멍하니 앉아 있었다. 그는 아직 어린아이였는데, 어머니는 이미 머리가 반백으로 죽기 바로 직전의 모습이었다. 그 모습이 조금 낯설어서 그는 멀찍이 떨어져서 우두커니 앉아 있는 노모를 바라보았다. 노모는 하얀 소복을 입고 있었다. 어린 그도 노모가 초점 없이 바라보는 쪽을 쳐다보았다. 저 멀리 능선과 산그림자가 눈에 들어왔다. 구름이 군데군데 산 꼭대기에 걸려 있었다. 머리가 하얗게 센 어머니는 어린 그에게 시선을 주지 않았다. 어린 그는 그것이 조금 서운했는데, 그렇다고 다가가서 어머니에게 말을 걸 용기는 나지 않았다. 그는 부엌 문턱에 걸터앉아 어머니가 바라보는 쪽을 함께 무심히 바라보았다.

노모와 그녀가 바라보는 산 쪽을 하릴없이 번갈아 바라보던 그의 눈이 갑자기 휘둥그레졌다. 어느새 싸리문 앞에 웬 남자가 서 있었기 때문이었다. 집으로는 들어오지 않고, 문밖에 서서 집 안을 쳐다보고 있는 것이 곁눈으로 보였다. 어라, 그는 와락 겁이 났다. 남자는 하얀 와이셔츠 차림이었는데, 군데군데 핏빛이 선명했다. 갑자기 오줌이 마려웠다. 마당을 가로질러 화장실에 갈 엄두가 나지 않았다. 두려움에 사로잡힌 그는 노모가 앉아 있는 툇마루 쪽으로 걸음을 옮기려 애를 썼다. 이번에는 발이 움직이지 않았다. 어린 그는 겁에 질린 채 부엌 문턱에 걸터앉았다.

남자는 문 앞에 서서 집 안을 쳐다보았다. 그는 남자와 눈이 마주치는 것이 두려워 시선을 한곳에 두지 못하고 불안에 떨었다. 그러면서도 힐끔 싸리문 쪽을 바라볼 수밖에 없었다. 남자는 조금 전과 다르게 문 한가운데 서 있었다. 집 안으로 들어오길 망설이고 있는 것처럼, 아니 들어와서는 안 되는 사람처럼 싸리문을 넘지 못하고 있었다. 어린 그는 조금 전보다 더 큰 두려움에 빠졌는데, 슬쩍 쳐다보니 비슷한 또래의 어린 여자아이가 남자의 손을 잡고 서 있었기 때문이었다. 그 여자애도 그를 쳐다보고 있었다. 흔들리던 그의 시선이 여자애의 눈과 잠깐 마주쳤는데, 순간 그는 등이 오싹할 정도로 섬뜩한 느낌이 들었다. 어린 여자애는 손화자였다. 그는 분명 알 수 있었다. 어린아이였지만, 정확하게 얼굴을 보지 못했지만, 그는 느낌으로 여자애가 손화자인 것을 알았다. 그는 겁이 났다. 벌써 오줌이 사타구니를 뜨듯하게 적시고 있었다. 뭔가 큰 잘못을 저지른 것 같았다.

어린 그가 툇마루 쪽을 쳐다보았다. 뭐가 뭔지 모를 두려움에서 어머니가 도움이 되길 간절히 바랐다. 어머니는 움직임 없이 입가에 살짝 미소를 머금은 채, 여전히 산 쪽을 바라보고 있었다. 공포가 극에 달했다. 그는 어쩔 줄을 몰랐는데, 여자애가 자기를 여전히 쳐다보고 있다는 것을 느꼈기 때문이었다. 그가 겁에 질려 힐끔 문 쪽을 바라보았을 때, 피범벅인 남자도 이젠 그를 쳐다보고 있었다. 그는 오금이 저렸다. 문 앞에 서 있는 남자는 죽은 그의 아버지였다. 그의 기억에서 가물가물한 아버지의 얼굴이 확연했다. 한국전쟁 때 죽은 아버지가 어린 손화자를 데리고 문 앞에 서 있었다. 그는 도망치고 싶었으나 발이 땅에 아예 붙어버린 것마냥 꼼짝도 할 수 없었다. 눈이 마주친 찰나, 여자애가 그를 바라보며 손을 내밀었다. 마당을 건너 멀리 떨어져 있었지만, 바로 눈앞에 서 있는 것처럼 가깝게 느껴졌다. 그의 아버지가 그에게 손짓을 했다. 그는 그들이 부르는 쪽으로 가야 할 것만 같아, 엉거주춤 일어섰다. 그러나 발이 움직이지 않았다. 어떻게든 문 쪽으로 가려고 발을 움직여보았다. 어린 그가 겁에 질려 노모를 올려다보았다. 툇마루에 앉아 있던 어머니는 이번엔 엄한 눈으로 그를 말없이 바라보고 있었다. 그는 그것이 또 그렇게 겁이 나서, 도로 문턱에 주저앉았다. 문 쪽을 바라보았을 때, 그의 아버지와 손화자는 이미 사라지고 없었다. 그는 잠에서 깼다. 온몸이 온통 땀으로 범벅이었다. 사타구니께가 축축했다. 창밖에 푸른빛이 돌았다. 황망한 마음, 그의 마음 언저리부터 퍼런빛으로 물들기 시작했다.

비는 그쳤다 다시 내리길 반복했다. 비가 그쳐도 해는 뜨지 않았다. 내내 흐리거나 비가 왔다. 비가 시작된 지 열흘, 다시 열흘이 지났지만, 하늘은 여전히 궂어 있었다. 비가 그치면 설마 또 비가 그렇게 무섭게 올까 싶었지만, 큰비는 처음처럼 다시 내리기 시작했다. 산길은 물에 쓸려 없어지고, 큰물은 자기 흐르고 싶은 대로 터져 물길을 냈다.

하늘수련원 사람들이 읍내에 장을 보러 나가지 못하는 날이 길어졌다. 식료품이 점점 바닥을 드러냈다. 작은 개울이었던 곳이 물이 넘쳐 길이 사라졌다. 다리가 물속에 잠겨 하늘수련원은 마을과 단절되었다. 하늘수련원 식구들의 무료한 날이 늘어가고 있었다. 무료함을 이기기 위해, 전에 없이 식당에서는 노름판이 벌어지곤 했다. 농사를 거들던 인부들이 얼마 되지 않는 일당을 내놓고 본격적으로 노름을 했다. 심심풀이 10원짜리 고스톱에서 시작한 판이 점당 1000원까지 올라갔다. 한 판에 수십만 원이 오갔다. 최영래가 불같이 화를 내며 판을 거두었지만, 잠시였다. 돈을 잃은 사람들이 여기저기 돈을 꾸어 다시 판을 벌였다.

비가 오는 날이 길어지자, 원장의 상태는 더욱 심각해졌다. 밤에만 사라지던 그녀는 이제는 집을 나가서 하루 이틀 돌아오지 않았다. 처음에는 최영래와 미숙이 손전등을 들고 찾아 나서기도 했지만, 이제는 지쳐서 내버려두었다. 없어졌는가 싶으면 방에 있었고, 식사라도 같이 할 양 부르러 가보면 없곤 했다. 최영래는 날이 개면 병원에 그녀를 데리고 갈 생각이었다.

사람들은 죽은 노모의 귀신이 그녀에게 들러붙었다고 믿었다. 무엇보다 그녀에게 왕성한 식욕이 생긴 것이 그렇게 믿게끔 했다. 그녀는 시도 때도 없이 식당에 출몰했는데, 때마다 냉장고를 모두 헤집어놓았다. 그녀는 도둑처럼 음식을 먹고 사라졌다. 원장이 온전한 정신이 아니니 수련원이 잘 돌아갈 리 없었다. 비가 와서 당장 일을 놓고는 있었지만, 최영래는 걱정이 이만저만이 아니었다. 최영래뿐 아니라, 수련원에서 밥벌이를 하고 있는 사람 대부분은 앞으로 수련원의 미래가 어찌 될지 염려했다. 갈 곳이 마땅치 않은 사람들이 대부분이었기 때문이었다. 사람들이 최영래에게 의지하고 그가 원장이 맡아 하던 일을 대신하길 원하는 것도 그래서였다.

"일을 하더라도 비가 그쳐야 할 텐데……"

수련원 사람들의 근심이 늘어갔다.

김덕이 여사는 며칠째 몸살을 앓았다. 결코 쓰러지지 않을 것만 같았던 그녀의 체력도 연일 내린 비와 함께 바닥을 드러냈다. 그럼에도 그녀는 딸의 끼니를 거르지 않았다.

"절대 습한 바람 쐬면 안 된다. 난 괜찮으니, 잠자코 가만히, 있어.

죽을병 아냐."

 아픈 엄마를 대신해 밥을 챙기러 나가는 양자를 그녀는 악착같이 가로막았다. 김덕이 여사는 매 끼니마다 밥을 지어 밥상을 차렸다. 찬밥이 남으면 자신이 먹었고, 딸에게는 갓 지은 밥만 내놓았다. 찬이 변변치 않더라도 바로 지은 밥이면 많은 것이 상쇄되는 느낌이 들었다.

 괜찮다고 했지만, 그녀는 뭔가 심상치 않았다. 명치 쪽에 딱딱한 무엇이 손에 잡혔다. 모두 근심 때문이라고만 여겼는데, 며칠 앓아누워 보니, 혹시 큰 병이 아닐까 걱정이 되었다. '아프면 안 되는데, 그럴 수 없는데.' 그녀는 속으로 되뇌었다. 자신이 무너지면 딸 양자도 무너진다는 것을 그녀는 잘 알고 있었다. 그러면서도 며칠 앓았으니, 내일이면 털고 일어나겠지, 생각했다. 그녀는 밥상을 차려주고 몸을 뉘었다. 누군가 방문을 두드렸다. 양자가 나가려는 것을 말리더니 그녀가 힘겹게 몸을 일으켰다.

 "아니, 웬일이에요? 오랜만이네, 아저씨."

 "아니, 우리 어머님, 왜 이렇게 힘이 없으신가."

 그녀가 수줍게 미소 지으며 옷매무새를 다잡았다. 앞집 3호 남자였다. 비가 오는 통에 밖에 돌아다니는 일이 적으니, 앞집에 살아도 얼굴 본 지 여러 날이었다.

 "몸살이 났나봐, 며칠 앓았어요. 그나저나 비가 정말, 징그럽네."

 "그러게요, 그래서 부탁 좀 드리려고…… 제가 쌀이 떨어졌습니다. 조금 얻으러 왔습니다."

"아니, 어쩌다가, 하기사 우리도 장을 못 봐가지고, 겨우, 그렇네. 빨리 비가 그쳐야지, 이러다 다 굶어 죽겠어요."

"그러게 말입니다. 하하하하. 암 고치려 들어왔다, 굶어 죽을 순 없지요. 하하하. 먹을 게 떨어져서 밖에 갔다 오긴 해야겠는데, 차가 밖으로 나가질 못한대요. 밑에 마을은 난리인가 봐요. 물이 불어서."

"아, 그렇겠네, 어머, 어째요."

그녀가 쌀을 퍼 담으며 말도 함께 담았다.

"뭐라도 좀 줄까? 우리도 거의 다 떨어졌는데, 물김치 조금 줄까요?"

"아이고, 고맙게 잘 먹겠습니다. 쌀은 꼭 갚겠습니다."

"됐어요, 쌀은 빌려주고 받는 거 아니야."

"근데, 우리 어머님, 안색이 정말 안 좋으신데요. 어디 정말, 아픈 거 아니세요?"

"괜찮아요, 그냥 몸살이야."

"양자 씨는 여전하죠?"

"음, 그렇지 뭐."

그녀가 어색한 미소를 지었다. 웃는 듯, 찡그린 듯 입가에 씁쓸한 뒷맛이 남았다.

손화자가 며칠째 보이지 않는 것이 그는 찜찜했다. 며칠 전에 꾸었던 꿈 때문이기도 했지만, 아무 연락도 없이 발걸음을 끊은 것이 영 뒷맛이 개운치 않았다. 손화자는 그렇게 돌아서 간 이후로 다시 그의 연구실에 들르지 않았다. 그녀가 안아달라는 것을 오해하고, 매정히 뿌리친 것이 계속 마음에 남았다. 그는 아침 일찍 학교에 나와 그녀를 기다렸다.

"무심한 사람 같으니, 무슨 일이 있는지 전화라도 해야 할 거 아냐."

연구실 창밖을 내다보던 그가 느닷없이 버럭 소리를 질렀다. 예전과 다르게 그는 속으로 생각한 말이 무의식중에 불쑥 튀어나오는 일이 잦았다.

책상에 앉아서 손화자가 마지막으로 다녀간 날이 언제던가 헤아려보았다. 매일 별일 없이 반복된 일상으로 그게 언제였는지 가물가물했다. 시간이 얼마나 지난 것인지 아련했다.

"어이, 공 조교."

그가 습관적으로 있지도 않은 공민지를 불렀다. 그녀는 아직 출근 전이었다. 그는 불쑥 화가 또 치밀었는데, 그녀의 행태가 영 마음에 들지 않아서였다. 언제나 자신보다 늦게 출근하는 것에 기분이 상했다. 요즘에는 정신을 어디에 두고 다니는 것인지, 젊은 여자가 넋이 나간 사람처럼 멍하니 딴생각에 빠져 있을 때가 많은 것도 미덥지 않았다. 공민지가 출근하면 작정하고 한 소리 할 작정이었다.

탁상달력을 보며 손화자가 다녀간 지 얼마나 됐나 헤아려보니, 정확히는 아니어도 일주일은 지난 것 같았다. 그녀를 못 본 지 일주일이나 됐다고 생각하니, 그는 조금 조바심이 일었다.

'무슨 호텔이라고 했는데.'

전화번호도 적어놓지 않은 자신을 원망했다. 그러고 보니, 어디에 묵는지, 연락처가 있는지 아무것도 알아놓지 않았다는 것을 그는 그제야 깨달았다. 설마 무슨 일이 있겠냐 싶다가도, 며칠 전에 꾸었던 꿈 때문에 그는 마음이 뒤숭숭했다.

공민지가 느릿느릿 연구실에 들어섰다. 그와 눈이 마주치자 말없이 고개를 꾸벅 숙였다.

그녀는 표정이 가라앉아 있고, 낯빛도 어두웠다.

"어이, 늦었으면 무슨 말이 있어야 할 게 아닌가?"

"죄송합니다."

그녀가 짧게 대답하더니 자리에 털썩 주저앉았다.

무슨 말을 덧붙이려다가, 그는 꾹 참았다. 아무래도 그녀의 표정이 심상치가 않았다. 요사이 계속 그랬지만, 다른 날보다 더욱 침잠되어 보였다.

"저기, 있잖은가. 혹시나 해서 물어보는 건데 말일세……."

그가 전에 없이 친절한 목소리로 말을 건넸다.

"네?"

그가 말한 뒤에야 그녀가 고개를 돌려 그를 돌아보았다.

"네? 선생님, 제가 잘, 못 들었는데요."

"혹시 말이야, 그 손화자라고, 연구실에 들르던, 있잖은가. 비쩍 말라가지고."

"아, 네. 그림 그리신다는."

"어, 맞아, 맞아. 혹시 손화자가 어디 묵는다고, 일전에 얘기할 때 자네 있지 않았나? 없었나? 혹시나 해서 물어보는 거네."

"호텔이 편하시다고. 이곳에서 멀지 않은 소울 레지던스 인이라고 했던 것 같은데요."

"오, 기억하는군. 그런데 호텔이 아니었나?"

그가 얼굴에 미소를 가득 머금은 채 모처럼 친절하게 말했다.

"그곳이 장기투숙 호텔이에요, 선생님."

"그렇군, 저기 부탁이 있는데 말이야. 그 친구가 좀 아팠는데, 며칠 보이지가 않아서 말이야. 그래서 그런데, 그곳에 좀 전화해서 알아봐 줄 수 있겠나?"

공민지는 속으로 저런 표정을 지을 때면 백 교수가 꼭 아이 같다는 느낌이 들었다. 간절하게 뭔가를 부탁하는 데 있어, 그는 권위를 가지고 고집을 부리거나, 아이처럼 천진한 얼굴을 하거나 둘 중 하나였다.

"아, 그러네요. 들르신 지 꽤 되셨지요?"

"그러게. 생각해보니, 일주일은 넘은 것 같고."

"마지막으로 다녀가신 지 9일 됐어요, 선생님."

공민지는 9일 전 마지막으로 보았던 손화자의 모습을 떠올렸다. '왜 울고 그러니, 촌스럽게.' 힘없는 그녀의 목소리가 어딘가에서 들려오는 듯했다. 남자의 일본인 아내가 다녀간 뒤 그녀는 한없는 침울 속에 빠졌다.

남자에게서 전화가 온 것은 일본인 아내가 학교에 다녀간 지 3일이 지난 후였다. 남자는 울고 있었다. 핸드폰으로 전화를 걸어 왔다면 그녀는 받지 않았을 것이다. 그는 집 앞의 공중전화라고 했다. 수화기 너머 간혹 시끄러운 차 소리에 남자가 울먹이는 소리가 멀어졌다, 다시 가까워졌다.

"미안하다, 정말."

"……."

공민지는 속으로 도대체 뭐가 미안하다는 건가, 되물었다. 그가 왜 미안한가, 스스로에게 다시 물었다. 그녀는 정말 할 말이 없었다.

"그럴 줄은 몰랐어, 애기 엄마가. ……그런 여자가 아닌데, 그런 적 없었는데…… 너한테 정말, 미안하게 됐다."

"……."

그녀는 그가 하는 말을 잠자코 듣고 있었다.

"지금 볼까? ……볼 수 없을까? ……마지막으로 말이야. 응?"

"……."

"만나서 사과하고 싶어. 진심이야. 니가 얼마나 상처받았을지…… 애기 엄마도 꼭……."

"그만 좀 해, 제발. 도대체 뭐가 그렇게들 죄송하고, 미안하다는 거야. 도대체 뭐가?"

그녀가 버럭, 소리를 질렀다. 옆에 있던 동생 민정이 슬그머니 밖으로 나갔다. 눈물이 왈칵 쏟아지려는 것을 그녀는 가까스로 참았다. 남자는 훌쩍이며 아무 말이 없었다.

"……미안하다."

"좀 솔직할 수 없니? 모두, 왜 미안하다는 거야? 왜 죄송하다는 거야? 진심 아닌 말로 나를 혼내는 거야. 비겁하게……."

"……내가 그쪽으로 갈게, 일단 만나자. 만나서……."

그녀가 매몰차게 전화를 끊어버렸다. 계속해서 남자에게 전화가 걸려 왔지만, 받지 않았다.

"거기, 소울 레지던스 인인가요? ……네에, 사람을 찾고 있는데요. 혹시 투숙하는 분 중에서…… 그분이 몸이 많이 안 좋으신데, 연락이 닿지 않아서요."

전화통화를 하고 있는 공민지 옆에 바짝 붙어 백용현은 귀를 쫑긋 세웠다.

"뭐라고 그러는 겐가? 있다고 그러는 겐가?"

통화 중임에도 그는 기다리지 못하고, 공민지를 재촉했다. 기다리라는 듯 공민지가 손을 흔들었다. 백 교수는 뭔가 더 말하려다 말고 자기의 자리로 돌아갔다.

"네에, 그래도 확인만이라도 안 될까요? …… 성함이……."

그녀가 백용현 쪽을 바라보았다.

"손화자일세. 손, 화, 자."

"성함이 손화자입니다. 나이는 60대 중반쯤 되셨고요, 머리에 비니를 쓰고 다니셨을 거예요. ……네, 맞아요. ……네? 어디 병원인지 알 수 있을까요?"

통화하는 내용을 듣다 백용현이 자리에서 벌떡 일어났다.

"무슨 일이 난 거지? 그렇지?"

"……네, 그럼 119에 물어보면, 거기 동네가…… 아, 잘 알겠습니다. 고맙습니다."

백용현이 눈으로 무슨 일이냐는 듯 채근했다. 그의 눈은 불안에 떨며 흔들렸다. 처음 보이는 모습에 공민지도 사뭇 안쓰러운 생각이 들었다.

　"선생님, 저기, 손화자 선생님이 몸이 많이 안 좋아져서, 호텔에서는 나가신 모양이에요."

　"병원이 어디라던가?"

　"그건 그쪽에서 알 수 없고, 119구급대가 와서 모시고 간 모양인데, 그쪽에 전화해서 알아봐야 할 거 같아요."

　"그럼, 뭘하고 있는 거야? 얼른 알아보지 않고?"

　그가 버럭, 소리를 질러서 전화번호를 누르던 공민지는 깜짝 놀랐다. 조급해 보이는 노인의 눈빛에서 느꼈던 연민이 한순간에 날아가버렸다.

　손화자는 마지막으로 다녀간 다음 날 상태가 악화되어 병원으로 실려 간 모양이었다. 전화를 걸어보니 처음 이송됐던 병원에 손화자는 없었다. 공민지는 쉴 새 없이 전화를 돌려 그녀의 행방을 좇았다. 백용현은 그녀 옆에 서서 안타까운 표정을 지은 채 안절부절못했다. 처음 갔던 병원에 알아보니, 큰 병원으로 이미 옮긴 후였고, 대형병원에 전화를 해보니, 전화로는 그녀의 안부를 알려줄 수 없다고 했다.

　백용현이 서둘러 나갈 채비를 했다. 평소에 허둥대는 모습을 거의 보이지 않았던 터라, 공민지는 조금 당황했다.

　"뭐하는 건가? 어서 나갈 채비를 하지 않고?"

　"저도 같이요?"

"아니, 그럼, 나 혼자 가라는 건가?"

"저는 조금……."

"어서 서두르게."

그의 얼굴이 노엽게 일그러졌다. 공민지가 어정쩡하게 그를 따라 나섰다. 밖은 때마침 굵은 빗방울이 떨어지기 시작했다.

"참, 정호석에게 전화하는 걸 잊었구만. 얼른 전화해서 이리 오라고 하게."

"그분은 왜요?"

"차도 없고, 운전할 사람도 없잖은가, 자네 운전할 줄 아나?"

"아니, 그렇다고 이렇게 갑자기. ……선생님, 그냥 택시 타고 가요. 정 박사님은 그 선생님 뵌 적도 없는데, 조금 그런 것 같아요."

"으흠…… 그건 그렇고, 비가 오기 시작하니, 거참."

공민지가 우산을 가지러 다시 들어갔다 나온 사이, 백용현은 그새를 기다리지 못하고, 멀찍이 비를 맞으며 앞서 걸어가고 있었다. 공민지는 빠르게 걸음을 옮기면서, 한 번도 본 적 없던 그의 행동과 표정에 궁금증이 일었다. 단지 그냥 친구 사이만은 아니었던 것은 분명해 보였다. 그녀는 얼른 달려가 백용현에게 우산을 받쳐주었다.

계속 내리는 비가 사람들을 이상하게 만드는 것이 분명했다. 사람들은 이제 툭하면 싸웠는데, 처음엔 말로 싸우다가, 그다음엔 들러붙어 주먹질을 하다가, 시간이 지나자 죽이겠다며 연장을 들고 서로를 쫓아다녔다. 예전에 인부들이 싸우는 이유라야 얕은 지식을 놓고 서로 말을 우기다가 일어난 다툼이 대부분이었으나, 이제는 돈이 걸리고, 인정이 걸리다 보니, 말싸움에서 시작된 싸움도 툭하면 큰 주먹다짐으로 번졌다. 주먹이 오가고 한쪽이 피범벅이 되고서야 겨우 싸움은 멈추었다.

문제는 노름이었다. 이제는 판이 커질 대로 커져 화투를 치는 사람들은 쉬쉬했지만, 하룻밤 오가는 돈이 기백만 원을 넘었다. 실제 현금을 가지고 하는 것은 아니었고, 사람들은 임금통장을 걸고 하얀 백지에 차용증까지 써가며 노름을 했다. 실제 주고받는 돈이 없는 것이 날로 판이 커진 이유이기도 했다. 시골 화투판이라는 것이 하루는 잃었다가도 다음 날 만회하고, 다시 잃었다가 따기를 반복하는 것이라면, 하늘수련원 노름판은 조금 사정이 달랐다. 평택에서 온 김 씨라는 사람이 매일 모든 돈을 쓸어가다시피 했고, 나머지 대여섯 사람이 돌아가며 매일매일 돈을 잃었다.

지난 몇 달 간 하늘수련원 농원에서 일하며 알뜰하게 모아두었던 돈을, 대부분 인부들은 모두 잃었다. 사람들에게 남은 돈이란, 평택 김 씨가 개평으로 남겨준 한 달 치 월급 정도였는데, 나머지 사람들끼리 그것을 놓고 또 노름판을 벌였다. 사람들은 점점 완전 빈털터리가 되어갔다. 싸움은 주로 돈을 잃은 사람들에게서 일어났는데, 평택 김 씨는 웬만해선 싸움에 휘말리는 법이 없었다.

돈을 잃은 사람들끼리는 설마 김 씨가 통장에서 정말로 돈을 모두 인출해 갈 것인지, 조금 인정을 봐줄 것인지를 놓고도 티격태격했다. 빗줄기는 가늘어지기는커녕 더욱 굵어지며 기세 좋아졌다. 돈을 잃은 사람들에겐 차라리 큰비가 다행스러웠다.

"최 씨, 우리 좀 살려주쇼. 김가놈이 따 간 돈이 모두 합쳐 4천이 넘는다니까. 어떻게 잘 좀 말을 해서, 같이 일하면서 얼마나 우리가 힘들게 모은 돈인가, 잘 알 테니. 말이라도 좀 해주시라고."

"그러게 무슨 화투를 작정하고 그리 했간?"

최영래를 둘러싸고 사람들이 사정을 해보았지만, 돌아오는 것은 무안뿐이었다. 사람들은 차라리 비가 많이 와서 통장에서 돈이 빠져나가는 것이 미뤄지는 것에 안도했다.

"그래도 좀, 사정을 봐주시게."

나이가 제일 많은 임 씨가 눈을 끔벅이며 점잖게 사정했다. 그의 고향은 임실이었는데, 논만 몇십 마지기나 되는 부농이었다고 했다. 많던 전답을 젊었을 적 노름으로 모두 날려먹었다는 말을 입에 달고 살던 사람이었다.

"성님은 젊은 날에도, 그것 때무에 그리 됐시었담서, 아이, 또 그러기요."

임 씨가 마른입을 쓸어내렸다.

평택 김 씨는 이런 노름판에 익숙한 사람인지, 몸을 사리며 낮추었다. 노름에서 돈을 딴 사람은 어떻게 행동해야 한다는 것을 알려주기라도 하는 것처럼 몸가짐을 바로 했다. 예전과는 달리 말 한 마디도 조심스럽게 내뱉었다. 돈을 잃은 사람들에게는 작은 무엇도 빌미가 되어 싸움으로 번질 수 있다는 것을 그는 알고 있는 듯했다. 영악한 사람이었다. 최영래가 김 씨를 따로 불러 점잖게 타일렀다.

"아이, 그리, 다 가져가버리믄, 저의 냥반들이래, 어찌하람 말이야?"

"개평 넉넉하게 줄 거예요. 아직, 돈을 받은 것은 아니지만. 적당히, 그렇게 하려구요. 노름을 하지 말았어야죠, 그럴 거면. ……돈 잃고 이제 와서 없었던 일로 하자면, 어쩌라고요. 참 나."

김 씨에게는 최영래의 말도 먹히지가 않았다.

"이쪽에 빠삭한 친구가 있는데, 아마 내일 도착할 거예요. 깔끔하게 정리하고, 내일 여기 나갈 겁니다. 그렇게 아세요, 형님도."

김 씨가 자리를 박차고 일어섰다. 식당 밖에서 둘의 대화를 엿듣던 사람들이 김 씨가 밖으로 나오자, 눈치를 보며 흩어졌다. 김 씨가 멈칫하더니 숙소로 올라갔다. 그가 사라지자 흩어졌던 사람들이 다시 모였다. 사람들은 서로 말이 없었지만, 서로의 눈빛을 보며 한마음임을 확인하는 것 같았다. 쏟아지는 빗방울을 멍하니 바라보며, 타닥타닥 두드리는 빗소리를 들으며, 그들은 깊은 시름에 잠겼다. 아무도 말을 하는 사람이 없었다. 말없이 담배만 피워댔다.

"이제, 어떡하간? 난리 났다니, 무슨 사람을 불렀다 안 하오."

최영래가 밖으로 나와 말했지만, 아무도 말을 하는 사람이 없었다. 모두 해서 여섯, 김 씨까지 일곱이었다. 지난겨울부터 8개월을 함께 하늘수련원에서 일한 사람들이었다. 모든 것이 비 때문인가, 열흘 넘게 쏟아지는 폭우를 사람들은 침묵으로 바라보았다.

손화자는 옮겨졌다던 대형병원에도 없었다. 중환자실이며 응급실을 뒤져 수소문해보아도 그녀의 이름은 없었다. 공민지는 병원 곳곳을 돌아다니며 빠릿빠릿하게 일을 처리했다. 성과는 없었지만, 만약 그녀가 없었더라면, 백용현은 주뼛거리며 말도 한 마디 걸지 못하고 발걸음을 돌렸을지도 모를 일이었다.

백용현은 처음으로 자신의 조교가 제법 쓸 만한 학생이었다는 것을 알았다. 그는 뒷짐을 지고 공민지를 천천히 따라다니며 주위를 어슬렁거리기만 했다.

"아니, 이곳으로 이송한 게 확인이 되었는데, 환자가 없다니 말이 안 되잖아요."

간호사들은 하나같이 불친절했다. 안 그래도 바쁜 업무 때문에 짜증이 나 있는 것 같았다.

"그러니까, 여기 와서 묻지 마시고, 밑에 원무과나 응급실에 가서 알아보시라니까요."

"아니, 그곳에서는 이리 가서 물어보라는데, 왜 사람을 왔다 갔다 하게 만들어요?"

멀찍이 떨어져서 공민지가 하는 꼴을 지켜보던 백용현은 야무진 그녀의 모습이 놀라웠다. 저런 친구가 여태 자신의 말에 꼬박꼬박 순종하던 모습을 떠올리니, 조금 이상한 기분이 들었다.

"저기 이런 말씀 드리긴 그런데, ……혹시, 영안실이나, 장례식장엔 가보셨어요? ……응급실로 들어왔는데, 입원실로 올라오지 않았으면 거기밖에 없어요."

중년으로 보이는, 층을 책임지는 수간호사로 보이는 여자가 사무적으로 말했다. 조금 전까지 공민지와 말을 나누던 간호사는 고개를 묻고 차트를 정리했다. 그 모습이 꼭 그것을 말로 해야 알아듣나, 하는 것 같았다.

"……네? 그게 무슨 말인가요?"

"구급차 타고 들어왔으면, 응급환자였을 텐데, 이곳으로 오지 않았다면, 다른 병원이나, 영안실 둘 중 하나예요. 혹시 모르니까, 확인해보세요. 이곳에는 그 환자분께서 올라오신 적이 없어요. ……없지?"

"네."

차트를 정리하던 간호사에게 묻자 그녀는 간단하게 대답했다.

멀리서 지켜보던 백용현은 내막을 알 수 없어 궁금해 죽을 지경이었다. 그냥 간단히 이름만 확인해서 어디 있는지 말해주면 될 일을, 뭐가 이렇게 복잡한 절차가 생기는지 그로서는 이해할 수 없었다.

휴게실에서 기다리고 있던 백용현은 공민지가 다가오는 것을 보고 얼른 밖으로 나갔다.

"아니, 무슨 일인데 이리 오래 걸리는 건가? 그냥, 이름만 확인해서 어디에 있는지 알려주는 게 뭐 그리 힘든 일이라고? ……몇 호라던가?"

"저기, 선생님…… 그게, 혹시…… 잘못됐을 수도 있을 것 같다고. 저기, 영안실이나 장례식장에……."

백용현의 눈이 휘둥그레졌다. 뭔가 느낌이 좋지 않고, 걱정도 되었지만, 설마 손화자가 죽었을지도 모른다는 생각은 해본 적이 없던 그였다.

"아니, 그게 무슨 말인가?"

그의 음성이 순간 높아졌다. 엘리베이터를 기다리던 사람들이 깜짝 놀라서 그들을 돌아보았다.

"이 병원에 들어온 건 확실한데, 입원실로 올라오지 않았다는 건, 혹시 잘못됐다는 얘기일 수도 있다고……."

순간 그는 눈앞이 캄캄해졌다. 머리가 아찔해지며 어지럼증이 일었다.

"아, 아니, 그게, 정말인가? 그럼, 손화자가 죽었다는 말인가?"

"그건 아직 모르고요. 혹시 그럴 수도 있으니 확인을 해보라는 겁니다."

공민지도 심정이 난감해져서 또박또박 힘을 주어 말했다. 자꾸 마지막으로 보았던 손화자의 모습이 눈앞에 어른거렸다. 너무나 가벼워 보였던 그녀의 모습이 선연하게 떠올랐다. '키가 몇이야?' 그녀가 물었던 마지막 음성이 어딘가에 들려오는 것 같았다.

둘은 한참을 그냥 그렇게 서 있었다.

"그럼, 가보지. ……영안실 말일세. 어, 어디 있다든가?"

모든 것이 다 빠져나가고 날숨만 남은 것 같은 쇳소리가 그의 입에서 느릿하게 흘러나왔다. 둘은 엘리베이터를 기다렸다. 시간이 그렇게 아득하고 멀게 느껴진 건 처음이었다.

공민지가 힐끔 백용현을 쳐다보았다. 10년은 갑자기 늙어버린 것처럼 그의 얼굴에는 아무런 기운이 느껴지지 않았다.

"괜찮으세요?"

공민지가 슬쩍 그의 팔을 잡으며 물었다. 그는 돌아보지 않고, 대답도 하지 않았다. 땅, 벨소리가 울리고, 엘리베이터가 서고, 사람들이 내리고, 올랐다. 그들도 천천히 사람들을 따라 엘리베이터를 탔다.

결국 그날 밤, 공민지는 집 앞으로 찾아온 남자를 만나러 나갔다. 그는 온몸이 젖어 있었다. 한여름이었지만, 떨고 있었다. 빗방울이 점점 굵어지고 바람도 점점 거세졌다. 우산을 받치고 있었지만, 드센 빗줄기를 막아내기에는 역부족이었다. 둘은 한참을 우산을 받친 채 말없이 서 있었다. 공민지도 막상 나오긴 했지만, 난감했다.

"미안하다는 말 하려고 왔어. 모두, 다 미안해. 나 때문이야."

"……."

그녀의 몸도 젖었다. 집 앞이라 간단한 원피스 차림이었는데, 어느새 비에 젖은 몸이 훤히 드러났다. 혹 아는 누군가가 볼까, 그녀는 조금 신경이 쓰였다.

"뭐라고 얘기를 해야 할지 모르겠다. ……무슨 얘기를 어떻게 시작해야 할지 모르겠어."

남자가 말을 꺼냈을 때 외제 세단 한 대가 그들의 옆을 스치고 지나갔다. 사방으로 물이 튀었다. 물은 피했지만, 그 바람에 남자가 하는 소리는 묻히고 말았다.

"안 되겠어, 어디라도 들어가자. 일단."

남자가 그녀의 손목을 잡아끌자 들고 있던 우산들이 겹쳐지며 그녀의 우산이 땅에 떨어졌다. 내리치던 빗방울이 그녀의 볼을 사정없이 때렸다. 꼭 따귀라도 맞는 느낌이었다. 비는 온 힘을 다해 쏟아져 내렸다. 그녀가 우산을 접고, 남자의 우산 안으로 들어갔다. 남자가 그녀의 어깨를 감쌌다. 둘은 가까운 모텔로 향했다.

"그러니까, 손화자가 죽은 게 확실하다는 거요?"

공민지가 조곤조곤 침착하게 손화자의 행방을 묻고 있었는데, 갑자기 백용현이 버럭 소리를 지르며 끼어들었다.

"그러니까, 죽은 게 맞는 거요?"

그는 계속 똑같은 말을 반복하고 있었는데, 표정이 상기되고 벌겋게 달아올라 있어서, 영안실 담당자도, 공민지도 선뜻 뭐라고 대답을 하지 못했다.

"그런 거 같아요, 선생님."

공민지가 그의 팔을 붙들며 침착하게 말했다.

"자네에게 물은 게 아니잖나."

"네, 맞습니다. 저희 병원에 오셨을 때 이미 돌아가신 후였습니다. ……제 기억으론 구급대가 도착하기 전, 숨을 거두셨다 들었습니다. 여기 오셔선 응급조치 같은 것도 받지 않으셨던 것으로……"

백용현이 죽음의 실체를 알게 된 전쟁 때, 아버지의 주검을 본 다섯 살의 기억. 그가 받은 충격은 고스란히 그의 인생에 쌓여 있었다. 그는 그 경험으로 죽음을 이해하고 느꼈다, 생각했다. 하지만 그는 언제나 그것이 두렵고 또 무서웠다. 많은 사람들이 죽어가는 것을 보고, 겪었음에도, 그러면 그럴수록 그는 더욱 두려웠다. 무서워서 죽을 수가 없었다. 심지어 겁이 나서 죽음을 볼 수조차 없었다. 누군가의 죽음을 맞이하고, 받아들이는 것이 그는 언제나 버거웠다. 거꾸로 그때만이 그에게 가장 솔직하거나, 진실된 순간이기도 했다. 그는 죽음 앞에선 본성을 숨길 수 없었다. 많은 사람이 죽었고, 많은 사람이 죽는 것을 보았다고 해서 죽음이 친숙해지고 가까워지는 것은 아니었다. 그는 여전히 낯설고 어찌할 바를 모르고 우왕좌왕했다. 자신을 지켜내지 못했다.

손화자의 죽음은 그에게 조금 다르게 다가왔다. 그는 처음으로 타인의 죽음 앞에 부채감을 느꼈다. 어린 날 아버지의 죽음을 목격했을 때도, 어머니가 쓸쓸하게 죽었을 때도 그는 그런 감정을 느끼지 않았다. 아버지가 죽었을 때는 너무 어렸고, 어머니가 죽었을 때는 자신이 뭔가를 너무 많이 알고 난 후였다. 그것은 두려움과는 또 다른 문제였다.

"그럼, 지금 손화자는 어디 있는 거요?"

"아마, 화장을 했거나, 매장했겠지요? 일주일이나 지났으니……. 여기 보니, 장례는 다른 곳에서 치르셨네요."

"그럼, 이제 이 세상에 흔적도 없다는 거요?"

"……."

"선생님, 이제 그만……."

"여기 인수해 가신 분, 전화번호가 있는데, 드릴까요?"

공민지가 얼른 전화번호를 받아 저장했다.

그는 혼자 서 있을 힘조차 없었다. 다리가 후들거리고 심장이 터질 듯이 뛰었다. 눈앞이 뿌예졌다. 어지럼증이 일고, 머릿속이 아찔해졌다. 점점 현실에서 의식이 멀어졌다. 그는 쓰러졌다. 조금 편안하다고 느꼈다. 공민지가 다급하게 자기를 부르는 소리가 멀리서 들려왔다,

점점 멀어져 갔다.

"나, 부탁이 있다."

"뭔가?"

"나 좀 안아주라."

그녀가 남긴 마지막 목소리가 점점 흐려지는 그의 의식 안으로 선명하게 울려 퍼졌다.

눈물이 나는 것 같았다. 다만 그는 그렇게 느꼈다. 얼마 만에 느껴보는 감정인지, 아니, 처음으로 느껴보는 감정에 그는 오히려 슬프기보다 기뻤다. 그는 뭔지 모를 어떤 허공에 점점 빠져들어가며, 천천히, 완전히 의식을 잃었다.

10. 비 그치고 달빛 은은하게

백용현이 잠에서 깨어났다. 이틀 만이었다. 그는 아무런 꿈도 꾸지 않았다. 완전하게 침몰된 의식의 바닥, 그는 잠 속에서 어떤 곳도 헤매지 않았다. 평생을 통틀어 그의 의식이 온전히 멈추어 있던 시간이었다. 눈을 떴을 때 그는 자신이 어디에 누워 있는지 알 수 없었다. 그가 눈을 뜬 채 주위를 두리번거렸다. 밝은 햇살이 낮은 창으로 쏟아져 들어오고 있었다. 그는 눈이 부셔 얼굴을 찡그렸다.

"이제, 정신 드세요?"

그가 눈을 껌벅이며 소리 나는 쪽으로 천천히 고개를 돌렸다. 순백의 옷을 입은 여인이 그를 물끄러미 내려다보고 있었다. 형체가 너울거리며 뚜렷하게 여자의 모습이 눈에 들어오지 않았다.

"아직 조금 어지러우실 거예요. 이틀 동안 진정제와 진통제 맞으셨어요."

그는 뭔가 말하고 싶었지만, 목소리가 나오지 않았다. 아니 어떻게 말을 해야 하는 것인지 잊어버린 것처럼 그는 눈만 껌벅였다.

"기억하실지 모르겠지만, 발작을 일으키셨어요. ……제 말소리 또렷하게 들리세요?"

그는 말을 하려고 입술을 달싹거렸지만, 아무 소리도 입 밖으로 낼 수 없었다. 입안에서만 말이 맴돌았다. 그는 어찌 된 영문인지 몰랐다.

"말씀하기 힘드시면 눈을 깜박여보세요. 눈을 꼭 감았다가 떠보세요. ……할아버지, 아셨어요?"

그는 간호사의 할아버지라는 말이 어색하게 다가왔다. 자신의 나이를 인지하지 못하고 있었던 것은 아니었으나, 할아버지라고 불릴 만큼 자기가 늙었다고 생각해본 적은 없었기 때문이었다. 옆에 서 있던 여자가 간호사라는 것을 알자, 모든 상황이 확연해졌다. 그는 마지막으로 의식을 잃고 쓰러지기 직전의 일이 떠올랐다.

"보호자분이 공민지 님으로 되어 있는데, 할아버지 가족 없으세요? ……그분, 가족이 아니라면서요. ……알아보겠다고 했는데, 아직 연락이 없어요."

간호사가 그의 얼굴 가까이에 대고 또박또박 말하자, 그는 이상하게도 야릇했다. 희미하게 풍겨오는 로즈마리 향이 싫지 않았다. 간호사는 그다지 미인은 아니었지만, 어딘지 모르게 후덕지고 친절한 인상을 주었다. 그는 가까이 내민 간호사의 얼굴을 멍하니 쳐다보았다. 뭐라고 말을 하고 싶었지만, 여전히 아무 소리도 낼 수 없었다.

"억지로 말하려고 하지 않으셔도 돼요, 할아버지."

그의 마음을 읽었는지, 간호사가 그를 다독이며 말했다. 그는 말할 때마다 '할아버지' 하고 붙이는 호칭이 영 마음에 들지 않아 심기가 불편했다. 그가 몸을 일으키려고 하자 간호사가 부축했다. 그는 자신의 팔에 간호사의 가슴께가 닿는 것을 놓치지 않았다. 생사의 기로까지는 아니라 하더라도, 충격에 정신을 잃고 쓰러졌다가, 겨우 의식이 돌아오자마자 간호사에게서 성적인 호기심을 거두지 않는 그는 분명 평범한 사람은 아니었다.

실제로도 그는 전에 없던 강한 성욕이 일었는데, 도무지 자신의 몸에 어떤 변화가 생긴 것인지 적응이 되지 않았다. 그의 성기는 딱딱하게 부풀어 올라 있었다. 그가 굳이 몸을 일으켜 앉으려 한 이유도 그것 때문이었다. 그의 기억에서 이제는 희미해져버린 젊은 날의 무엇이 생경해지는 느낌이었다. 꼭 간호사 때문이라기보다 그가 느끼고 있는 성욕과 발기는 어딘지 자기의 것이 아닌 것처럼 낯설었다. 잠들어 있는 동안에도 그런 상태였다면, 간호사가 모든 것을 보았을 것이라고 그는 생각했다. 그래서 그는 조금 민망한 기분이 들었다. 또 조금 우쭐해지기도 했다.

"할아버지, 배 안 고프세요? ……이틀이나 굶으셔서 당장 밥을 먹을 순 없어요."

간호사는 필요 이상 크게 말했는데, 그는 그것이 그렇게 기분이

상하지는 않았다. 가만히 고개만 끄덕였다. 간호사가 그에게 물을 건넸는데, 그제야 자신이 심한 갈증을 느끼고 있음을 알아차렸다. 그는 숨도 쉬지 않고 벌컥 물을 마셨다.

"깨어나셨어요?"

물을 다 마셨을 때 의사가 병실로 들어섰다. 간호사가 뒤로 물러섰다. 중년의 의사 뒤로 젊은 레지던트들이 늘어섰다. 갑자기 많아진 사람들 때문에 그는 잠시 현기증이 일었다.

"며칠 병원에 계셔야 하는데 괜찮으시겠어요? 몇 가지 검사를 좀 했어요. 결과가 며칠 내로 나올 텐데요. 어떻게 하시겠어요? 집에 가셨다가 다시 나오시겠어요?"

중년의 의사도 그를 할아버지라고 부르고 있었는데, 그는 그 소리가 그렇게 싫을 수가 없었다. 침침한 눈을 껌벅이며 의사를 바라보았다.

"말을 못하시는 것 같아요."

뒤로 물러서 있던 간호사가 조용히 말했다.

"말씀 안 나오세요?"

의사가 다가서며 묻자 그는 천천히 고개를 끄덕였다. 그러면서 그는 움찔했는데, 전에 없이 예민해진 후각 때문이었다. 그는 만성비염 환자여서 평소에 냄새를 거의 맡지 못했었는데, 이상하게도 잠에서 깨어난 후에 향기나 냄새에 예민하게 반응하고 있었다. 간호사의 로즈마리 향도 그랬고, 의사의 스킨 냄새도 그랬다. 뿐만 아니라 병실 안의 거의 모든 냄새가 그의 머릿속으로 들어왔다. 그는 현기증이 일었다. 의사가 한 발 다가서자 마치 냄새덩어리가 그의 코로 쑥 들어와 머리끝까지 들어차는 느낌이었다. 그는 움찔할 수밖에 없었다.

"손이랑 발이랑 움직여보세요, 어디 또 불편한 곳 없으세요?"

의사가 움직이거나 얘기를 할 때마다 스킨의 강한 알코올 향 때문에 머리가 어지러웠다. 예민해진 건 후각만이 아니었다. 사람들이 그를 빙 둘러싸고 있음에도 그는 아직도 성기가 부풀어 올라 있었다. 그의 성기는 자신의 물건이 아닌 듯 이물감이 느껴졌다. 잔뜩 성이 난 상태로 팽팽하게 곧추서 있었다. 그는 그것이 민망해서 들키지 않으려고 어정쩡하게 허리를 구부린 채 앉아 있었다. 그는 의사가 시키는 대로 다리도 움직여보고 손도 움직여보았다. 별 이상이 없었다. 다행이라는 생각보다도 발기된 성기가 가라앉지 않는 것이 신경이 쓰여 안절부절못했다.

"다 괜찮으세요?"

그가 의사의 시선을 피한 채 고개를 끄덕였다. 그러는 사이 간호사가 의사에게 뭔가 귓속말을 했다.

"아, 발기된 것은 몇 시간 후면 가라앉을 거예요. 심장발작을 우려해서 처방한 약 때문이니까, 사람에 따라 조금 차이도 있고 그런데, 아직 연세에 비해서 아주 건강하신 거세요. 하하하."

병실 안에 있던 10여 명의 의사와 간호사들이 일제히 그의 그곳을 바라보았다. 그는 무슨 큰 잘못을 저지른 사람처럼 얼굴을 들지 못하고 귀까지 벌겋게 달아올랐다. 의사가 무안을 주는 것 같아 기분이 상했다.

"일단 식사도 좀 하시고, 쉬세요. ……말은 일시적일 수도 있고, 오래갈 수도 있으니까, 조금 지켜보도록 할게요."

그는 당장 이곳을 나가야겠다고 생각했다. 잊고 있었던 노여움이 불현듯 살아나는 것 같았다. 뭐라고 말을 하려고 눈을 부릅떴지만 입술만 달싹거렸다.

"근데, 가족은 안 계신 건가?"

"네, 처음 같이 오셨던 분이 조교라고 해요. 알아보겠다고 했는데, 아직 연락이 없어요."

간호사가 그에게 했었던 말을 의사에게도 똑같이 했다.

"환자분 가족 없으세요? 수술을 해야 할지 몰라요. 머리 안에 요 만한 혹이 하나 있어요."

의사가 엄지손가락을 치켜세웠다가, 엄지와 검지로 OK 사인을 해 보였다. 의사의 말을 듣던 그의 눈이 휘둥그레졌다.

"조직검사도 해야 하고 하니까, 가족 있으시면 연락해야 해요. 없으 면 다른 보호자 데려오셔야 하고요."

"……."

그가 말을 하지 못하고 웅얼거렸다.

"아직 잘 모르니까 미리 걱정하지는 마세요. 마음 편히 하시고, 푹 쉬세요."

한 무리가 순식간에 병실을 빠져나갔다. 처음 있었던 간호사도 나 가고 그만 홀로 병실에 남겨졌다. 의사는 대수롭지 않게 말했지만, 그는 직감으로 별일이 아닌 것이 아니라는 것을 알 수 있었다. 손화 자가 그렇게 허망하게 사라진 지가 채 열흘밖에 되지 않았다는 것이

실감이 났다. 그가 창밖을 멍하니 쳐다보며 머리를 만지작거렸다. 팽팽하게 부풀어 오른 그의 성기는 좀체 가라앉을 줄 몰랐다.

"아니, 어제까지 통화하던 중에도 아무 말 없었는데, 갑자기 어디를 갔다는 거요?"

모처럼 하늘이 맑게 개었다. 열흘을 넘게 퍼붓던 비가 지난밤 그쳤다. 비가 그친 뒤 산은 소란스러움에 휩싸였다. 숨죽이며 비를 피해 있던 산의 모든 것들이 자기의 존재를 드러내기 위해 안간힘을 쓰기 시작했다. 새들은 목 놓아 울기 시작했고, 물길을 따라 찬 바람이 내려왔다. 사방천지에서 물에서 비롯된 굉음이 산을 지배했다.

모처럼 날씨가 맑게 개자 하늘수련원은 아침부터 부산스러웠다. 여자들은 눅눅해진 이불을 햇빛에 말렸고, 남자들은 혹시 피해를 당한 곳이 없나 축사를 돌아보고, 밭에 나갔다. 하늘수련원 식구들은 새벽부터 최영래의 지시에 따라 일사불란하게 움직였다. 인부들은 동이 트자마자 일을 하러 뿔뿔이 흩어졌다가, 늦은 아침을 먹기 위해 식당으로 모였다.

식구들이 식당에 모여 잠깐의 휴식을 취하고 있을 때 키가 작고 뚱뚱한 한 남자가 식당으로 들어섰다. 평택 김 씨를 찾아온 친구였는데, 그가 말했던 일을 해결하러 온 사람인 듯 보였다. 남자는 어딘지 모르게 불량한 인상이었다. 폭력배나 깡패들이 가지고 있는 위압감이 아니라, 어딘지 모르게 교활하고 악랄한 분위기가 풍겼다. 인부들이 하나둘 슬쩍 자리를 피했고, 식당엔 최영래와 미숙만이 남았다.

"아니, 우리도 그걸 모르겠다 안 하오. 일어나 보니 아침 일찍부터 아예 없었다니."

"아니, 이 사람들이 정말, 무슨 꿍꿍이를 부리는 거야?"

"물어보니, 아무 말 아이 남겼다 하오. ……노름한 돈 가지고 지난밤 물을 건너갔을 수도 있지 않갔소? 돈을 잃은 사람들이 상심이 크니, 겁이 나서 그랬을 수도 있을 거요."

"당신들, 설마 어떻게 한 거 아냐?"

"뭐란? 지금 그거이 무슨 말이요?"

"이상하잖아, 상황이. 어제 오후에 통화할 때도 분명 여기서 보기로 했다고."

"그야, 우리가 잘 모르지 않갔소. ……분명한 건 우리 인부들 통장이며 도장 모두 가지고 없어졌으니, 더 이상 우리한테 묻지 말기요. ……김 씨가 여기서 인부들 알거지 만들어, 김 씨에게 감흥이 있는 사람 없다 안 하오. ……여기서 찾아보든지, 기다려보든지 맘대로 하기요."

최영래가 식당을 나섰다. 미숙이 그 뒤를 눈치를 보며 따라나섰다.

"당신들, 기다려. 가서 경찰하고 같이 올 테니, 모두 꼼짝들 말고……."

문을 나서던 최영래가 멈춰 서더니, 뒤돌아보았다.

"가서 빨리 데리고 오기요. 우리도 개평이라도 찾을라 하면 그래야 하니 말이요. ……돈을 그리 많이 따 먹고, 몇 푼 되지도 않는 개평 주기 싫어 토낀 거라 우린 믿으오."

황토집에 사는 사람들도 모처럼 분주했다. 밀린 빨래를 하느라 김덕이 여사는 오전 내 정신이 없었다. 틈틈이 밀리지 않게 빨래를 해왔지만, 며칠 앓느라 그 사이 꽤 많은 양이 쌓였다. 그녀는 아예 마당에 불을 피우고, 빨래를 삶았다. 날이 개었지만, 그녀는 영 기력이 돌아오지 않았다. 오히려 양자의 상태는 많이 호전되었지만, 그녀는 사정이 조금 달랐다. 오전 내 정신없이 일을 한 탓도 있었지만, 기운을 차릴 수 없을 만큼 엄청난 피곤함이 몰려왔다. 그녀는 겨우 장작불 앞에 쭈그리고 앉았다. 양자도 모처럼 팔을 걷고 마당으로 나왔다.

"어여 들어가, 찬 바람 쐬면 안 된데도."

"바람 좀 쐬어야지, 나도. ……그런데 엄마, 괜찮아? 내가 할게."

"아휴, 그러지 마."

그녀가 등을 떼밀었지만, 양자는 안으로 들어가지 않고 현관 앞에 쪼그리고 앉았다.

"이게 얼마 만에 보는 해야."

"그러게, 비만 오니까, 몸도 처지고, 마음이 가라앉아서 통, 못쓰겠더라. 그렇지?"

양자의 등을 떼밀다 그녀도 싫지 않은 듯 내버려두었다.

"옷 따뜻하게 입었어? 찬 데 앉지 말고, 여기 종이박스 위에 앉아."

김덕이 여사가 장작에 불을 붙이려고 내놓았던 박스를 내밀었다. 그녀가 장작불 옆에 쭈그리고 앉아 하늘을 올려다보았다. 빨래 삶는 냄새가 은은히 퍼졌다. 날씨는 화창했지만, 제법 쌀쌀한 기운이 감돌았다.

"벌써 가을이 오나봐."

"그러게, 여름에 비만 오다가 갑자기 이러니, 당황스럽네."

눈이 부신 듯 김덕이 여사가 잔뜩 얼굴을 찡그렸다. 양자는 눈을 가만히 감은 채 볕을 쪼였다. 김덕이 여사가 그런 양자를 바라보았다. 분명 여름이 시작되던 때보다는 얼굴이 좋아진 것 같아 그녀는 기분이 좋아졌다.

"나, 밑에 좀 내려갔다 올게. 아무래도 뭐라도 좀 구해 와야지 안 되겠다. 열흘 동안 통 뭘 먹질 못했더니, 얼굴이 말이 아니네."

그녀는 생각과 달리 말하고는 자리를 털고 일어섰다.

"아니, 엄마 몸도 안 좋은데, 오늘은 좀 쉬어. 엄마 얼굴이 더 말이 아니야. 사람들이 나보고 욕하겠어."

"빨래 삶아지기 전에 금방 갔다 올게. 찬 바람 너무 쐬지 말고."

"아니, 아직 길 막혔을지도 모르잖아……."

이미 김덕이 여사는 휘휘 산을 내려오고 있었다. 바삐 걷는 그녀의 등 뒤로 찬 바람이 따라붙었다. 양자가 무슨 말을 하려다가 입을 다물고 멀어져 가는 엄마의 뒷모습을 멍하니 쳐다보았다. 비가 하염없이 퍼붓던 열흘 사이 엄마는 키가 한 뼘은 줄어든 것 같았다. 김덕이 여사의 모습이 사라지고 보이지 않을 때까지 양자는 꼼짝도 하지 않고 그녀가 사라진 쪽을 바라보았다.

김 씨를 찾아왔던 남자가 오후가 되자 경찰을 데리고 다시 나타났다.

밑에 마을은 수해로 말이 아니었다. 물에 휩쓸려 실종된 사람도 두 명이나 되었다. 마을 전체 30여 가구 남짓, 마을 사람 전부를 다 합해도 50여 명밖에 안 되는 작은 마을에서 두 명이나 되는 사람의 생사를 확인할 길이 없으니, 마을 분위기는 무겁게 가라앉아 있었다. 무너진 다리를 복구하느라 마을 사람들은 정신이 없었다. 흔적도 없이 물에 쓸려 간 집도 여러 채였다. 마을에서 평생을 살아온 노인들도 이렇게 많이 내린 비는 본 적이 없다며 연신 혀를 찼다. 겨우 형체만 남은 마을 정자 주변에 모여 수해복구하는 모습을 침침한 눈으로 바라보았다. 평소 수해를 입던 지역이 아니어서 복구를 위해 나온 공무원들도 우왕좌왕했다. 수해 현장에서 경찰들도 일을 거들고 있었는데, 남자는 다급하게 그들에게 도움을 요청했다.

"아니, 어제 오후에도 통화해서 여기서 보기로 했다니까요."

"그럼, 전화해봐요."

"아니, 전화를 안 받는다니까요."

"그럼, 어디 갔나 보지."

"아니, 그럴 리가 없다니까 그러시네."

"멀쩡한 남의 마을에 와서 괜한 일 만들지 말라니까 그러시네."

경찰이 남자의 말을 흉내 내며 대수롭지 않게 받아넘겼다.

"봐요, 어제는 다리도 무너져서 건너갈 수 없었을 거 아니에요. 그리고…… 실은 돈을 엄청 가지고 있었을 거예요. ……분명히 저 사람들이 어떻게 한 거라니까요. 돈 안 주려고."

"……그게 무슨 말이요? 어떻게 하다니. 이 사람 큰일 낼 사람이네. 말 그렇게 함부로 하면 징역 가요. 아니, 아무리 촌구석에서 농사

짓고 사는 사람들이라고 그리 말하면 못쓰지. 남의 동네 와서……"

경찰이 상대하기 싫다는 듯 자리를 피했지만, 남자는 포기하지 않고 집요하게 따라붙었다.

"화투를 좀 친 모양인데, 돈을 좀 많이 땄나 봐요. 그래서……"

"화투 쳐봐야, 여기 사람들이 무슨 돈이 있다고, 자꾸 그래요. 동네 난리 난 거 안 보여요? 바쁘다니까, 정말. 자꾸 그럴 거요?"

"그게, 한 4천 넘게 한 모양인데."

"4천? 이 사람들이 진짜. 그 말 사실이에요?"

"불안했던지, 며칠 전부터 계속 전화가 왔다니까요. 물이 불어 못 빠져나가는데, 좀 와달라고. ……실은 돈 받으러 왔어요. 그래서 와보니 없는 거예요."

수련원 식구들을 식당에 모아놓고 남자가 경찰과 나눈 얘기를 똑같이 반복했다. 수련원 식구들은 아무 말 없이 가만히 듣기만 했다.

"아니, 아무리 비가 와서 일이 없다고, 노름판을 벌이고 그러면 어떻게 되는지 알기나 해요?"

남자와 함께 온 박 경사는 지역 토박이였다. 원장의 어머니가 죽었을 때도 들렀던 사람이었다. 최영래를 비롯하여 식구들이 반갑게 맞았지만, 남자 때문인지 수련원 사람들을 냉랭히 대했다.

"그런데, 원장은 어디 갔소? 안 보이네."

"……몸이 많이 안 좋으세요."

미숙이 들릴 듯 말 듯 아주 작은 목소리로 말했다.

"뭐라는 거요?"

"몸이 아주 안 좋소. 이 일과는 상관없는 일이니, 나중이 얘기하갔소."

"그나저나, 김 씨라는 사람 본 사람 없소? 어제 오후에도 여기 있었다는데."

아무도 얘기하는 사람이 없었다. 인부 여섯은 묵묵히 고개를 숙인 채 가만히 앉아 있었다.

"없다고 하간, 밤사이 사라졌다 안 하오."

"거짓말하는 거라니까요."

박 경사가 곰곰 최영래와 남자가 주고받는 말을 듣고 있었다.

"당신도 같이 화투 친 거요?"

"나 말이오? 이북엔 그런 거 없어, 취향이 아니오."

"그럼 누가 한 거요?"

"손들어보기요."

군데군데 떨어져 앉아 있는 인부들이 슬며시 손을 들었다.

"이 사람들 정말 큰일 날 사람들이구만, 지금이 어떤 시절이라고. ……모두 다 잃은 거요?"

인부들이 슬며시 들었던 손을 거두었다.

"거의 모두가 실은 몇 개월치 월급을 날렸다니, 저 사람들도 마음이 말이 아니오."

"얼마나 잃은 거요?"

아무도 대답하는 사람이 없었다. 쓸쓸하게 고개를 모로 돌리고 곤혹스러워하는 표정들이었다.

"다 해서 4천이 넘는다 하오."

"이 사람들 간도 크네, 정말."

"그게, 김 씨, 그 사람이 특별한 재주가 있었던 모양이오. 안 그러면 이리될 리가 없잖소. 아침에 찾아온 이 사람도 한패가 분명하오."

"한패라니? 도박단 말이요?"

"그렇지 않고서야. 이렇게 될 리가 없잖은가 말이오. 저기 임 씨도 말을 들어보이, 젊은 날부터 노름 좀 했다는데도 속수무책 당했다 안 하오."

"그러니까, 그 사람이 일부러 와서 그랬다 그 말인 거요?"

"꼭 그런 거이 아니라 하더라도, 결국엔 그랬단 거이오. 그런데 그 놈 잡으면 인부들 돈은 돌려받을 수 있는 거이오? 이 사람부터 조사 좀 해야 하오, 도망 못 가게 붙들어놓고 말이오."

"이것들이 수작을 부려도 정말 촌스럽게."

"가만히 있어요, 당신은 좀. ……원래 도박한 돈은 압수인 거 아는 거요? 일단 김 씨라는 그 사람을 찾아야겠구만."

"아니, 이 사람들이 숨겨놨다니까, 그래요."

"산 사람을 어디다 숨겨, 숨기길."

"그럼, 어떻게 했겠죠. 저랑 틀림없이 약속했다니까요."

"아이, 쓸데없는 소리 고만하고, 돌아가요. 가서 좀 기다려봅시다. 당신들도 어디 가지 말고 다시 연락할 때까지 기다려요, 알겠소?"

여전히 아무도 대답하는 사람이 없었다. 최영래만이 알았다는 듯 고개를 끄덕였고, 미숙은 멀찌감치 떨어져서 경찰을 힐끔거렸다. 박

경사가 앞장서며 식당을 나섰고, 남자는 마지못해 따라나섰다. 최영래가 밖까지 따라 나와 그들을 배웅했다. 군데군데 시멘트길이 무너지고 유실되어서 그들은 조심조심 발걸음을 옮겼다. 그들이 한참 멀어진 것을 확인하고서야 최영래가 발길을 돌렸다.

식당 안에는 여전히 인부들이 모여 앉아 있었다.

"미숙이 년, 가서 저녁이나 준비하라."

미숙이 사라지자 최영래가 위엄 있게 주위를 둘러보았다.

"잘 들으라, 우린 이제 한배라, 같이 죽고 같이 사는 기야, 알간? 일이 이리됐으니, 모두 조심들 하라. 내 허락 없이 이제 여기서 못 나간다는 말이오. ……와 대답이 없소? 내가 경찰이오?"

인부들이 하나둘, 고개를 끄덕였지만, 입을 여는 사람은 없었다.

"지난밤 일은 죽을 때까지 잊으라우. 돈은 내가 지난밤, 이른 대로 될 테니 걱정들 말기오."

인부들은 전과 같이 고개를 끄덕이고 하나둘 자리에서 일어나 흩어지기 시작했다.

엄청났던 비가 그치고 달빛이 살포시 내려앉은 밤이었다. 산의 침묵도 물소리에 묻혔고, 사람들의 수군거림도 금세 물을 따라 어디론가 흘러갔다. 김 씨를 제외한 나머지 남자들이 옥수수밭에 모여 있었다. 최영래의 지시에 따른 것이었다. 사람들은 모두 비장한 눈빛을 하고 있었다. 은은하게 비추는 달빛이 사람들의 그림자를 더욱 수상하게 만들었다. 간혹 가을을 알리는 찬 바람이 쏴아, 쏴아 옥수숫대 사이를 오가며 울어댔다.

"자, 시작하자요. 절대로, 이른 대로 해야만 하오. 절대로 실수하믄 아니 되오. 그럼 우리 모두 끝이오."

그를 둘러싼 사람들이 비장한 눈빛으로 고개를 끄덕였다. 발소리를 죽이며 그들은 김 씨의 숙소로 향했다.

병원에서 연락을 받았는지 공민지가 병실로 들어섰다. 백용현은 공민지가 그렇게 반가울 수가 없었다. 눈물이 핑 돌았다. 반나절이 지났고, 첫 식사도 했으나, 아직 그의 목소리는 돌아오지 않았다. 그의 성기는 여전히 빳빳하게 곧추서 있었다. 목소리가 나오지 않는 것이야 조금 불편하고 답답한 정도였지만, 가라앉지 않고 몇 시간째 발기되어 있는 성기는 정말 고통스러웠다. 일어나서 병실 안을 돌며 별짓을 다해보았지만, 그의 성기는 오전보다 더 팽창해 있었다. 이러다가 정말 터져버리기라도 할 것처럼 그 위용이 무서웠다.

그는 공민지를 보자 반가웠지만, 혹시 그녀가 자신의 모습을 보고 놀랄까봐 일어나지도 못하고 옆으로 돌아누워버렸다.

"선생님, 좀 괜찮으세요?"

그는 바로 오전 회진이 끝나자마자 집으로 돌아갈 생각이었으나, 성난 성기 때문에 어찌지 못하고 병실에 남아 있었다. 차라리 집이었다면 좀 더 편한 마음이 들 터였으나, 집까지 가는 것이 난관이었다.

"말씀을 못하신다고…… 저 때문에 화나셨어요? 가급적 붙어 있으려고 노력했는데, 일이 좀 있었어요. 그래도 이만해서 다행이세요. 정말, 저는 선생님께서도 큰일 나시는 줄 알았어요."

"크응, 크읍."

그가 이상한 동물 울음소리 같은 것을 뱉어냈다. 그는 그러면서 그녀를 향해 돌아누웠는데, 그 찰나에도 피가 잔뜩 몰린 자신의 성기가 불편하고 아파서 고통스러웠다. 그는 그녀에게 펜을 쥐고 쓰는 시늉을 해보였다. 그녀가 알아듣고 그에게 작은 수첩과 펜을 가방에서 꺼내주었다. 그가 그것들을 받아 들자마자 정신없이 뭔가를 쓰기 시작했다.

'가족은 없으니, 찾지 말게. 그리고 여기서 나가야겠으니, 절차를 좀 밟아주게.'

"알았습니다, 선생님. ……근데 지금 당장 말씀이세요?"

그가 고개를 끄덕였다. 병자 취급당하는 것이 불편해서 견딜 수가 없었다. 그는 살면서 간단한 감기 같은 것 말고는 병원 신세를 진 적이 거의 없었다. 건강하고 젊다고 자부했다. 그래서 더욱 당혹스러웠다. 아직 가라앉지 않은 성기 때문에 걱정이었지만, 일단 집으로 돌아가고 싶었다.

공민지가 나가자 그는 서둘러 옷을 갈아입었다. 거울 앞에 서자 더욱 도드라져 보이는 것이 생각했던 것보다 더욱 흉했다. 그도 그럴 것이 입고 왔던 옷이 여름옷이어서 어떻게라도 감출 만한 여지가 없었다. 그는 잠시 서서 어떻게 해야 하나 난감했다. 거울에 비친 자신의 몸을 이리저리 돌려 보고 있는데, 갑자기 병실 문이 열리며 간호사와 공민지가 들어왔다.

"할아버지, 퇴원하시게요? 거기는 좀 가라앉으셨어요?"

간호사가 쉴 새 없이 말을 하며 그의 그곳을 바라보았다. 공민지도 불룩하게 튀어나온 그의 사타구니를 쳐다보고는 얼굴이 벌게졌다.

"큭, 크음."

그가 노여움 섞인 짧은 비명을 내질렀다. 그가 천천히 몸을 돌렸다.

"경과를 좀 봐야 하니까, 하루 만이라도 더 있으세요. 그냥. 발기된 게 가라앉아야지. 민망해서 괜찮으시겠어요? 사람들은 약 때문인 것도 모를 텐데. 할아버지, 변태로 오인받으면 어쩌려고 그러세요. 호호호호."

간호사가 호들갑을 떨었고, 돌아서 있던 공민지는 나가려고 천천히 발을 떼었다.

"심장발작을 방지하는 약을 드렸는데, 그게 민감하게 반응하세요."

간호사가 병실을 나서려는 공민지를 말로 붙잡았다. 공민지가 어정쩡하게 서서 고개를 끄덕였다. 아무리 약 때문이라고는 하지만, 추잡한 노인처럼 보였다. 적응하기가 쉽지 않았다. 공민지가 조용히 병실을 나갔다.

간호사는 백용현이 옷을 갈아입는 것을 도와주려고 서 있었다. 백용현은 부아가 나서 죽을 지경이었다. 도무지 매너라고는 없는, 계속해서 무안을 주는 간호사가 꼴도 보기 싫었다. 그가 그녀를 보며 퉁명스럽게 문을 향해 턱짓을 했다.

"혼자 하시려고요? 그러세요. 조금 누우세요. 오랫동안 누워 계셔서 갑자기 그렇게 활동하시면 안 좋아요. 할아버지."

걸음을 옮기는 그녀를 백용현이 잡아 세웠다. 그리고 바쁘게 수첩에다 뭔가를 적기 시작했다.

'나, 할아버지 아니오. 그렇게 부르지 마시오.'

"아, 네. 알았어요. 죄송해요."

그녀가 멋쩍게 웃더니 황급히 병실을 나갔다. 그는 홀로 병실에 다시 남았다. 어딘지 모르게 쓸쓸하고 마음이 휑했다. 자신을 간호해 줄 가족 한 명 없는 것이 쓸쓸했다. 그는 옷을 갈아입다가, 손화자가 죽었다는 것이 문득 떠올랐다. 뭔가 잊고 있었던 듯, 울음이 터져 나왔는데, 자기 자신이 불쌍해서 그런지, 손화자의 죽음 때문에 슬퍼서 그런지, 울음의 정체를 자신도 알 수 없었다. 동물 울음소리 같은, 비명에 가까운 통곡이 그에게서 쏟아져 나왔다.

김덕이 여사는 터덜터덜 마을로 내려왔다. 막상 마을에 도착하고 보니, 비로 입은 피해가 심각해서, 발걸음에 더욱 힘이 빠졌다. 지형마저 바뀐 것 같은 착각이 들었다. 큰물이 지나간 곳은 길도 달라져서 낯선 곳에 온 느낌이 들었다. 공사를 하느라 고요했던 산 밑 마을이 엄청난 소음에 휩싸였다. 사정이 딱한 거야 그녀의 마음도 미어졌지만, 내려온 김에 뭐라도 들고 올라가야만 했다. 닭이라도 몇 마리 구했으면 하는 바람이었지만, 염치 불구하고 누구에게 부탁을 할 것인지 난감하기만 했다.

무너진 다리를 복구하느라 사람들은 정신이 없었고, 마을 사람들도 넋이 나간 듯 보였다. 조금 높은 곳에 위치해 있는 집은 괜찮았으나, 개울에서 멀리 떨어지지 않은 곳은 성한 데가 없었다. 그와 상관없이 그녀는 마을을 어슬렁거리며 들고 갈 가축이 없나 둘러보았다.

아픈 배를 손으로 문지르면서 멀쩡해 보이는 집의 안쪽을 힐끔거렸다. 장화를 신고 삽을 어깨에 짊어진 한 남자가 갑자기 안에서 나오는 바람에 그녀는 깜짝 놀랐다.

"할머니, 왜요?"

그가 툴툴거리듯 말을 던졌지만, 그녀는 도저히 말이 떨어지지 않았다. 비스듬히 모로 서자 남자가 성큼성큼 멀어져 갔다.

김덕이 여사가 이 집 저 집 기웃거리다가 닭장이 있는 집을 발견했다. 닭이라도 가져가야 했다. 양자에게 지난 열흘 동안 변변한 음식을 먹이지 못한 것이 그녀는 내동 마음에 걸렸다.

"계세요?"

그녀가 용기를 내어 대문 안에 들어섰다.

"아무도 안 계세요?"

아무도 없는 모양인지 아무런 기척이 없었다. 그녀는 슬금슬금 닭장 앞으로 다가가 닭을 바라보았다.

"아니, 아까 그 할머니시네?"

그녀는 놀라서 까무러쳤다. 조금 전에 만났던 장화를 신은 남자가 어느새 그녀 뒤에 바짝 붙어 서 있었기 때문이었다.

"무슨 일이시냐니까?"

"아, 그게…… 닭, 이나, 오리나, 뭐……."

"닭, 오리가 뭐요?"

"······좀 사 가려고요."

"드시게?"

그녀가 천천히 고개를 끄덕였다.

"참 한심한 노인이시네. 지금 판국이 어떤데, 닭 잡아먹을 생각이나 하고 있어요. 내가 팔긴 하는디, 그러는 거 아녜요. 사람이 물에 떠내려가 살았는지, 죽었는지 모르는 판에."

그녀가 죄인처럼 고개를 숙였다.

"한 마리만 잡아 드리면 돼요?"

장화를 신은 남자가 말하더니 닭장 안으로 들어가, 순식간에 닭의 목을 비틀고 나왔다. 축 처진 닭을 그녀에게 내밀었다. 그녀가 닭 모가지를 받아 쥐었다. 돈을 꺼내는 걸 남자가 막았다.

"정신없응게, 나중에 줘요."

김덕이 여자가 닭을 쥔 채 말도 못하고 고개를 숙였다.

"······그런데."

"여긴 형님 집이여요. 저기, 위에 사시죠?"

"네, 집에 환자가 있어서요. ······염치없네요, 마을 일 도와 드리지도 못하고."

"할 것도 없어요. 워낙 피해가 커서 사람 손으로는 못해요, 일."

잡은 닭을 들고 산으로 올라가는 길, 걸음이 다른 때보다 더디기만 했다. 아무래도 속병이 난 것 같았다. 명치 한가운데가 답답한 것을 넘어 이제는 마구 잡고 비트는 것 같은 통증이 일었다. 손으로 배를 쓸며 터덜터덜 내려왔던 길을 올라갔다. 한 발 내딛을 때마다 고통은 점점 심해졌다. 급기야, 식당 앞마당에 이르러 그녀는 주저앉고 말았다. 좀체 가라앉지 않는 통증에 현기증마저 일었다.

한 무리의 사내들이 발소리를 죽이며 김 씨의 방으로 쳐들어갔다. 그들은 순식간에 김 씨를 제압했다. 입에 재갈을 물리고, 손과 발을 묶었다. 농사와 공사판에서 단련된 인부들의 완력을 김 씨 혼자 당해내기란 불가능한 일이었다. 입에 테이핑을 한 것도 모자라 뒤에서 한 사람이 꼭 입을 다시 틀어막았다. 그들은 여러 갈래의 물이 모여 큰물이 모이는 곳에 멈추었다. 김 씨는 두려움에 몸을 부들부들 떨었다. 모처럼 환한 달빛에 모두의 표정이 선명했다. 엄청난 물소리가 천지를 울리고 있었다. 사람들은 아무 표정이 없었다. 김 씨를 둘러싼 사람들이 담배를 피웠다. 연기를 빨아들일 때마다 얼굴에 붉은빛이 돌았는데, 꼭 저세상에서 김 씨를 데리러 온 사람들 같았다. 한참 후에 최영래가 가방을 메고 나타났다. 그가 들고 온 가방을 김 씨의 목에 걸었다. 김 씨가 발악했다.

"김 씨, 평택에서 왔다칸? 사람이 그리하면 못쓴다. 적당히, 적절해야 하는 기야."

김 씨가 발버둥을 치자, 사람들이 달려들어 움직이지 못하게 눌렀다.

"그 가방 안에 댁들 통장이 다 들어 있는데, 같이 안 떨어지게 잘 묶어야 하오."

여섯 사람이 일순 최영래를 올려다보았다. 무슨 영문인지 모르겠다는 표정이었다.

"분명 시체를 언젠가는 찾을 텐데, 이거이 없음, 우릴 의심 안 하갔소? 그러이, 같이 보내야 하오. 그자의 몸에서 떨어지지 않게 꽉 매주라요. 내일 발견될 수도 있고, 시간이 좀 걸릴 수도 있갔지만, 오쨌든 발견될 거오."

"아니, 돈도 못 건질 거면, 우리가 왜 이런 일을 해야 하는 거요? 말이 다르잖아요."

물이 흐르는 굉음 때문에 사람들은 모두 고함을 치듯 말했다.

"아니, 돈 못 건진다 누가 그러오? 통장이야, 재발급 받으면 되지 않갔서?"

"아, 아. 재발급."

사람들이 이구동성 서로를 마주 보며 안도했다. 왜 그 생각을 못 했을까 하는 표정이었다.

"그, 텔레비전도 안 보오? 남편들이 마누라를 죽일 때 아도 같이 죽이는 이유는, 그래서 아니 갔어? 이유를 대기 좋은 거지. 설마 죽일 이유 없는 아를 죽였겠는가, 믿게 만드는 거오. 그리하여 다른 데서 이유를 찾는 거오."

"아아."

누가 시키지도 않았는데, 여섯 사람은 입을 모아 감탄사를 뱉었다. 사람들이 김 씨 목에 두른 가방의 끈을 조여 몸에 떨어지지 않게 했다. 김 씨는 어떻게든 사람들에게서 벗어나려 발버둥을 쳤지만, 그러면 그럴수록 여섯 사람의 손아귀에 엄청난 힘이 가해졌다.

"빨리 하고 가서 자야지 않갔어? 손발 다 풀고 입 그것도 떼라요.

물소리 때문에 아무것도 들을 수 없고, 보는 사람도 없으니 괜찮소."

김 씨는 발악하며 고함을 쳤지만 최영래의 말대로 물소리에 모두 묻혔다.

"빨리, 던지라요."

최영래의 말과 동시에 사람들이 김 씨를 굽이치는 물속으로 던져 넣었다. 순식간에 그의 모습이 사라져버렸다. 짧은 비명 소리도 들리지 않았다. 사람들이 늘어서서 김 씨가 사라진 물을 쳐다보며 담배를 피웠다. 너무 순식간이라 실감이 잘 나지 않는 듯 멍한 표정들이었다.

그때 어디선가 여자의 비명 소리가 들리는 것 같았다. 엄청난 물소리 때문에 모두 들은 것은 아니었지만, 소리 나는 쪽으로 몇이 고개를 돌렸을 때 수련원 원장이 비명을 지르면서 산 위로 뛰어가는 것을 볼 수 있었다. 최영래도 그 몇 중 하나였다.

11. 황혼 녘, 그럴 수도 있는 일

　백용현은 병원에서 나온 뒤로 집 안에서 꼼짝도 하지 않았다. 열흘이 넘도록 그는 꼭 한 번, 외출을 한 것을 빼고는 집 안에 틀어박혀 지냈다. 공민지가 비에 젖어 집으로 찾아온 그 전날, 그는 꼭 한 번 집 밖엘 나갔다.

　그는 전화를 받지도 않았고, 누군가에게 전화를 걸지도 않았다. 걸려오는 전화라야 은행이나 병원 같은 곳이 대부분이었고, 그가 전화를 걸 누군가도 없었다. 그는 처음으로 살면서 조금 외로움을 느꼈는데, 꼭 아파서 그런 것이라기보다 이제야 자기가 늙고 있다는 것을 실감했기 때문이었다. 퇴임을 하고 난 뒤에야 자신이 이제껏 사람과 맺은 관계라는 것이 어떤 허위였음을 그는 깨달았다. 그에게는 아무도 없었다. 가족도 없었고, 제자도 없었고, 동료도 없었다. 살던 집을 정리하고 단출한 삶을 위해 이사한 널찍한 오피스텔, 몇 년을 살았지만 여전히 낯설기만 했다. 그는 하염없이 창밖의 하늘을 바라보았다. 도시의 하늘은 언제나 잿빛이었다. 허물어져가는 서쪽의 하늘을 우두커니 바라보며 지난 세월의 흔적을 되살려보려 애썼다. 뭐가 어디서부터 어떻게 잘못된 것인지 알 수 없었다. 그에게 돌아오는 것은 오피스텔의 싸늘한 기운뿐이었다.

퇴원하고 3일이 지났을 때 목소리가 돌아왔다. 그는 뭔지 모를 허전함에 안절부절못했다. 뭔가에 쫓기는 마음 때문에 그는 하릴없이 창 앞을 서성였다. 실수로 컵을 깼는데, 바닥에 떨어지는 컵을 보며, '엇' 하고 소리를 질렀다. 처음 말을 배우는 느낌이었다. 처음 자신의 목소리를 듣는 듯했다. 반갑기도 했지만, 어딘지 낯설었다. 새삼 이상한 기분이 들었다.

그는 끼니를 모두 배달음식으로 해결하거나, 냉장고에 있는 것들로 대충 때우곤 했는데, 그마저도 며칠이 지나자 하루에 한 번으로 줄어들었다. 그는 모든 게 귀찮아졌다. 제자리에 잘 정돈되어 있던 그의 집도 엉망이 되었다. 결벽에 가까운 청소벽도 목소리가 돌아옴과 동시에 사라진 듯했다. 그는 아무 의욕이 없었고, 무엇에도 아무런 욕망을 느낄 수 없었다. 집 안에 홀로 있는 자신이 낯설고, 입안은 모래가 섞인 듯 이물감만이 충만했다. 그는 아무것도 하지 않았다. 예순다섯, 살면서 처음 있는 일이었다.

그는 지난날의 자신이 기억나지 않았다. 병원에 누워 있던 며칠 동안 자기를 잃어버린 것 같았다. 손화자의 죽음도, 충격에 정신을 잃고 쓰러졌던 것도, 모두 남의 일처럼 느껴지거나, 아주 오래전 망각 저편에 숨은 시간처럼 아득했다. 그는 수음을 했다. 자신이 아직도 한 욕망에 사로잡혀 있음을 증명이라도 하려는 듯, 성스러운 의식을 치르는 듯, 수음에 몰두했다. 성기를 만지작거리며 애를 쓰는 것이 처음 해보는 일처럼 기이하기만 했다. 좀체 그의 성기는 발기되지 않았다. 병원을 나오며 애를 먹었던, 팽팽하게 부풀어 올랐던 자신의 성기는 상상 속에나 있었던 일 같았다.

핸드폰 벨이 울렸다. 남자로부터 걸려온 전화였다. 아니, 전화를 받아보니 그의 일본인 아내였다.

"지난번에는 죄송했스무니다. 용서를 빌겠스무니다."

공민지는 숨이 턱 막히는 것 같았다. 뭐라 대답해야 할지 몰라서 가만히 그의 아내가 하는 말을 들었다. 화창했던 날씨가 흐려지며, 어느새 사위가 어두컴컴해졌다. 곧 큰비가 쏟아질 것 같았다. 바람이 숨죽이며 불어왔다. 하늘을 올려다보니 시커먼 먹구름이 조용히 세상을 뒤덮고 있었다. 한낮임에도 곧 밤이 올 것처럼 컴컴해졌다. 찐득한 바람이 도심 속을 조용히 오갔다.

"제게 그럴 필요 없다니까요."

겨우 공민지가 말을 건넸다. 머릿속이 복잡했다. 그의 아내가 다녀가고 난 뒤 그와 나누었던 여러 번의 섹스가 떠올랐다. 그렇다고 죄책감이 일거나, 미안한 마음이 든 건 아니었다. 그녀는 단지, 지금, 그냥 처한 상황이 싫었다.

백용현이 살고 있는 주상복합아파트는 도심 한복판에 있었다. 공민지는 병원에서 퇴원한 백 교수가 마음이 쓰여, 그를 찾아가고 있었다. 무례한 노인이고, 권위적인 선생이었지만, 어딘지 모르게 측은한 구석이 있어, 그녀는 매몰차게 나 몰라라 할 수 없었다. 병원에서 본 게 마지막이었으니, 벌써 열흘이 지났다. 하루에도 몇 번씩 걸려오던 전화가 잠잠했다. 그녀는 어머니에게 부탁해서 밑반찬과 사골국을 만들었다. 그가 퇴원한 후로 아무런 연락이 없어 궁금하기도 했고, 걱정도 되었다. 고집불통 노인이었지만, 그는 사람을 안쓰럽게 만드는 구석이 있었다. 무엇보다 돌봐줄 식구가 아무도 없다는 것이 그녀는 마음에 걸렸다.

"제가 일본으로 돌아가게 되었스무니다. ……부디, 그 사람을 잘 부탁 드립니다. ……그래 주시면 고맙겠스무니다."

"……그게 무슨 말씀이죠? 왜 제게 그런 말을 하는 거예요?"

그녀의 음성이 한 옥타브 높아졌다. 짝, 천둥이 내리쳤다. 비가 내리기 시작했다. 비를 피하려는 사람들의 발걸음이 바빠졌다. 굵은 빗방울이 그녀의 이마에 정통으로 떨어졌다. 툭, 툭, 투툭. 빗방울이 도시를 때리기 시작했다. 그녀가 막 떨어지기 시작한 비를 피해 핸드폰을 쥔 채 뛰기 시작했다. 백 교수가 살고 있는 주상복합아파트 로비에 들어서자마자 쏴아, 비가 쏟아지기 시작했다. 하늘에 닫혀 있던 문이 열린 것처럼 갑자기 엄청난 비가 쏟아져 내렸다.

"그와, 헤어죠, 지내기로, 했스무니다. 아이는, 제가, 데리고 갑니다. ……그, 사람은 민지 씨를 사랑합니다."

수화기 너머 자신의 이름이 불리는 것이 생소했다. 속으로 그의 아내의 이름이 뭐였던지 생각했다. 그녀도 그에게 아내 이름을 물은 적이 있었다. 비가 내리면서 한기가 들었다. 그래도 흠뻑 젖지 않은 게 다행이었다.

"그 사람은 저를 사랑하지 않아요. 지난번에도, 말했듯이 아주 오래전에 다 지난 일이에요. 모두 다 지난 일이라구요. 지금은 아니라는 말이에요."

"……그가 제게 모두 말했습니다. 둘이 모텔에 갔었던 일까지 모두 고백했스무니다. ……비 오는 날 당신을 찾아간 일도 들었습니다. 용소할 수 없었지만, 그가 솔직하게 말했으니, 용소해야 한다고 생각했스무니다."

"……"

공민지는 뭐라고 할 말이 없었다. 비가 본격적으로 내리기 시작했다.

"민지 씨에게 감정은 없스무니다. ……남편도, 민지 씨도 그럴 수도 있는 일이라고 생각합니다."

"……"

빗방울은 거대한 빗줄기로 변했다. 눈앞이 뿌예졌다. 물안개가 피어올랐다. 그때서야 그녀는 백 교수를 주려고 들고 왔던 짐을 두고 왔다는 것을 알았다. 엄청나게 쏟아져 내리는 비를 그녀는 난감한 듯 바라보았다.

하늘수련원 사람들은 분주했다. 비가 내리는 동안 하지 못했던 농사일로 모두 바쁜 나날을 보내고 있었다. 밑에 마을은 수해복구에 여념이 없었다. 비가 줄기차게 내렸던 여름 막바지, 수련원 식구들은 모든 일을 잊으려는 듯, 아무것도 기억할 수 없는 듯, 모두 일에만 매달렸다. 사람들은 비가 내리기 전보다 활기찼고, 의욕적이었다. 적어도 김 씨의 시체가 발견되기 전까지는 그랬다. 김 씨의 시체가 발견된 곳은 마을에서 100킬로미터나 떨어진 댐 저수지였다. 그가 사라지고 꼭 보름 만의 일이었다.

수련원은 많은 비에도 잘 견뎌냈다. 대부분의 논과 밭이 산 중턱에 자리 잡고 있어, 물길을 피할 수 있었다. 작황이 예년 같지는 않았지만, 그래도 그만하면 다행이었다. 관리를 잘하기만 한다면 작물시세가 좋아 오히려 성공적인 1년 농사를 기대해도 좋을 만큼 상황이 괜찮았다. 밑에 마을은 수해로 한 해 농사를 거의 망쳤다. 밑에 마을이 수해복구와 보상문제로 공무원들과 옥신각신 애를 먹을 때 하늘수련원은 가축과 농작물을 예년 수준에 맞추기 위해 모두 정신없이 일에 매달렸다.

한 날, 하늘수련원으로 서울에서 한 남자가 찾아왔다. 새로 축사를 짓기 위해 최영래는 굴착기로 주변 땅을 정비하고 있었다. 미숙이 헐레벌떡 축사부지로 올라왔다. 최영래는 이미 실질적인 수련원 운영자였다. 원장의 상태는 호전되기는커녕 점점 나빠져 이제 사람하고의 대화가 거의 불가능했다. 최영래는 원장을 원장실에 가두고 밖에서 자물쇠를 채웠다. 돌아다니지 않게 하기 위해서는 어쩔 수 없는 일이었다. 한밤중 산이라도 헤매다가 어떻게, 무슨 일을 당할지 알 수 없는 일이었다.

"아저씨, 서울에서 형사가 찾아왔어요."

인부들이 하나, 둘 미숙과 최영래 주변으로 모여들었다.

"형사가, 서울에서 무슨 일로?"

"김 씨 아저씨, 시체를 찾았대요. 읍내 경찰서에서도 사람이 온다고 연락이 왔어요."

인부들이 당황한 표정으로 서로의 눈치를 살폈다.

"형사는 그럼, 다른 일로 왔간?"

"잘은 모르겠는데, 최 씨 아저씨를 찾아요."

"나를?"

미숙과 최영래를 둘러싼 인부들의 표정이 일그러졌다. 두려움이 그들의 눈에 가득했다.

"모두, 단단히 맘들 잡으라요. 알간?"

인부들이 고개를 천천히 끄덕였다.

최영래가 앞장서 내려가자 인부들도 하나둘 그의 뒤를 따랐다.

"자네들은, 오지 말고 일이나 하기요. 내가 알아서 할 테니."

인부들이 우뚝 멈춰 섰다. 멀어져 가는 그의 뒷모습을 불안한 눈으로 바라보았다.

서울에서 왔다는 형사는 옥수수밭이 내려다보이는 수련원 뒤 야트막한 언덕에 올라 산에서 내려오는 그들을 보고 있었다. 최영래도 그를 바라보았다. 멀리서 보아도 굉장히 마른 몸에 구부정한 모습이었다.

비 때문에 옥수수 농사는 엉망이 되었다. 옥수수는 수확하지 못한 채 썩어가고 있었다. 밭 전체가 그러고 있으니 을씨년스러운 분위기마저 돌았다. 최영래는 남자가 언덕에서 내려올 때까지 기다렸다. 미숙은 식당 쪽으로 사라졌다.

"김두영 씨 아시죠?"

"아, 네."

남자의 눈빛은 어딘지 모르게 앙칼진 구석이 있었다. 눈은 최영래의 얼굴을 똑바로 보고 있었지만, 그를 아래위로 훑는 것 같은 느낌을 주었다. 키로 보나 덩치로 보나 최영래가 월등하게 좋았지만, 눈빛에서 최영래는 남자에게 기가 눌렸다. 남자는 눈을 깜빡이지도 않고 그를 똑바로 올려다보았다.

"왜 왔는지 알죠?"

"……아니, 잘 모르겠는데. 무슨 일로……."

"김두영 시체 건진 건 알죠? 아마, 곧 그거 관련해서도 근처 서에서 나오면 알게 될 테고."

"아, 그래요?"

"모르셨어요?"

"아니요, 듣긴 들었는데……."

"들었는데, 왜 모른 척을 하세요? 살해됐다는 제보가 있어요."

"아니, 그런 말을, 누가……."

"여기서 노름해서 큰돈 벌었다고 하던데, 돈 안 주려고 그런 거 아니에요, 혹시?"

최영래의 얼굴이 순간 귀까지 벌게졌다. 손이 떨리고 가슴이 뛰기 시작했다. 그는 침착하려 애썼지만, 도무지 진정이 되지 않았다.

"아니, 어떤 버러지 같은 놈들이 그리 말을 하간. 말을 하면 다인 줄 알간?"

최영래가 버럭 소리를 질렀다. 화내는 것 말고 자신의 감정을 들키지 않고 추스를 수 있는 방법이 없었다. 최영래의 반응에도 남자는 전혀 놀라지 않았다.

"그런데, 당신, 신분증 좀 보자우. 진짜 형사 맞으오?"

최영래가 한 발 다가서며 씩씩거리자, 남자가 한 발 뒤로 물러섰다.

"누가 형사라고 말한 적 있어요?"

"아니, 그럼, 당신 누기요?"

최영래가 다가서며 남자의 팔을 붙잡았다. 남자는 아랑곳하지 않았다. 왜소한 남자의 몸이 팔만 잡았는데도 중심을 잡지 못하고 휘청거렸지만, 시선은 최영래에게서 거두지 않았다.

"난, 김두성이야. 김두영이 동생 김두성."

최영래가 잡았던 팔목을 놓고, 뒤로 물러섰다. 남자는 옷매무새를 가다듬으면서도 최영래를 째려보았다. 남자의 눈에서 살기가 느껴졌다.

"형, 얼굴 보고 왔는데 말예요. 우리 형은 그렇게 죽을 사람이 아니거든요."

"……사람 살고 죽는 게 다, 그렇지. 그렇게 죽지 않음 어떻게 죽어야 하오? 마음이야 좋지 않겠지만……."

"다 알고 왔어요. 가만있지 않을 거예요. 두고 봐요, 그 말 하려고
왔어요."

남자가 천천히 돌아섰다. 최영래는 아무 말도 하지 않고 잠자코 그
를 바라보았다. 멀어져 가는 그의 뒷모습에 어쩐지 불길한 기운이 서
려 있었다. 한참을 걸어가던 그가 고개를 돌려 최영래를 바라보았다.
제법 멀리 떨어져 있어 정확하게는 볼 수 없었지만, 최영래는 남자가
짓고 있는 섬뜩한 미소를 분명하게 볼 수 있었다. 남자의 표정은 아
무런 감정도 느낌도 없어 보였다. 남자의 입꼬리에 걸려 있는 웃음기
는 미소라기보다는 다짐 같은 것이었다. 남자가 천천히 멀어져 갔다.
최영래는 식당 앞까지 나와 남자가 보이지 않을 때까지 서 있었다.
남자가 사라진 쪽에서 차 한 대가 먼지를 뿌옇게 일으키며 올라오고
있었다. 시멘트 길이었지만, 산에서 쓸려 내려온 토사가 길에 가득해
서, 비포장도로나 마찬가지였다. 경찰차 한 대가 속력을 죽이지 않고,
전속력을 다해 하늘수련원으로 올라왔다. 최영래는 경찰차를 보자
건물 안으로 몸을 숨겼다.

큰비가 지나간 뒤 급격하게 날씨가 바뀌었다. 밤에는 제법 쌀쌀
한 기운이 감돌았다. 김덕이 여사는 가까스로 통증을 참았다. 그녀
는 그저 부쩍 차가워진 날씨 탓이거니 했다. 양자의 상태는 많이 호
전되었다. 이제는 거꾸로 김덕이 여사가 누워 있는 시간이 많아졌고,
양자가 김덕이 여사를 챙겨야 하는 시간이 늘었다.

김덕이 여사는 오목가슴 한가운데가 답답했는데, 몇 주 전부터 통
증이 일기 시작하더니 그 주위가 손을 델 수 없을 정도로 아팠다.

눈으로 보아도 그 부분이 도톰하게 부풀어 오른 것이 보일 정도였다.

"제발, 병원에 좀 가."

"아니, 괜찮대도 그러네. 나는 정말, 괜찮아. 죽을병 아냐."

양자의 얼굴에는 여름을 잘 나서 그런지 전에 없이 혈색이 돌았다. 거무스레하게 돌던 빛깔이 사라지고 혈색이 돌았다. 늦여름 장마를 지내며 살도 조금 올랐다. 김덕이 여사의 정성스런 보살핌이 날이 갈수록 효과를 보고 있었다. 처음 하늘수련원 황토집에 왔을 때와는 비교할 수 없을 정도로 확연히 건강이 호전되어 있었다. 양자는 이제 청소나 끼니를 준비하는 데 체력적으로도 아무런 문제가 없을 만큼 상태가 좋았다. 남편과의 문제 때문에 여름이 시작되고 그녀의 병은 더욱 깊어지는 것 같았으나, 김덕이 여사의 악착같은 병수발이 효과를 본 것은 분명해 보였다. 그래서 그런지 김덕이 여사는 기력이 많이 쇠한 것 같은, 부쩍 늙은 느낌을 주었다. 양자는 날이 갈수록 수척해지는 엄마를 볼 때마다 마음이 좋지 않았다.

"어디 가?"

김덕이 여사가 힘겹게 자리에서 일어났다.

"응, 불 좀 넣으려고. ……춥네. 난, 괜찮니? 국 다 먹었어?"

"무슨 국?"

"아, 꿈인가. 졸았나봐, 깜박."

"엄마도, 참."

"저녁 준비해야지."

"점심 먹은 지 얼마 됐다고 또, 저녁을 준비해, 엄마."

"아직, 낮이야?"

양자의 만류에도 김덕이 여사는 밖으로 나가 아궁이에 불을 넣었다. 그녀는 아궁이에 가다귀를 넣으며 일어나는 불꽃을 멍하니 바라보았다. 큰비 때문이라고 생각했다. 여름을 보내며 그녀는 자신의 몸에 뭔가 이상이 생겼음을 알았지만, 병원에 갈 엄두나 여유가 없었다. 우두커니 앉아 있던 그녀가 바삐 나갈 채비를 했다.

"또 어디 가?"

"밑에 좀 내려갔다 올게. 아무래도 읍내 장에 좀 갔다 와야겠어."

이제 몸을 곧추 펴지 못할 정도로 가슴 한복판에 통증이 심했지만, 김덕이 여사는 그것마저 모른 척하려 애를 썼다.

"그럼, 같이 가, 엄마."

"넌, 여기 있어. 힘들어서 안 돼."

김덕이 여사가 따라나설 채비를 하는 양자를 매몰차게 뿌리치고, 걸음을 바삐 옮겼다. 따라나서던 양자가 금세 멀어져버린 엄마를 원망하듯 오래도록 바라보았다.

외출에 나서기 전, 그는 수음에 몰두했다. 밖의 날씨는 푹푹 쪘다. 늦더위가 찾아와 가을을 기다리던 사람들에게 짜증을 안겼다. 그는 날씨 같은 것과는 상관없이 사라져버린 욕망을 찾는 데 온 힘을 기울였다.

하지만 아무리 애를 써보아도 아무런 반응도 일지 않았다. 그는 쭈그러들고 축 처진 시커먼 물건을 우두커니 내려다보았다. 그는 현재 자신의 가장 정확한 모습을 확인한 것 같아 우울해졌다. 그러면 그럴수록 그는 더욱 전투적으로 수음에 매달렸지만, 아무런 반응도, 효과도 없었다. 속으로 몇몇 기억하는 오래전의 섹스를 떠올려보기도 하고, 지나쳤던 여자를 생각하기도 했지만, 그것은 실제적인 것이 아니라, 어떤 상상 속에만 존재했던 일 같았다.

그는 거울에 비친 자신의 알몸을 쳐다보았다. 거울 안에 볼품없고 추레한 늙은이가 서 있었다. 머리카락은 듬성듬성 빠져서 속이 훤히 드러났다. 그가 천천히 머리를 쓸었다. 표정엔 아무런 감정도 묻어나지 않았다. 몸 군데군데 검은 점들이 오물처럼 묻어 있었다. 거죽은 생기를 잃고 밑으로, 아래를 향해 흘러내리고 있었고 잔주름이 온몸에 고루 퍼져 있었다. 몸의 모든 부분이 가늘어지고 있었다. 젊은 날 제법 단단했던 어깨도 좁아졌고, 팔 근육도 팽팽함을 잃은 지 오래였다. 밑으로 처진 뱃살과 가는 다리, 홀쭉한 엉덩이, 그는 몸을 이리저리 돌려보며 거울 안, 자신의 모습을 무심히 바라보았다. 거울 안의 노인이 무표정하게 거울 밖의 그를 바라보았다.

그는 옷장 깊숙한 곳에 걸어놓았던 가장 비싼 양복을 꺼냈다. 밖의 날씨는 비가 그친 뒤 늦더위가 기승을 부리고 있었다. 그는 철 이른 가을 양복을 침대 위에 펼쳐놓았다. 몸이 사라진 사람이 침대 위에 누워 있는 것처럼 보였다. 그는 꼼꼼히 오랫동안 샤워를 했다. 양복을 입고 외출을 하면 어딘지 갈 곳이 떠오를 것만 같았다. 그는 머리를 정돈하고, 양말을 신었다. 와이셔츠를 입고, 넥타이를 맸다. 밑은 여전히 알몸이었다. 정성스럽게 넥타이를 매다가 거울에 비친 자신을 보았다. 넥타이를 매다 말고, 팬티를 입었다. 뭔가 순서가 바뀐 것 같아서, 무엇인가 해야 될 일을 빼먹은 것 같아서, 그는 한참을 그대로 서 있었다.

그는 밖으로 나와 집 주변을 맴돌았다. 한참을 걸어도 딱히 어디로 갈 건지 떠오르지 않았다. 너무 두꺼운 양복을 입어서, 그는 땀을 뻘뻘 흘렸다. 그보다 아직 밝은 낮이어서, 그는 당황했다. 학교 쪽으로 걸음을 옮기다, 그는 방향을 바꾸어 근처 시장 주변을 한참을 걸었다. 그사이 해가 저물었다. 퇴근시간이 되자 오가는 사람들의 발걸음이 빨라졌다. 그도 바삐 걸었다. 한 무리의 사람들을 따라 걷다 보니 지하철역이 나왔다. 지하철을 탈까 하다가 그만두었다. 반나절을 헤매고 다녔지만, 여전히 집 주변이었다. 많은 땀을 흘려서 그런지 맥이 빠졌다. 와이셔츠는 땀으로 젖어 철떡거렸다. 낮에 보지 못했던 것이 보이기 시작했다. 간판에 불이 들어오고, 도시의 밤이 찾아왔다. 몇 년을 살았어도, 자기가 사는 동네를 이렇게 유심히 살펴본 것은 처음 있는 일이었다. 여왕벌, 그러다 그가 들어간 곳이었다. 모처럼 배도 고프고 갈증도 났다. 그는 그것이 반가웠다. 꼭 해야 될 일이 생긴 것 같았다. 여왕벌에 들어가 보니 이제 막 장사를 시작하려고 준비하고 있었다.

"어떻게 오셨어요?"

입구에서 서성이던 그에게 신문을 보고 있던 중년의 남자가 물었다. 가게 안에 정적이 흘렀다. 그는 그냥 나갈까 하다가, 그냥 그대로 서 있었다.

"장사 안 합니까?"

"술 드시게요?"

"여기, 술집 아닙니까?"

중년이 이상한 눈으로 그를 뚫어져라 쳐다보았다. 그도 중년을 뚫어져라 쳐다보았다.

"아직, 애들이 안 나왔는데, 어떻게 좀, 기다리시겠어요?"

그가 고개를 끄덕이자, 여왕벌의 중년 남자가 그를 룸으로 안내했다.

"천천히 쉬고 계세요. 아직, 아무도 안 나와서, 시간이 좀 걸릴 거예요. ……괜찮으시겠어요?"

그는 대답하지 않고, 양복 윗도리를 벗었다. 땀에 절어 쉰내가 룸 안에 퍼졌다. 중년이 곧 맥주 세 병을 가져다주었다.

"뭐 먹을 건 없소?"

"아직 아무도 안 나와서요. ……짜장면이라도 시켜 드릴까요?"

"그래 주면 고맙겠소."

그가 맥주 뚜껑을 따며 말했다. 중년이 에어컨을 켜고 나갔다. 그가 쉬지 않고 맥주를 들이켰다. 룸에서 퀴퀴한 냄새가 났다. 그는 연거푸 맥주를 들이켰다.

짜장면을 먹고, 양주를 시켜 먹었지만 아무리 기다려도 여자가 오지 않았다. 일어서자 취기가 돌았다. 밖으로 나가 보니 중년은 없고, 웨이터가 자리를 지키고 있었다.

"여기 여자 안 오나? 벌써 시간이 꽤 지났는데."

"네, 사장님. 지금 준비하고 있으니까 조금만 더 기다려주시겠어요? 바로, 금방 넣어 드릴게요."

한 중년의 여자가 그가 있는 방으로 들어온 건 그리고도 한참 후였다. 그는 양주 한 병을 이미 혼자서 비운 뒤였다. 취한 그는 심기가 불편해졌다. 그는 붙잡는 여자를 뒤로하고 밖으로 나갔다.

"누가 이렇게 늙은 여자를 만나려고, 이렇게 오랫동안 기다린 줄 아나?"

그가 웨이터에게 버럭 소리를 질렀다.

"사장님, 마음에 안 드세요? 나이 그렇게 안 많은데, 저희 가게는 좀, 연령층이 높아요, 사장님. ……조금 기다리면, 다시 서비스해 드리겠습니다. 일단……."

심기가 불편한 것은 이제 그뿐만이 아니었다. 여자가 말없이 그를 지나쳐 갔다. 그는 다시 룸으로 돌아와 다른 여자가 오기도 전에 엉망으로 취해버렸다. 눈은 풀렸고, 정신은 혼미해졌다. 그는 완전히 취해 소파에 길게 누웠다. 정신을 차리려고 눈을 떴을 때, 누군가 옆에 있었다.

"자넨 누군가?"

그가 눈을 뜨고 겨우 물었다.

"어머, 저 기억 안나요? 우리 아빠 정말 취했구나. 이제 일어나시려고요?"

그는 술에서 깬 것도, 잠에서 깬 것도 아니어서, 지금 상황이 꿈결같이 비현실적으로 느껴졌다. 그가 눈을 끔벅이며 밖으로 나가는 여자의 뒷모습을 쳐다보았다. 술값은 2백만 원이 나왔다.

"자세한 내역은 없고, 이게 단가? 2차도 안 갔는데."

"사장님, 오늘은 2차 나가는 아가씨들이 없어요. 죄송합니다."

"2차 나가는 여자가 따로 있고, 여기서 노는 아가씨가 따로 있나?"

바가지를 쓰고 있다는 것을 알았지만, 딱히 따질 만한 시비가 생각나지 않았다. 웨이터는 대답하지 않고, 빙긋이 웃기만 했다.

"그래도 2백은 좀 과하지 않은가, 먹은 것도 없는데."

"양주 세 병에, 아가씨 네 타임 팁, 안주 하면 맞아요, 사장님. 여기 들어오신 지 꽤 되었습니다."

"아가씨? 아까 그 여자 말인가? 난 잠에서 깨서 처음 봤는데."

"그건 사장님, 잘 모르겠고요, 어쨌든 시간으로 장사하는 곳이니, 이해해주셔야죠."

웨이터의 얼굴에서 웃음기가 사라졌다. 그는 뭔가에 홀린 듯 정신이 없었다. 급작스럽게 마신 술 때문에 머리가 깨질 것만 같았다.

"그래도 좀 깎아주게, 아무래도 과해."

"저는, 팁도 없고요, 이러시면 안 됩니다. 남는 거 하나도 없습니다."

"……."

남는 거 없다는 말에 피식 웃음이 나오려는 것을 그는 가까스로 참았다.

"여왕벌이 정말, 무섭구만, 허허."

그가 농담을 했지만, 웨이터는 웃지 않았다. 이곳저곳 룸에서 악을 써가며 노래를 부르는 소리에 머릿속이 더욱 어지러웠다. 그는 계산을 하고 허위허위 밖으로 나왔다. 땀에 절어 잠이 든 탓에 감기 기운이 있었다. 나와 보니 바로 집 앞 골목이었다. 길 건너에 하염없이 하늘로 솟은, 그가 사는 오피스텔이 서 있었다. 그는 횡단보도에 서서 건물의 꼭대기를 바라보았다. 중간쯤에 자기의 집이 있었지만 정확히 어디인지 가늠이 되지 않았다. 자기가 살아온 인생이 꼭 그것처럼 느껴졌다. 그는 편의점에 들러 컵라면과 삼각김밥을 사서 오피스텔로 향했다.

공민지는 비에 흠뻑 젖었다. 그녀는 두고 왔던 반찬꾸러미를 다시 가져왔다. 아주 짧은 거리였지만, 그 바람에 온몸이 전부 젖었다. 천둥과 번개가 땅으로 내려앉을 때마다, 그녀는 움찔했다. 눈물이 빗물과 섞여 볼을 타고 흘러내렸다. 로비에 비를 피해 서 있는 몇몇이 그녀를 이상한 눈으로 쳐다보았다. 비에 젖은 원피스가 그녀의 몸에 착 달라붙어 있었다. 때문에 매력적인 그녀의 몸이 적나라하게 드러났다. 엄청난 빗소리에 귀가 먹먹해졌다. 눈이 자꾸 감겼다. 어떻게 해야 할지 난감했다. 백 교수의 집으로 올라가자니 모양새가 이상해 보였고, 집으로 돌아가자니 갈 길이 막막했다. 그녀는 엄청나게 쏟아지는 빗줄기를 바라보며 한동안 그렇게 서 있었다. 그녀의 몸에서 물이 뚝뚝 떨어졌다. 사람들이 자신을 힐끔거리는 것을 알아차리고서야 그 자리를 피했다. 사람들의 시선이 그대로 그녀의 몸 뒤로 따라붙었다.

핸드폰을 꺼내 보니 다행히 물에 젖지 않았다. 저장해두었던 백 교수의 주소를 찾았다. 오피스텔 건물 안, 에어컨 때문에 한기가 들었다. 그녀는 몸을 움츠리며 엘리베이터를 기다렸다. 백 교수는 11층에 살고 있었다. 12층부터 26층까지는 아파트였고, 11층까지는 오피스텔이었다.

공민지는 혼란스러웠다. 모든 게 자기 때문이라고 자책했지만, 한편으로 그가 원망스러웠다. 백 교수는 그사이 20년은 늙은 것처럼 보였다. 그는 문을 열더니 깜짝 놀라는 표정을 지었다. 그의 몰골 때문에 깜짝 놀라기는 그녀도 마찬가지였다.

"아니, 자네가 웬일인가? 여기까지."

"선생님, 목소리 찾으셨네요."

"비를 맞은 건가? ……들어오게."

그녀가 현관에 서서 들어가지 않고 주춤했다. 여전히 젖은 몸에서 물이 뚝뚝 떨어졌다. 공민지가 들고 온 반찬보따리를 내려놓았다.

"괜찮으니, 들어오게."

백 교수가 큰 타월을 들고 와 그녀에게 건넸다.

"어머니가 반찬을 좀 싸주셔서요, 갖다 드리라고 해서……. 건강은 괜찮으세요?"

"음, 뭐. 그렇지."

그녀는 속으로 백 교수가 이렇게 늙었던가, 반문했다. 백 교수는 나이에 비해 활력 있었고, 기운이 젊은 사람이었는데, 열흘 사이 중늙은이가 되어 있었다. 타월로 몸을 감싸며 천천히 집 안을 둘러보았다. 끼니를 해결하고 있었던 모양인지 거실 탁자 위 컵라면에서 아직도 김이 올라오고 있었다.

"식사 좀 잘 챙겨 드시지 그러셨어요."

"뭐, 그렇지. 자네가 이렇게 올 줄 몰랐네."

백 교수는 안절부절못했다. 시선은 어디에 두어야 할지 몰라 흔들렸고, 주섬주섬 어지러운 집 안을 대충 정리하려 했다.

"집 꼴이 말이 아니지? 조금 많이 귀찮아져서……."

"선생님 죄송한데, 욕실 좀 써도 될까요?"

"어? ……그럼, 그럼."

욕실로 향하는 그녀의 뒷모습을 보고 있자니 그는 야릇한 기분이 들었다. 지난밤 자신이 찾아 헤매던 무엇을 지금에야 찾은 것 같았다. 기가 막히게 아름다운 뒷모습을 가진 그녀가 자기의 집에 있다는 것만으로 그는 뭔가를 되찾은 기분에 사로잡혔다. 그녀가 욕실로 사라지자 그는 허둥지둥 집 안을 정리하기 시작했다. 정신을 차리고 둘러보니 컵라면 용기와 인스턴트 음식 용기가 사방에 흩어져 있었다. 거실을 정리하다 말고 그는 안방 욕실로 뛰어갔다. 옷을 갈아입었다. 거울에 비친 자신의 모습을 발견했다. 거울 안, 이제는 이미 많이 늙어버린 노인, 엉뚱한 욕망에 사로잡혀 흥분한 중늙은이가 서 있었다. 마음이 쓸쓸해졌다. 그런 마음을 털어버리려는 듯 툭툭, 침대를 손으로 털어 정리했다.

공민지는 욕실에 들어서자 더욱 난감한 마음이었다. 일단 옷을 벗어 물기를 쥐어짰다. 속옷까지 흠뻑 젖어 있었다. 뜨거운 물로 샤워를 했다. 몸에 일던 한기가 가라앉는 것 같았다. 자꾸 눈물이 났다. 소리 내어 울고 싶었지만 참았다. 헤어드라이어를 옷 속에 넣어 말렸다. 목 부분에 고정시키자 원피스가 너울너울 춤을 추기 시작했다. 그녀는 소리 내어 울기 시작했다.

"김 씨 시체가 떠올랐다니까, 서울에서 형사들이 내려왔어. 실수로 물에 빠진 것 같은데 말이야, 형사들 생각은 다른가봐. 같이 좀 가야 할 것 같아."

최영래를 찾아온 경찰이 그를 잡아끌며 말했다. 경찰차가 올라오는 것을 보고 몸을 숨겼지만, 숨는다고 해서 해결될 일이 아니었다. 미숙이 겁에 질려 멀찍이서 그들을 바라보았다. 잠깐 최영래와 미숙의 눈이 마주쳤다.

최영래가 묵묵히 그들을 따라나섰다.

"아니, 당신 혼자 말고, 여기 인부들 있잖아. 다 어디 갔나? 전부 다, 같이."

최영래의 눈이 커졌다. 순간 불안감이 엄습했다.

"아니, 인부들이야 일을 하느라 바쁜데. 나 혼자 가도 되지 않간?"

"아, 데려오라잖아. 어이, 아가씨. 얼른 가서 인부들 데려와."

"아이, 같이 여게 좁아서 다 못 타고, 따로 가야지 않겠……."

"당신은 우리하고 먼저 가고, 나머지들은 알아서 오라고 해, 빨리."

최영래의 말은 듣지 않고, 경찰관은 미숙에게 소리쳤다. 미숙은 어찌할 바를 모르고 최영래만 바라보았다. 그가 살짝 고개를 끄덕이자, 미숙이 허둥지둥 산 쪽으로 뛰었다.

마침 장날이었다. 김덕이 여사는 닷새에 한 번씩 서는 장을 구경했다. 결명자, 도라지 같은 것을 사고 좋은 소고기도 몇 근 끊었다. 폐암에는 육류가 별로 좋지 않다고 병원에서 그랬지만, 그녀는 믿지 않았다. 그보다는 민간요법을 믿는 쪽이었고, 그것이 어느 정도 효과가 있다고 믿었다. 폐병은 무조건 잘 먹어야 한다는 것이 그녀의 신념이었다. 병원 약을 끊고서도 양자의 몸이 더욱 좋아지고 있는 것이 그 증거라고 믿었다. 어렸을 적 보았던 폐병 환자들이 먹던 것들을 그녀는 기억하고 있었고, 그것을 신봉했다.

장을 보는 동안 잠잠했던 통증이 버스를 기다리는데 다시 일었다. 몸을 똑바로 펼 수 없을 만큼 심했다. 그녀는 정류장 앞에 있는 약국에 들어갔다. 웬만해선 약을 먹지 않는 그녀였지만, 진통제라도 먹어야 할 만큼 통증이 심했다.

배가 아프니 약을 달라고 했지만, 약사는 꼬치꼬치 물으며, 그녀의 상태를 파악했다. 의자에 앉히고 아프다는 곳을 눌러보기까지 했다. 약사의 손이 닿자마자 그녀는 극심한 통증을 느꼈지만, 아무렇지도 않은 척 꾹 참았다.

"어머니, 일단 병원 먼저 가셔야겠어요. 바로 위층이니까 얼른 다녀오셔요."

"병원 필요 없어요. 저기, 소화제하고, 진통제하고 하나씩 줘요."

"약, 그렇게 못 드려요. 짐 거기 잠깐 두시고, 얼른 가서 처방전 받아 오셔요, 아셨어요?"

약사가 그녀를 문밖으로 떠밀었다. 그녀가 괜찮다고 하는데도 막무가내였다. 큰 잘못을 저지른 사람마냥 약국 밖에서 그녀는 어째야

되나 망설였다. 건너편 경찰서로 들어가는 최영래를 발견한 건 그때였다. 그녀는 무슨 일인가 싶어, 금세 자신의 상황을 잊어버리고 한참 경찰서 쪽을 바라보았다.

그녀가 마지못해 병원으로 올라가는 계단을 천천히 오르기 시작했다.

12. 가을이라 가을바람

찬 바람이 불기 시작했다. 기승을 부리던 늦더위가 저만치 물러서
자 만공산도 옷을 갈아입을 채비를 했다.

"계절이 바뀌니까 있잖냐, 바람 소리도 다르고 물 흐르는 소리도
달라진 것 같애."

"그럼, 당연하지. 왜 안 그러겠어."

양자가 책에서 눈을 떼지 않고 무심히 말했다. 모녀가 가을햇살
아래 앉아 있었다.

"옷 단단히 입었지?"

"안 추워, 엄마. 아직 여름이야."

"무슨 소리야, 찬 바람 불면 가을이지."

김덕이 여사가 딸을 넌지시 건너다보았다. 무슨 말을 하려다가 망설이는 듯, 그녀는 자신의 마른손을 괜스레 주물렀다. 손등의 빽빽한 거죽과 주름을 매만졌다.

"……넌 책 읽는 게 그리 재밌냐?"

"……병 나으면, 다시 공부 시작하려고."

"그래, 그래야지. 이제, 니 힘으로 살아야 하니까."

"……"

"……애기들은 전화 왔어? ……언제 안 온대?"

"왔다 갔다, 돈만 들지 뭐. 아직, 이런 거 보여주기 싫어."

"……그렇겠지? ……좀 보고 싶은데, 그러지? ……그나저나 돌아오면 너랑 사는 거 맞지? 언제들 아주 오는 거냐?"

김덕이 여사는 양자의 대답을 들을 새도 없이 연속해서 질문을 늘어놓았다. 양자가 읽고 있던 책을 천천히 무릎에 내려놓고, 엄마를 쳐다보았다. 김덕이 여사가 슬쩍 고개를 다른 쪽으로 돌려 딴청을 피웠다.

"엄마, 나한테 할 얘기 있어? 무슨 일 있어? 돈 필요해서 그래?"

"아냐, 아냐. 돈은……. 그냥 햇살이 좋아서, 이런저런 생각이 들어서 그래."

그녀가 말을 피하며 손으로 차양을 만들어 하늘을 올려다보았다.

"저 하늘 색깔 좀 봐. 아이고, 며칠 새 이렇게 세상이 다 바뀐다니."

양자는 이젠 늙어버린 엄마를 애잔하게 바라보았다. 그녀도 엄마가 하는 것처럼 손차양을 만들어 하늘을 올려다보았다. 구름 몇 점이 낮게 떠다녔다. 새파란 하늘이 모녀의 눈에 가깝게 닿았다. 양자는 이내 시선을 거두고 읽던 책으로 눈을 돌렸다. 김덕이 여사는 천천히 흘러가는 구름이 멀어질 때까지 눈으로 좇았다. 눈이 부셔 눈을 가늘게 뜨고 깜빡거렸다. 눈물이 찔끔 흘러나왔다. 젖은 눈가를 딸이 보지 못하게 그녀가 재빠르게 눈물을 찍어냈다. 그녀가 조용히 일어섰다.

"엄마, 어디 가?"

책을 읽느라 뒤늦게 알아챈 양자가 엄마를 불렀다. 이미 김덕이 여사는 휘이 멀어져 가고 있었다.

"응, 밑에 좀…… 점심 뭐 할 거 있나 보러 갔다 올게. ……너무 오래 앉아 있지 마. 바람 들어."

그녀가 돌아보지 않고서 혼잣말처럼 말했다. 그녀의 목소리가 바람에 묻히는 듯, 멀어져 가며 허공에서 흔들렸다. 양자는 점점 작아지는 엄마의 뒷모습을 오래도록 바라보았다.

백용현은 빠른 걸음으로 오피스텔 로비로 내려갔다. 아직도 비가 내리고 있었는데, 그는 우산이 없어 어떡해야 할지 난감해졌다. 입구에는 젊은 친구들이 모여 비를 피하고 있었는데, 와자지껄하던 그들의 웃음소리가 백용현이 나타나자 뚝 멎었다. 젊은이들의 목소리가 가라앉자 거리를 때리는 빗소리가 갑자기 더욱 요란스러워지는 것 같았다. 젊은 친구들은 백용현을 힐끔거리면서 작은 소리로 얘기를 나누었다. 그들은 그와 눈이 마주치자, 하나, 둘 자리를 피해 안으로 들어갔다. 이 세상 사람이 아닌 듯, 그의 몰골이 기괴했기 때문이었으나, 정작 그 자신만 모르고 있었다. 하지만 그는 그런 것에 신경 쓸 겨를이 없었다. 그는 아무 정신이 없었다. 반백의 머리, 훤히 드러나기 시작한 정수리를 감추려고 길게 기른 옆머리가 산발한 채 어깨까지 내려와 있었고, 얼굴은 벌겋게 상기되어 있었다. 요즘 부쩍 많아진 검버섯 때문에 얼굴은 더욱 거무죽죽했다. 양복바지를 입고 있었으나, 맨발에 슬리퍼를 신고 있었다.

편의점까지는 도로 하나를 건너야 했는데, 빗줄기가 거세어 그는 잠자코 비가 내리는 것만 쳐다보고 있었다. 그는 속으로 뛰어야 할지, 어차피 비에 젖을 것 천천히 걸어가야 할지, 아니면 그냥 다시 집으로 올라가야 할지를 결정하지 못했다. 내리붓는 빗줄기, 땅을 때리는 소리를 그는 우두커니 듣고 있었다. 물소리를 피해 내려왔지만, 내려와 보니 더 큰 빗소리가 천지를 호령하고 있었다. 욕실에서 들려오는 소리에 그는 심장이 터져버릴 것만 같았다. 아니, 타올라서 곧 멎을 것만 같았다. 그녀의 몸을 타고 바닥을 때리는 물소리에 그는 정신이 아찔해졌다. 아무 일도 아니었지만, 그에게는 아무 일도 아닌 게 아니었다. 샤워기에서 바닥으로 떨어지는 물소리에 정신이 산란해졌다. 그는 살금살금 다가가 욕실 문에 가만히 귀를 댔다. 그러자 마음속에 이는 야릇한 상상을 뛰어넘는 일이 벌어졌다. 욕실 안에서 이상한 신음 소리 같은 것이 들려오고 있었다. 입술을 물어 참는 듯한, 신음 소리를 그는 분명 들었다. 샤워기에서 떨어지는 물이 바닥을 때리는 소리와 섞여 있었다. 그는 그녀가 자위하는 상상을 했다. 어쨌든 상관없었다. 그는 문에 귀를 대고 꿈쩍도 하지 않았다. 잠잠하기만 했던 성욕이 반응을 일으킨 것에 그는 스스로 대견해서 흥분을 감추지 못했다. 젖은 몸으로 욕실로 들어가던 공민지의 뒷모습이 눈에 확연히 떠오른 것은 당연했다. 그는 그녀의 뒷모습을 복원해내며 문에 귀를 붙이고 가빠지는 숨을 숨겼다. 얼굴이 벌게졌다. 당장이라도 문을 박차고 들어가 어떻게라도 하고 싶을 만큼 그는 이상한 감흥에 사로잡혔다. 이성을 잃을 만큼 심장이 쿵쾅댔다. 가슴이 터질 것처럼 심장이 빠르게 뛰었다. 마음을 바로 잡지 않는다면 무슨 일이 벌어질지 모르겠다는 생각마저 들었다. 병원에서 쓰러진 이후로 자꾸 충동적으로 행동하는 자신을 발견하던 그 즈음이었다. 그는 쿵쾅대는 가슴을 부여잡았다.

그는 정신을 차리고 밖으로 허겁지겁 뛰쳐나왔다. 그리고 습관적으로 슬리퍼를 끌고 무작정 엘리베이터에 올랐다. 무의식적으로 편의점에 가기 위해 로비에 섰지만 큰비에 가로막혀 그가 품었던 성애의 판타지는 순식간에 사라져버렸다. 몸에서 기운이 쑤욱 빠져나가는 것 같았다. 어지럼이 일었다. 한기가 들면서 등이 오싹해졌다. 유리에 비친 자신의 모습을 발견한 것은 그때였다. 추레한 한 노인이 자신을 응시하고 있는 것을 보았다. 유리에 비친 노인은 초점을 잃고 퀭한 눈으로 자기를 바라보고 있었다. 영혼이 빠져나가고 죽음을 눈앞에 마주한 한 노인을 그도 바라보고 있었다. 빗줄기는 세상을 집어삼킬 듯 더욱 거세졌다. 바로 눈앞에서 번쩍, 번개가 쳤다. 놀라서 움찔 한 발 물러서자 곧, 엄청난 굉음의 천둥소리가 바로 머리 위에 떨어졌다. 그는 움찔 무릎을 굽혔다.

그는 여왕벌에 다녀온 뒤로 집에 찬밥처럼 구겨져 있었다. 그는 우울했다. 좀체 예전의 자신을 찾을 수 없었기 때문이었는데, 그것이 너무 혼란스러웠다. 갑자기 스무 살은 늙어버린 기분이 들었다. 술집에서 바가지를 썼는데도, 참고 고스란히 속아준 자신이 원망스러웠다. 돈 때문이 아니었다. 예전 같았으면 어림없는 일이었다. 많은 것들이 귀찮고, 거추장스러웠다. 그는 자주 거울을 들여다보았다. 거울에 비친 자기의 모습을 가만히 응시했다. 아무리 보아도 그 모습이 너무 낯설었기 때문이었다. 얼굴에는 혈기 좋았던 기운이 사라졌고, 군데군데 검버섯이 피어올랐고, 거무죽죽하니 볼품없었다. 알몸을 보고 있자면 더욱 기분이 가라앉았다. 가는 다리와 탄력을 잃은 피부, 밑으로 점점 처지는 뱃살에 생명이라고는 조금도 남아 있지 않았다.

그는 늙은 자신을 인정하고 받아들이는 중이었다. 느끼는 중이었다. 하지만 마음속 깊은 곳에서는 그것을 거부하고, 예전의 자기를 복원시키고자 갈등했다. 간절하게 되찾고 싶었다. 못되고 지랄 맞은 성격을 지녔다고 비난받아도 좋으니, 바로 얼마 전, 손화자가 찾아오기 전 자신의 모습을 되찾고 싶었다. 손화자가 죽기 전, 충격에 자신이 쓰러지기 전으로 돌아가고 싶었다. 도무지 어떠한 것들도 몸에 익숙하지 않았다. 그러자 모든 것이 그저 귀찮았다. 자신에게서 사라져버린 욕망의 원래 모습이 무엇이었는지 기억나지 않았다.

그는 방에서 웅크렸다. 창가로 스며드는 빛을 모두 막고 온종일 서

재에 앉아 있거나, 거실에 앉아, 멍하니 있었다. 끼니마다 몸에 좋은 음식을 찾아 먹던 그는 사라지고 없었다. 좀체 배가 고프지도 않았거니와, 가끔 허기를 느껴도 밖으로 나가서 제대로 된 음식을 찾아 먹지 않았다. 원래 그랬던 사람인 양 그는 간단한 인스턴트 음식으로 끼니를 때웠다. 예전 같으면 쳐다보지도 않았을 그런 것들을 자연스럽게 찾았다. 제대로 된 음식을 마지막으로 먹은 게 언제인지 기억도 나지 않았지만, 여전히 먹는 데 별 의욕이 없었다. 혼자서 식당에 가기가 꺼려진 것도 달라진 것 중 하나였다. 입안에서는 계속 쓴맛이 돌았다. 그는 뭐가 뭔지 혼란스러웠다. 타인의 모습 같은 잔영으로만 자기의 지난날이 떠올랐다. 모두 남의 일 같았다. 자기의 인생이 타인의 것처럼 낯설었다. 그의 마음은 점점 침잠되었다. 우울의 심해를 헤매었다.

시간이 어떻게 지나고 얼마나 지나갔는지 그는 아무 관심이 없었다. 그를 찾는 사람도 없었고, 그가 보고 싶은 사람도 없었다. 그는 때로 간절하게 누구라도 그리워하고 싶었는데, 너무 외로웠기 때문이었다. 그는 한밤중에 깨어 다시 잠들지 못하고 뜬눈으로 아침을 맞이하는 경우가 잦았다. 그게 외로움을 느끼는 것이라고 그는 생각했다. 우두커니 천장을 바라보며 누군가를 그리워하고 싶었다. 누군가는 자기를 그리워했으면 좋겠다고 생각했다. 그게 그리움이라고 단정했다. 곰곰 하나하나 떠오르는 사람을 되새겨보았다. 그리움과는 먼 사람들이었다. 이제껏 단 한 번도 떠올려본 적도 없는 사람들이었다. 그는 속으로 억지를 썼다. 그래도 잠깐 머릿속에 떠오른 그들을 생각하자 기분이 좀 좋아졌다. 지금 하고 있는 생각이 누군가를 애타게 그리워하고 있는 것이라고 생각했다. 하지만 금세, 자기가 왜 이러고 있는 것인지를 깨닫고는 다시 침울해졌다.

침울한, 우울의 나날에 빠져 있던 어느 하루, 갑자기 벨이 울리고 누군가 그를 찾아왔다. 누군가 자신을 찾는 벨 소리가 환청 같았다. 문 앞에 공민지가 서 있었다. 공민지는 그가 새벽마다 가장 많이 그리워한 사람 중 하나였다. 그렇다고 느꼈다. 천장을 보며 가장 많이 떠올린 사람 중 하나였다. 그래서 그런지 비에 흠뻑 젖어 서 있는 공민지를 보자, 그는 그 모습이 자기의 상상이 만들어낸 비현실적인 것처럼 느껴졌다. 그는 깜짝 놀라 한참 동안 그녀의 얼굴을 멍하니 바라보았다. 그녀가 말하지 않았다면 더 오랫동안 그렇게 있었을지도 몰랐다. 집 안은 난장판이었지만, 공민지는 아무 신경도 쓰지 않았다. 그녀도 얼이 빠진 것처럼 뭔가 멍한 상태였는데, 왜 그런지 그는 알 리 없었다. 그것은 중요한 것이 아니었다. 누군가 자기를 찾아왔다는 것에 감동이 되어 아무 생각이 들지 않았다. 상상 속에 있던 사람이 눈앞에 생겨난 듯 착각이 일었다. 그래서 그녀가 집 안에 들어서고서도 그는 멍하니 그녀를 바라보기만 했다. 그녀가 욕실에 들어간 뒤에야 정신이 들었다. 집 안을 둘러보니, 그야말로 가관이었다. 허겁지겁 집 안을 정리하기 시작했다. 여기저기 먹다 만 음식이 흩어져 있었고, 빨랫감이 퀴퀴한 냄새를 풍기며 군데군데 널브러져 있었다. 그가 주섬주섬 그것들을 정리했다. 그러다가 그는 문득 하던 것을 멈추었다. 욕실에서 물이 떨어지는 소리가 들려왔다. 그는 뭔가에 얻어맞은 것처럼 몸이 굳어지며 심장이 요동치기 시작했는데, 마치 그가 몇 날 며칠을 컴컴한 방에 앉아 상실한 무엇을 찾아 헤맸던 것에 대한 답이 떠오르는 것만 같았다. 무엇인가 찾은 것 같았다. 자기가 잃어버린 게 무엇이었고, 찾아야 하는 게 무엇인지 명확해지는 느낌이었다. 그것만으로도 충분했다. 그는 그 사실에 흥분했다.

그는 로비 유리에 비친 자신을 발견하곤 화들짝 놀랐다. 그제야 주위의 사람이 자기를 힐끔거리고 있다는 것을 눈치챘다. 그가 천천히 손으로 머리를 쓸며 자리를 피했다. 머리를 숙이고 사람들의 시선을 피하며 빠르게 엘리베이터로 향했다. 고개를 숙였을 때 슬리퍼를 왼쪽 오른쪽 바꾸어 신은 것을 알 수 있었다.

엘리베이터가 11층에 멈춰 섰지만 그는 한참을 망설였다. 왜 그런지 자신을 이해할 수 없었다. 그는 뭔가 내키지 않고, 마주하는 게 겁이 났다. 이상한 일이었다. 조금 전 화려하게 일어났던 욕망과 흥분은 더욱 깊은 곳으로 침잠되었고, 기분은 가라앉았다. 엘리베이터에서 경고음이 들려왔다. 그가 터덜터덜 집으로 발걸음을 옮겼다. 현관문 앞에서 그는 다시 망설였다. 뭔가 일상이 깨진 듯, 마음이 어수선했다. 단지 젊은 여자가 자기의 집에서 샤워를 한 것뿐인데도, 그는 큰 상실감을 느꼈다. 흥분 뒤에 찾아온 엄청난 공허감에 견디기 힘들었다. 그녀가 그냥 돌아갔으면 하는 마음마저 들었다. 잠깐 사이에 감정이 극과 극을 오갔다. 마음이 잠잠해지지 않았다.

공민지에게 욕정을 품은 것이 아니었다. 그것은 굉장히 개인적인 일이라는 것을 그는 깨달았다. 공민지와는 상관없는 일이었다. 그 누구와도 관련 없는 일이었다. 다만, 자신이 어느 순간에도 늙고 있고, 몸이나 외형적인 것 말고 마음이, 내면이, 찰나에 늙어버리고 약해지는 것을 받아들이고 있는 과정을 스스로 보고 있었다. 욕실 안에서 들려오는 소리에 흥분한 것은 성욕이 아니었다. 그가 평생 가장 중요하게 생각했던, 성욕이나 성애에 관한 것이 아니었다. 원래 있었던 자신의 모습을 애타게 그리워하는, 이제는 소멸되고 사라진 무엇을 간절하게 바라는 자기 자신에 대한 연민이었다. 짧은 시간, 이제 그는 모든 것을 알아버린 것만 같았다. 그게 쓸쓸하고 외로워서 견딜 수가 없었다.

그는 천천히 비밀번호를 누르고 집 안으로 들어섰다. 현관문을 닫고서 가만히 서 있었다. 욕실에서는 아무 소리도 들려오지 않았다. 그것이 조금 겁이 났는데, 모든 것이 자연스럽지 않았기 때문이었다. 그가 살금살금 소리를 죽이고 집 안으로 들어섰다. 남의 집에 몰래 들어서는 기분이 들었다.

"선생님, 어디 갔다 오셨어요?"

그가 움찔했다. 그는 화들짝 놀라서 하마터면 그 자리에 주저앉을 뻔했다. 공민지는 거실 소파에 앉아 있었는데, 아니, 안방에서 나온 것인지, 어쨌든 갑자기 불쑥 나타나서 깜짝 놀랐다. 그는 온 신경을 욕실에 둔 터라 그녀가 있는 것을 알지 못했다.

"저기 선생님, 제가 아무 옷이나 좀 꺼내 입었어요. 불러도 대답이 없으시길래."

그때서야 그는 공민지가 입고 있는 옷을 알아보았다. 그녀는 그의 체크무늬 와이셔츠를 입고 있었는데, 그것은 그의 상상이나 영화에서나 자주 등장하는 장면이었다.

"으흠."

그가 고개를 돌리며 마른기침을 뱉었다.

"저 따뜻한 차 한 잔만 주실 수 있으세요?"

"아, ……차. 그렇지. ……차를 마셔야지."

가만히 서 있던 그가 엉거주춤 걸음을 옮겼다.

"저기, 선생님. 실례가 되지 않는다면 밑에 입을 것 좀 주시겠어요? 바지도 좋고, 파자마도 좋아요. ……트렁크 팬티 같은 것도 상관없어요."

"응? 입을 거, ……아, 그래야지."

그가 부엌으로 가던 걸음을 돌려 허둥지둥 안방으로 향했다. 그가 우뚝 멈추더니 그녀를 돌아다보았다.

"……트렁크 팬티? ……자네, 혹시 무슨 일 있는 겐가?"

그녀가 말없이 그를 바라보며 살짝 미소를 지었다.

"뭔가, 자네도 전과 다르군."

그가 혼잣말처럼 중얼거리며 안방으로 들어갔다.

하늘수련원은 식구들 모두가 조사를 받느라 부산한 몇 주를 보냈다. 인부들과 최영래는 매일 밤 모여 입을 맞추느라 정신이 없었다. 장마가 끝나고 가장 부지런해야 할 때 일이 손에 잡힐 리 없었다. 때마다 인부들은 삼삼오오 모여 앉아, 그날 밤 있었던 일을 잊어버리기 위해 안간힘을 썼지만, 시간이 지날수록 그날 밤의 상황은 또렷해졌고 불안감은 커져만 갔다.

"누구 하나 약해지면, 우리 모두 같이 죽는 기야. 알간?"

최영래는 이탈자가 생길까봐 매일 밤 인부들을 모아놓고 겁을 주었다.

"이게 모두 누구 때문에 생긴 일인지 기억하라우. 누구를 위해서 벌인 일인지 잊지 말란."

인부들은 너나 할 거 없이 마음을 다잡아보았지만, 규합이 끝나고 잠자리에 들면 각자 다른 생각 때문에 마음이 더욱 심란해지기만 했다.

"미리 얘기하겠는데, 혼자 살겠다고 내빼는 놈이 바로 범인이 되는 거란 말이야. 알간? 아예 생각을 잊으라우. 기억에서 지우면 불안할 리도 없을 테니."

정작 말은 그렇게 했지만 가장 불안에 떠는 사람은 최영래였다. 인부들과 최영래의 1차 조사가 마무리되었지만, 웬일인지 읍내 경찰서에서는 하루, 한 명 그들을 다시 불러들였다. 다른 혐의나 증거가 있어서 그런 것이 아니었다. 서울에서 왔다는 형사는 물었던 말을 되풀이하며 묻곤 했는데, 그게 더욱 사람을 불안하고 두렵게 만들었다.

"그러니까 처음부터 다시 얘기해보세요. 자, 처음부터."

사람들은 그 말을 들을 때마다 얼굴이 하얗게 질렸다. 혹시나 전과 다르게 얘기할까봐 전전긍긍했다. 말을 맞춘 것과 자신이 기억하고 있는 사건의 진실을 혹여 혼동할까봐 조사를 받는 수련원 식구들은 머릿속이 멍해지곤 했다. 어떤 날은 불러놓고 묻지도 않고 내버려두기도 했는데, 그럴 때면 불려 나온 인부는 더욱 안절부절못했다. 수련원 식구 모두를 매일 이런 식으로 다루다 보니 농사고 뭐고 다 팽개치고 모여 앉아 걱정만 늘어놓고 있었다.

"이럴 때일수록 일을 하라우. 가만히 앉아 있으면 생각만 많아지지 않간."

최영래는 작업을 독려했지만, 인부들은 불안한 마음을 숨길 수가 없었다. 마음을 다잡고 일을 하다가도, 조사를 받고 돌아온 사람이라도 있을라치면 농사일을 작파하고 하염없이 앉아서 자기에게 닥칠지도 모를 시련을 걱정했다. 다음 차례엔 자기가 걸리지 않을까 노심초사하며 하루하루를 버티고 있었지만, 점점 한계에 다다르고 있었다.

"기실, 나는 아무것도 한 것이 없이, 그저 지켜본 것밖에 없는데, 어찌 이런 일에 휘말리게 되었나, 점점 억울한 마음이 든다니까. 이게, 다, 니놈들 때문 아냐."

"이 새끼 말하는 품새 보소. 왜, 니가 한 일이 없나? 발 잡았잖아. 발 잡고 던졌잖아. 내가 뒤에서 다 봤는데."

"생사람 잡지 말라고. 내가 언제 발을 잡아."

인부들은 툭하면 멱살잡이를 벌였다. 인부들은 혹시 탄로 날 것을 대비해 자신의 사건 가담 비중을 줄이기 위해 서로 옥신각신했다. 결국 말싸움은 주먹질로까지 번져 최영래가 뜯어말리고서야 일단락

되곤 했다. 모두들 지쳐가고 있었다. 장마가 끝나고 몇 주째 늦더위가 기승을 부리고 있었다.

매일 밤, 인부 여섯과 최영래가 머리를 맞대고 사건에 대해서 논의를 했지만, 반복되는 얘기 말고는 더 나올 것이 없었다. 서로 불안한 마음을 가라앉히고자 숙소에 모여 고양이 같은 목소리로 대책을 논의했지만, 이미 저지른 사건에서 도망갈 뾰족한 수는 없었다.

"말이야 바른 말이지 이게 모두 최 씨 당신이 시켜서 벌어진 일이 아니우. 우리가 사람까지 죽일 생각은 하지 못했단 말이여."

잠자코 최영래의 말을 듣고 있던 임 씨가 툭 말을 내뱉었다.

"임 씨, 말이라고 하면 다 말인 줄 아는 게요?"

나이가 가장 많은 임실 출신의 임 씨를 최영래가 무섭게 노려보았다.

"애초에 나와는 아무 상관이 없다는 걸 잊었느냐 말이요."

"그야, 알지. 그렇다고 우리가 김 씨를 죽이자고 한 것은 아니잖여. 다, 당신이 시키는 대로 했단 말이지. 그것 또한 바른말이지, 안 그래?"

임 씨가 최영래의 눈빛에 눌려 움찔했지만, 다른 인부들을 둘러보며 동의를 구하자, 하나둘 눈치를 보며 고개를 끄덕였다.

"우리가 돈을 잃어서 마음이 그랬던 것은 사실이지만, 흔히 있는 일이기도 하고. 그 돈이 정말 사람 목숨하고 바꿀 만큼 중요한 것이었냐, 하면 그건 아니라는 말이여. 돈이야, 있어도 그만이고, 없어도 그만인 거지."

임 씨는 동료들이 동요하는 듯하자, 말을 이었다.

"그럼, 당신이래 김 씨를 죽인 게 다 내가 시켰기 때문이오? 지금 그런 말이간?"

최영래의 표정이 일그러지며 언성이 높아졌다.

"아, 말소리 좀 줄여. 누가 듣겠네."

"지금, 하는 말이, 모두, 진심인기요?"

최영래가 인부들을 둘러보며 째려보았다.

인부들은 최영래의 시선을 피하곤 아무 말이 없었다.

"아니, 굳이 주동자를 가려내자면, 하는 소리여. 여 사람들이 하도 싸우니끼, 그러는 거지. 다른 뜻은 없어."

"나는 그 사람을 털끝 하나 건드린 게 없단 말이오. 아무런 부채도 없고, 김 씨를 죽일 이유가 없다는 것을 경찰도 알고, 당신들도 아는 것 아니오. 물에 빠진 사람 건져냈더니, 없어진 신발 찾아내라는 꼴이 가관이란 말이요. 내, 나를 모함하는 자 있으면, 정말이지 가만두지 않겠어. 두고 보라우."

최영래의 음성은 조금 전 흥분했던 것과 달리 무겁게 가라앉았고, 위엄 있었다. 사람들이 평소 그를 리더로 생각하는 것은 바로 그렇게 묵직한 포즈 때문이었다. 간혹, 무거운 표정 뒤에 숨은 살기 같은 것이 느껴져서 사람들은 그를 따르는 것이었다.

"내, 이기 오려고 무려 2천 킬로미터가 넘는 길을 걸어서 왔소. 부모, 처자식 모두 버리고 말이요. 차마, 내 손으로 눌러 죽이지 못하고 도망쳐 나온 게 한이 된 사람이란 말이요. 그만큼 걸었다는 것도, 이기 와서 알았오. 나는……."

그가 목이 메여 잠깐, 숨을 골랐다.

"나는 이미, 중국으로, 태국, 미얀마, 어딘지도 모르는 밀림을 지도 하나 달랑 가지고서래, 굶어 헤매면서 이미, 스스로, 나를 죽였단 말이요. 난, 잃을 것이 없소. 아무것도 없는, 내 목숨은 이미 그 시절 다 버렸단 말이요. 알간? 나를 모함하는 사람 두고 보시오. 가만두지 않갔어."

그가 다짐하듯 했던 말을 반복했다. 인부들은 고개를 푹 숙이고 아무 말도 없었다. 최영래는 자기가 한 말에 다시 다짐이라도 하듯이 한 명, 한 명 돌아가며 노려보았다.

"그리고, 임 씨, 잘 들으라요. 이 모든 일이 당신이 내게 정황을 지르면서 시작된 게 아니요. 결국엔 당신이 이 모든 것을 나로 하여금 시킨 일이 아니냔 말이요. 나이, 지긋하면 나잇값을 해야 하지 않갔어? 당신……."

갑자기 최영래가 말을 멈추고 신경을 곤두세웠다. 밖에서 인기척이 있었기 때문이었다. 인부들도 겁에 질린 듯 서로를 마주 보았다.

최영래가 갑자기 밖으로 문을 박차고 튕겨 나갔다. 방 안에 모여 있던 사람들이 겁을 집어먹고 어슬렁어슬렁 일어나 밖의 동태를 살폈다.

어둠 속으로 누군가를 쫓아 재빠르게 뛰어가는 최영래의 모습이 잠깐 보였다가 곧 암흑 속으로 사라졌다.

"도대체 뭔 일이래요?"

"돈 벌러 왔다. 정말, 더럽게 꼬였다니까."

밖으로 나가볼 생각들은 않고 모두 참았던 말을 꺼냈다.

"다들, 입조심하자구요. 최영래 말 틀린 것 없잖아요. 임 씨 아저씨
도 괜히 본전도 못 찾을 소리 좀 하지 말아요."

"내가, 뭘 그랬다고 그려. 틀린 말도 아니지. 그나저나 따라가봐야
하는 것 아녀?"

"그러게요. 도대체 한밤중에 누가 왔을까요?"

인부들이 최영래가 사라진 쪽으로 천천히 발걸음을 옮겼다. 산속
이라 벌써 차디찬 기운이 내려앉아 있었다. 사람들은 몸을 움츠리며
서로 바짝 붙어 걸었다.

축사 쪽으로 얼마간 걸어갔을 때 최영래가 누군가를 올라타고 위
에서 짓누르고 있었다.

사람들은 놀라서 멈칫했다. 청명한 달빛에 그림자가 길게 누웠다.
최영래에게 깔린 사람은 아등바등 몸부림을 쳤지만, 위에서 단단히
누르고 있는 최영래는 아랑곳지 않았다.

"그렇게들 있지 말고, 이리 와서 이 아새끼 좀 잡으라우."

사람들이 여전히 멈칫하자, 최영래가 고개를 돌려 쏘아보았다. 어
둠 속에서도 그의 눈빛은 살아 있는 것처럼 느껴졌다. 사람들이 하
나둘, 다가갔다. 최영래는 한 남자의 팔을 등 뒤로 꺾은 다음 무릎으
로 누르고 있었다. 밑에 깔린 사람은 발버둥 칠수록 팔이 더욱 죄여
지는 듯, 간혹 신음 소리를 토해냈다.

"아니, 근데 누구이가니, 오밤중에……."

임 씨가 멀찍이 떨어져서 말했다. 같이 따라오기는 했지만, 그는 이제 무슨 일이든지 끼고 싶지 않은 듯 가까이 다가서지도 않았다.

"임 씨 아저씨, 그렇게 서 있지 말고, 와서 거들어요. 죽어도 같이 죽어야지."

"니들, ……얘기하는 거 다 들었어. ……내가 ……그럴 줄 알고, 아, 아."

최영래가 팔에 힘을 주자 밑에 깔린 사람이 신음을 토해냈다.

"이 아새끼 저번에 왔던 그놈이라요. 그놈 동생."

"누구 동생? 아, 죽은 김 씨?"

사람들의 눈이 휘둥그레졌다. 느슨하게 잡고 있던 손아귀에 너나 할 것 없이 힘을 주었다.

"그, 그럼 어떡해? 이제."

"일단 축사로 데리고 가자요. 가서……."

"가서?"

"가서, ……당신들이 결정하기요. 괜히 나중에 또 딴소리나 하지 말고."

"뭐, 뭘, 결정해요?"

최영래가 하는 말뜻을 눈치채지 못한 사람은 없었다. 사람들은 이 내 겁에 질렸다.

김덕이 여사는 양말을 벗고, 신발을 손에 쥐었다. 정신이 번쩍 들만큼 물이 차가웠다. 기분이 좀 나아졌다. 그녀는 물가에 앉아서 젖은 발을 바람에 말렸다. 발이 시리고, 코끝이 찡해졌다. 그녀는 한참

차가운 바람 앞에 앉아 있었다. 김덕이 여사는 작은 개울을 건너 오솔길로 들어섰다. 그녀는 거꾸로 산을 오르기 시작했다. 개울 건너에서는 황토집이 잘 보였지만, 집에서 작은 개울 너머는 숲에 가려 잘 보이지가 않았다. 흐르는 물소리 때문에 소리도 잘 들리지 않았다. 책을 읽고 있는 양자가 눈에 들어오자, 그녀의 눈에 어느새 눈물이 맺혔다.

"불쌍해서 어떡해, 우리 딸."

그녀가 개울 건너 집을 지나치며 발소리를 죽였다. 살금살금 지나쳐 산을 오르기 시작했다. 점점 숨이 차올랐다. 이제는 조금만 움직여도 금세 숨이 차고 기운이 빠져 주저앉기 일쑤였다. 여름을 나며 더욱 체력이 떨어지고, 몸이 축난 것 같았다. 특히 큰물이 일어 집에서 보낸 장마철이 힘들었다. 그녀는 쉬지 않고 속력을 냈다. 숨이 턱 밑까지 차올랐고, 다리가 후들거렸지만, 그녀는 멈추지 않았다. 뛰다시피 산을 올랐다.

의사가 그녀의 복부 여기저기를 손으로 눌러보았다. 마흔이 조금 넘었을까, 아직은 젊은 의사를 김덕이 여사는 누운 채 쳐다보았다. 수줍은 듯 시선을 옮기며 의사를 힐끔거렸다.

"그냥, 가슴 한가운데가 답답한 것이, 요새는 가끔 쑤셔요. ······그런데, 아직 젊은데, 어째 이런 촌에까지 와서 병원을 한대요?"

"아, 원래 아버지 집이에요. 아버지가 편찮으셔서, 내려왔다가, 이렇게 눌러앉았네요. 어머니, 일어나셔서, 뒤돌아 앉아보세요. 근데, 여기 분 아니시죠? 어디 사세요?"

"젊은 양반이 눈썰미도 좋으시네. 저기 등황리 살아요. 잠깐, 내려와 있어요. 그럼, 아버지도 의사셨나 보다."

그녀가 수줍은 웃음을 흘렸다. 뭐가 쑥스러운지, 그녀는 살짝 부끄럽기까지 했다.

"아, 네. 그랬죠. 옛날에. 등황리면 수련원 있는 곳이요? 어디 아프셔서 와 계신 거예요?"

"그건, 아니고요."

그녀의 얼굴에서 미소가 떠나지 않았는데, 젊은 의사가 믿음을 주는 호감이기도 했지만, 어쩐지 좋은 사람처럼 그의 친절함이 마음에 들었기 때문이었다.

"거기, 뒷산 참 좋죠? 가끔 저도 가는데, 경치 참 좋아요. 워낙 이 동네가 고지대에 있다 보니 그렇기도 하지만, 거기서 보는 풍경이 참 좋아요. 날 좋으면 바다도 보이고…… 보셨어요? 바다?"

"……바다요?"

"잠깐 숨 좀 길게 들이마시면서 보세요. 말, 잠깐 참으시고요."

그녀는 이렇게 병원에 올 줄 알았다면 속에 입은 옷이라도 좀 제대로 된 것을 차려입고 나올 것을 하고 후회했다. 그것이 민망하고 부끄러웠다. 젊은 의사의 호감이 마음에 들어 처녓적 만발했던 수줍음이 되살아나는 것 같았다.

"네, 됐습니다. 저기, 사진 한 장 찍어 오시겠어요?"

"거기, 꼭대기서 바다가 보여요? 바다가 먼데, 여기서."

"네, 그럼요. 거짓말하겠어요. 어머니, 가서 엑스레이 한 방 찍고 오세요. 금방이면 되니까, 얼른 다녀오세요. 기다리고 있을게요."

그녀가 옷을 추리고선, 곧 엑스레이를 찍어 왔다.

"그런데, 결혼했죠?"

"그럼요."

의사는 한참 필름을 들고 형광등 불빛에 비춰 보며 이런저런 얘기를 받아주었다.

"그런데, 부인이 여기 들어와서 살려고 해요? 의사한테 시집왔으면, 뭐, 바라는 것도 있었을 텐데."

"뭘 바래요. 거기도 의사예요. 근처, 전주에서 병원 해요. 애들 교육 때문에, 여기서 사는 것은 힘들고, 제가 왔다 갔다 해요."

"아, 그렇구나."

"저 어렸을 적엔, 여기 한 번 오려면 하루 종일 걸렸는데, 지금은 도로가 좋아서, 금방 왔다 갔다 해요. 20분밖에 안 걸리니. 그런데, 어머니, 요즘 숨 많이 차지 않으셨어요?"

"숨, 차죠. 늙은인데, 이제."

"어머니가 왜 늙은이예요? 아직 처녀 같은데."

"아휴, 말씀이 너무 후해. 완전 쭈그렁탱이 보고."

그녀가 웃음을 감추지 못하고, 얼굴에 활짝 미소를 머금었다.

"어머니, 큰 병원 가셔야겠어요. 많이 아팠을 텐데, 어떻게 참으셨어요? 안 아프셨어요?"

의사가 필름을 다시 형광판에 꽂으며 말했다.

"네? 큰 병이에요?"

그녀는 여전히 환하게 웃고 있었다.

"암 같아요, 어머니. 검사해봐야 알겠지만, 위에서 시작해서 폐까지 번진 것 같아요. 위에 생긴 암덩어리가 커져서 폐를 누르고 있어요. 그래서 숨이 찬 거예요. ……복수도 찬 것 같으니, 간도 아마, ……그럴 것 같아요. 굉장히 아팠을 텐데, 왜 이제야 병원에 오셨어요?"

의사가 담담히 말했다. 일상 있는 일이라는 것처럼, 별일 아니라는 것처럼 처음 보았을 때와 똑같은 톤으로 말했다. 그래서 그런지, 그녀도 덤덤했다.

"꽤 많이 진행된 것 같으니까, 빨리 전주로 나가셔야 돼요."

차트에 뭔가를 쓰며 의사가 진지하게 말했다.

"자제분은 계세요? 얼른, 알리시고요."

그녀는 조금 전과 달리 눈만 껌벅이며 의사가 하는 말을 흘리고 있었다.

"의사 양반은 다른 것보다도 참 음성이 좋네요. 신뢰감 같은 것을 막 줘."

"하하, 그런 말 많이 듣습니다. 빨리, 오늘이라도 전주 큰 병원으로 나가세요? 아셨죠?"

"그런데, 병이 이렇게 깊으면 얼마나 살 수 있대요?"

"검사해봐야 알죠. 여기선……."

"그래도 많이 봤을 거 아녜요, 대충 이 정도면 어느 정도나……."

"지금 뭐라고 하기에는……."

의사가 진지하게 가만히 그녀를 쳐다보았다.

"……사람 의지에 따라서 다르지만, ……다르지만, 요즘 많이 좋아졌으니까……."

그녀가 여전히 미소를 잃지 않고서 의사를 지그시 바라보았다.

"꽤 많이 진행된 거 같아요. 아니, 암이 아닐 수도 있고요. 암이라고 한다면 ……한 반년쯤? 짧을 수도 있고, 길 수도 있어요. ……그냥, 마음 편히 하시고, 일단 큰 병원으로 나가보셔서……."

몇 주 전인가, 읍에 나갔다가 병원을 찾고서, 그녀는 암 진단을 받았다. 아니, 정확한 검사를 한 것은 아니니 암으로 추정되는 진단을 받았다. 단지 소화가 좀 안 되고 가슴이 답답했을 뿐인데, 암이라고 했다. 살면서 언제 그러지 않은 적 있었던가, 오래된 일인데, 암이라고 했다.

수련원으로 돌아오는 길, 이제껏 보이지 않았던 것들이 정겹게 느껴졌다. 창밖으로 빠르게 여름이 흘러가고 있었다. 그녀는 버스 창가에 앉아 입술만 움직이며 노래를 흥얼거렸다. 가을이라, 가을바람 솔솔 불어오니.

산 정상 근처에 오르자 하늘이 더욱 높아졌다. 숨이 가빴고, 어지럼증이 일었지만, 기분은 한결 나아졌다. 그녀는 넓적한 바위 위에 앉아 숨을 골랐다. 굽이굽이 산능선을 바라보았다. 수련원 황토집에 들어온 지 꽤 됐지만, 산에 오른 것은 처음이었다.

"이렇게 멋진 줄 알았으면 자주 좀 올라올 것을."

그녀가 숨을 고르며 혼잣말을 했다. 주변을 둘러보았다. 그녀가 마치 떠나온 길을 돌아다보듯, 뒤돌아보았을 때 저 멀리, 바다가 보였다. 의사가 말한 대로 땅 끝에서 바다가 시작되고 있었다.

"아, 이뻐라."

그녀의 얼굴에 자연스럽게 미소가 번졌다. 바다는 하늘색과 닮아 있었다. 멀리 바다와 하늘이 맞닿은 희미한 경계를 바라보았다. 찬란한 햇빛이 부서져 내려, 그녀는 눈물을 조금 흘려보냈다.

"그 사람을 잘 부탁 드립니다."

그의 일본인 아내가 마지막으로 했던 말이 샤워기 물을 타고 온몸으로 흘러내렸다. 공민지는 샤워기를 틀어놓고 작게 소리 내어 울었다. 뭔가 서러운 감정이 복받쳤는데, 울면서 자기가 왜 눈물이 나는 것인지 알 수 없었다. 그의 아내에게 미안해서 그런 것은 아니었다. 억울한 마음이 드는 것도 아니었다. 유부남이 된 옛날 애인과의 관계를 정리하지 않아 난처한 상황에 빠진 것에 속이 상해서 눈물이 나는 것도 아니었다. 그녀는 감정이 복받쳐 올랐지만, 스스로 왜 그런지 잘 알 수 없었다. 자신의 행위에 대해 스스로에게 설명할 수 없거나, 이유를 알 수 없을 때와 같았다. 살면서 자기 자신을 설명할 수 없는 수많은 일 중 하나였다.

감정이라는 것도 그에게 어떤 마음을 가지는가 하는 것에 따라 받아들이는 것도 달라지기 마련이었는데, 그는 그에게 조금도 사랑이라는 감정을 느끼지 못했다. 그것만은 확실하다고 생각했다. 그녀는 그에게 그저 조금 익숙함을 느끼는 것뿐이었다. 그 익숙함을 저버리지 않은 것뿐이었다. 그게 다였다. 그의 가정에 균열이 간 것은 자기의 탓이 아니라고 생각했다. 순전히 그의 탓이라고 생각했다.

그녀는 자기 자신을 위해 울었다. 그렇게 해야만 할 것 같았다. 그것이 자신을 지키는 조금의 위안인 것 같았다. 그녀는 알몸인 채 거울에 비친 자기의 모습을 바라보았다. 이제 막 20대 중반을 벗어난 것뿐인데, 삶이 뭔가 순탄하게 흘러가지 못하는 것에 대해 연민이 일었다. 그래서 자기 자신을 너무 사랑해서, 그녀는 자기를 위해 조금 서럽게 울었다. 자신이 조금 불쌍하게 느껴져서 눈물이 쏟아졌다. 눈물이 계속 흘러 입술을 물었다. 인생을 그려가는 게 자기의 뜻대로 이루어지지 않는 것에 신경질이 일었다. 울면서도 자기가 얼마나 이기적인지 느낄 수 있었다. 조금은 그래도 될 것 같았다. 그렇다고 해도 그녀는 모든 것을 다 갖고 싶었다. 그녀는 모든 것이 아무 문제없이 흘러가길 원했지만, 세상은 그렇게 자기가 원하는 대로 흘러가주지 않는다는 것을 깨닫고 있는 중이었다. 그녀는 울고 있는 자기의 모습을 보면서 더 이기적으로 살아야겠다고 마음먹었다. 누구에게도 냉정해지겠다고 다짐했다.

그녀는 울음을 그치고 뜨거운 물로 오랫동안 샤워를 했다. 몸 구석구석 정성스럽게 닦았다. 샤워를 했다기보다 쏟아지는 뜨거운 물을 오랫동안 맞고 서 있었다. 샤워를 마친 뒤에야 그녀는 그곳이 백교수의 집이라는 것을 깨달았다. 자신은 괜찮다고 되뇌었지만, 괜찮은 게 아니었다. 욕조 구석에 입고 왔었던 원피스, 속옷이 아무렇게나 던져져 있었다. 그녀는 그것을 보자, 어떻게 해야 할지 난감해졌다. 눈물이 다시 나오려는 것을 꾹 참았다. 그녀는 한참을 망설였다.

어쩔 줄을 몰랐다. 딱히 좋은 생각이 떠오르지 않았다. 그녀는 결심한 듯 문을 소리 나지 않게 열었다. 집 안에서는 아무 소리도 들리지 않았다. 그 고요함이 굉장한 긴장감을 가져왔다. 그녀는 정말 작은 소리로 백 교수를 불렀다. 다른 방법이 없었다. 손에는 원피스와 속옷을 꼭 쥐고 있었다. 작은 수건으로 몸을 가릴 수도 없었다. 백 교수는 대답이 없었다. 등에서 식은땀이 흘러내렸다. 다시 불러보았지만 정적만이 되돌아왔다. 그는 집에 없었다. 어디를 간 것인지 이상한 생각이 들었다. 뭔가 무서운 생각이 들었다. 그가 없다는 확신이 들자 얼른 집을 빠져나가고 싶었지만 그럴 수도 없었다. 그녀는 젖은 옷을 도로 입었다. 속옷과 원피스를 입고 거울 앞에 섰다. 물기 때문에 원피스는 몸에 착 달라붙었다. 속옷이 훤히 비쳐 보였다. 그냥, 알몸으로 서 있는 기분이었다. 그녀는 속이 상해서 눈물이 났다. 살금살금 거실로 나가서 백 교수를 다시 불러보았다. 여전한 고요함이 되돌아왔다. 이상한 생각이 들었지만 그래도 다행이다 싶었다. 마치 남의 집에 몰래 무엇을 훔치려 들어온 것처럼 긴장이 되었다. 심장이 터질 듯 쿵쿵 뛰었다.

그녀는 안방으로 들어가서 옷장 문을 열었다. 옷장 안은 가지런하게 정돈되어 있었다. 집 안의 풍경과는 대조적이었다. 다른 사람의 것처럼 이질적이었다. 슈트는 옅은 색에서 짙은 색 순으로 정리되어 있었고, 다림질 된 와이셔츠도 보기 좋게 걸려 있었다. 그녀는 하얀 와이셔츠를 꺼냈다가 도로 걸어놓고 짙은 체크무늬 와이셔츠를 꺼내 입었다. 옷에서는 좋은 냄새가 났다.

밑에 입을 것은 마땅한 것이 눈에 띄지 않았다. 도어락을 푸는 소리가 들렸다. 그녀는 가만히 있었다. 어떻게 해야 할지 떠오르지 않았다. 도둑질을 하다가 걸린 것마냥 오금이 저렸다. 문이 열리고 닫히는 소리가 들렸지만, 그다음엔 아무 소리도 들리지 않았다. 그녀가 살금살금 거실로 나갔다.

"어디 다녀오세요? 선생님."

그를 보자 그녀는 그대로 주저앉을 뻔했다. 그가 온지 알고 있으면서도 놀란 마음이 진정이 되지 않았다. 백 교수도 무슨 이유에서인지 당황한 듯 시선이 흔들렸다. 그는 마치 넋이 나간 사람마냥 우두커니 현관에 서 있었는데, 그의 그런 모습은 그녀가 처음 보는 것이었다. 총명함이 빠져나간 늙은이가 멍하니 서 있었다. 머리는 산발한 채였고, 눈은 초점을 잃고 흔들렸다.

"제가 아무거나 꺼내 입었어요. 괜찮죠?"

그녀가 짐짓 밝은 목소리로 말하며 어색한 미소를 지었다. 그가 대답 대신 마른기침을 내뱉었다.

"저 따뜻한 차 한 잔만 주실 수 있으세요?"

그녀는 생각지도 못한 말이 튀어나와서 당황했다. 난처한 상황을 어떻게든 벗어나고자 한 말이었는데, 엉뚱한 말이 자신도 모르게 흘러나왔다.

그가 말없이 엉거주춤 걸음을 옮겼다. 아니, 그가 뭔가 말을 했지만, 그녀는 하나도 들리지가 않았다. 어떻게든 빨리 이곳을, 상황을 벗어나고 싶었지만 뾰족한 수가 떠오르지 않았다. 매미 같은 것이 귓

속에 들어앉아 있는 것 같았다.

"저기, 선생님. 실례가 되지 않는다면 밑에 입을 것 좀 주시겠어요?"

그녀의 가녀린 음성이 떨렸다. 그는 알아채지 못한 듯했다. 그도 뭔가에 정신이 팔려 있는 듯했다. 허둥지둥 부엌으로 향하던 그가 황급히 다시 안방으로 향했다. 그가 우뚝 멈춰 서더니 뒤돌아 말했다.

"자네, 혹시 무슨 일 있는 겐가?"

그의 음성도 가늘게 떨리고 있었다. 그녀는 그 말은 또렷하게 들을 수 있었다.

"아니에요, 선생님. 저는 괜찮아요. 그보다 선생님, 안색이 굉장히 안 좋으세요. 괜찮으세요?"

그녀는 애써 태연한 척 얘기했다. 그가 허우적허우적 안방으로 들어갔다. 그의 뒷모습이 불안하게 흔들거렸다. 그녀는 측은한 마음이 들었다. 요새 부쩍 기력이 쇠한 그의 모습에 안쓰러운 마음이 일었다. 뒤에서 꼭 안아주고 싶은 마음이 들었다. 그래도 괜찮을 것만 같았다. 한참을 기다려도 그는 안방에서 나오지 않았다.

13. 잠자는 여인

"어떤 날은 있잖아, 자꾸 생각이 난다. 우리 아버지가 나를 자전거 뒤에 태우고 읍내 장에 갔던 날이 많았잖니. 장날에는 볼거리도, 먹거리도 많았는데. 아버지가 막내라고 참, 예뻐했어. 알지? 아버지가 나를 50에 낳았잖아."

김덕이 여사가 볕 좋은 곳에 앉아 고구마순을 다듬었다. 양자는 옆에서 목도리를 두르고 앉아 책을 읽었다. 특별한 약을 쓰지 않고도 양자의 얼굴이 눈에 띄게 좋아지고 있는 게 확연했다. 야위었던 볼에 살이 올랐다. 반면 김덕이 여사의 얼굴은 부쩍 수척해진 티가 났다. 하루가 다르게 살이 빠지고 몸이 가벼워졌다. 양자는 여러 번 들은 이야기여서, 시큰둥하니 책 읽는 것에 열중했지만, 김 여사는 그것과는 상관없이 혼잣말하듯, 이야기를 이었다.

"어떤 날은 있잖아, 자꾸 옛날 생각이 나고, 생생하게 그때가 떠오르고, 그러면, 가끔 헷갈릴 때가 있다. 며칠 전엔 여기서 개울 쪽을 바라보고 앉았는데, 글쎄 내가 아버지를 기다리고 있더라니까."

"……"

"아마, 아버지도 내가 가여웠을 거야. 오래 있어주지 못할 걸 알았으니까. 그래서 그렇게 나를 데리고 다녔을 거야. 이미 오빠, 언니들은 어린 내가 보기에 어른들이었으니까. 근데, 무슨 얘기했더라?"

그녀가 잠깐 양자를 바라보았지만, 양자는 책에서 눈을 떼지 않았다.

"아, 장에 따라간 얘기를 하고 있었지? 장에 가서, 아버지가 다니던 밥집에 들러 밥을 먹곤 했었어. 아버지는 가만히 앉아 밥은 먹을 생각도 않고, 물끄러미 나를 바라보며 술을 드셨는데 그 얼굴이 지금도 생생하다니까. 얘기했었지? 정말, 잘생기셨다니까."

"왜 요즘 그렇게, 옛날 생각이 많이 나실까?"

양자가 잠깐 책을 놓고 엄마를 바라보더니, 그녀에게 다가앉았다.

"넌, 보던 책이나 봐. 이건 내 일이니까. 이런 거, 손에 잡지 말고 살아라, 너는."

그녀가 획 돌아앉으며 양자가 고구마순 다발 앞에 앉지 못하게 막았다.

"그냥, 내 얘기나 들어줘, 책이나 읽으면서. 박사까지 공부한 사람은 고구마순 같은 거 만지지 마."

양자가 웃었다. 그녀는 정말 토라진 것처럼 말했는데, 그게 조금 귀여워 보였다.

어린 김덕이 여사는 아버지가 모는 자전거를 타고 집으로 향하고 있었다. 태양이 허물어지며 붉은빛을 토해냈다. 지평선 저 멀리 붉은빛이 푸른빛으로 변해가는 하늘을 그녀는 아버지의 허리를 꼭 붙잡은 채로 바라보고 있었다.

"꼭 붙잡았지? 떨어지면 안 된다."

"네, 아부지."

"엄마한테는 오늘, 어디 갔었는지, 말하면 안 된다."

"네, 아부지."

아버지가 장에 나갈 때면 어린 그녀를 데리고 꼭 들르는 곳이 있었는데, 바로 작은엄마가 사는 집이었다. 작은엄마는 아버지의 또 다른 부인이었는데, 어린 그녀도 작은엄마가 자기의 진짜 엄마라는 것을 알고 있었지만 한 번도 아는 체를 한 적은 없었다. 돌아오는 길, 아버지의 등은 언제나 축축했다. 달곰하게 풍겨오던 술 냄새가 아버지의 등에 배어 있었다.

"나는, 억울해서 죽겠어. 너는 어쩔는지 모르겠지만, 그놈 뒷바라지하느라, 니 공부 포기하고, 그놈 잘된 게, 억울해서 죽을 거 같아. 내가 죽으면, 그것 때문에 울화병 나서 죽은 줄 알아."

옛 생각에 잠겨 묵묵히 고구마순을 다듬던 그녀가 버럭 소리를 질렀다.

"아이, 깜짝이야. 아니, 갑자기 무슨 화까지 내고 그런데?"

그녀가 거칠게 고구마순을 잡아 이파리를 뜯었다.

"갑자기 왜 그러신데? 왜 이리 갔다, 저리 갔다 해요. 하던 얘기나 하지."

"그나저나 겨울이 걱정이야. 지금은 날씨가 좋으니 괜찮다지만. 너, 하던 대로 해야 한다."

"엄마, 있는데, 뭘. 다음 주쯤에는 병원에 갔다 올까봐."

"병원? 갈 필요 없어. 병원은 희망을 자르잖아. 난 그게 참, 싫더라. 아프면 병원에 가야 하는 게 맞지만, 여유가 없어지잖아."

"그래도, 알아야지. 상태가 어떤지."

"그걸 알아서, 뭐해. 가늠이라는 것이 있는 게 낫지. 가늠이 사라지니, 병이 크는 거야. 그냥, 모르고……."

그녀가 가슴을 부여잡고 말을 잇지 못했다. 양자가 물끄러미 바라보았다.

"엄마, 정말, 큰 병 생긴 거 아냐?"

"아냐, 저번에 장에 갔을 때 병원 들렀어. 그냥, 위병이 좀 났대."

그녀는 통증이 잦아지는 것이 심상치 않았지만, 아무렇지 않은 척을 했다. 하루에 몇 번씩 엄청난 통증이 밀려왔지만, 때마다 진통제를 먹고는 견뎌냈다. 곰곰 생각해보니, 가슴이 답답하고 가끔 통증이 일기 시작한 것이 꽤 오래전의 일이었다.

"가끔 생각이 나. 아버지가 모는 자전거 뒤에 앉아서 집으로 돌아오던 길이."

그녀가 손을 멈추고 양자를 바라보았다. 양자는 몸이 조금 좋아지자, 책 읽는 것과 산책에 부쩍 열심이었다.

"황토가 정말 효과가 있나봐. 어떻게 지났는지 모르지만, 조금 신기한 거 같아. ……그런데, 그걸로 뭐하려고 그렇게나 많이 사 왔어?"

양자가 엄마의 시선을 느꼈는지, 부러 좋아진 상태를 얘기했다.

"김치도 담그고, 말려서 볶아도 먹고. ……속에 좋대."

김덕이 여사는 갑자기 울컥, 쏟아지려는 눈물을 가까스로 참으며, 손을 바쁘게 부렸다.

아버지는 그녀가 여섯 살, 쉰여섯의 나이에 죽었다. 생각해보면 아버지도 지금 자기가 앓고 있는 병을 앓았던 게 아니었을까 싶었다. 아버지가 죽자, 작은엄마가 어린 그녀를 찾아왔다. 작은엄마도 어린 그녀도 울지 않았다. 직감적으로 자신을 데리러 온 걸 그녀는 알 수 있었다. 그녀는 엄마 치마폭에 숨어 작은엄마를 본체만체했다. 작은엄마도 어쩌지를 못하고 하염없이 그녀를 바라보기만 했다. 엄마 눈치가 보여 그녀는 찾아온 작은엄마를 외면하고 뒤꼍으로 숨어버렸다. 그게 그녀가 본 진짜 엄마의 마지막 모습이었다. 그녀를 키워준 엄마는 그녀가 열넷이 되던 해 죽었다. 무슨 전염병을 앓았는데, 어른들은 아직 어린 그녀를 엄마 곁에 오지 못하게 했다. 엄마는 일주일 정도를 앓았는데, 한순간도 쉼 없이 밤새 고통스러운 비명을 내질렀다. 엄마가 죽어가는 것을 그녀는 비통한 소리를 통해 알았다. 엄마가 죽자 형제들은 뿔뿔이 흩어졌고. 그녀는 결혼한 큰오빠 집에서 컸다. 스물이 되던 해, 그녀는 큰오빠 집을 나왔고, 그해 겨울, 서른 살이나 많은 양자의 아버지를 만났다.

백용현은 소파에 누운 공민지를 물끄러미 바라보았다. 이 세상에서 이보다 더 아름다운 것이 있을까, 그는 잠든 그녀를 보며 속으로 되뇌고, 또 되뇌었다. 아무렇지 않게 자기 앞에서 졸음에 빠져들던 모습을 보며, 그는 절망했다. 아무런 생명력이 자기에게는 존재하지 않음에 그는 고통스러웠다. 한 번도 느껴보지 못한 것이었다. 수많은 여인이 잠든 것을 보았지만 한 번도 본 적 없는 모습이었다. 그녀는 그의 파자마와 체크무늬 남방을 입은 채 소파에 잠들어 있었다. 자기 앞에서 이렇게 무장해제된 젊은 여인은 처음이었는데, 그는 그것이 당황스러워서 어쩔 줄을 몰랐다.

그는 부엌에서 찻물을 끓이고 있었다.

"조금 민망하지만, 이거라도 괜찮겠나?"

그가 수줍게 자기의 모시 파자마를 그녀에게 내밀었다. 처음이었을 것이다. 그는 파자마를 건네며 창피했다. 그런 수줍은 마음도 처음이었다. 그녀가 웃었던가, 잘 기억이 나질 않았다. 차를 끓이는 동안, 그녀는 무엇을 하는지 인기척이 없었다.

"저 따뜻한 차 한 잔만 주실 수 있으세요?"

그 말이, 누군가 자기에게 사심 없이 뭔가를 부탁하는 그 말이 그는 너무도 정겨웠다. 물이 끓기를 기다리며, 그는 혼자 살아온 시간이 너무 길었다는 생각이 문득 들었다. 여자라는 존재는 어떤 욕망의 대상에 불과하다는 것이, 그가 이제껏 살아오면서 느낀 전부였다. 가족은 거추장스러울 뿐만 아니라, 욕망의 대상이 변이되고 확장돼서 결국엔 거기에만 얽매이게 되고, 인생을 허비하게 되는 쓸모없는 대상이라고 믿어왔던 그였다. 아직은 그렇게 늙은 나이가 아니라고 자조했지만, 한 번 쓰러지고 난 후, 자신이 이젠 누군가가 절실하게 필요한 나이라는 것을 매일매일 깨닫고 있었다. 그러기엔 너무 늦었고, 멀리 왔다는 것도 동시에 깨닫는 중이었다. 그는 보리차를 찻잔에 우렸다.

보리차를 들고 거실로 왔을 때, 그녀는 잠들어 있었다. 소파에 잠든 그녀를 보자, 문득 자기가 죽을 날이 얼마 남지 않은 것 같은 느낌이 들었다. 잠든 그녀를 보자, 뭔가 막연하게 절망스러운 감정이 일었는데, 이것이 죽음을 알아가는 것이 아닐까 생각했다.

그는 자고 있는 그녀의 모습에서 눈을 떼지 못했다. 그녀는 미간을 잔뜩 찡그리고 있었는데, 그 모습이 이상하게도 평온하게 느껴졌다. 팔베개를 하고 옆으로 누운 모습은 어디선가 보았던 것 같은 기시감마저 들었다. 그는 쟁반을 든 채, 잠든 그녀를 내려다보았다. 그가 조심스레 찻잔을 탁자에 내려놓고, 무릎을 꿇고 앉았다. 그녀의 얼굴에 시선이 멎자 문득 볼에 입을 맞추고 싶은 마음이 간절해졌다. 그녀를 탐하고 싶은 성욕이 아니었다. 여자에게 아름다움이라는 것은 정사를 나눌 때의 벌거벗은 몸밖에 없다고 믿었었는데, 낭패감마저 들었다. 그는 정말이지, 여인이 자고 있는 그 모습 자체의 아름다움에 경외심을 느꼈다. 성적인 욕망이 빠진 그러한 감정이 한편으론 슬펐다. 그녀가 고요하게 내쉬는 숨소리를 느꼈다. 아주 작게 올랐다가 가라앉는 그녀의 몸짓이 고요를 고요이게 했다. 고층빌딩의 오피스텔이 더욱 적막해졌다. 그는 넋을 잃고 그녀가 자는 모습을 아주 찬찬히 오래도록 바라보았다. 그녀를 바라보면 볼수록 이상하게도 자기 자신이 처연해졌다.

젖은 머리카락에서 풍겨오는 샴푸 냄새가 그의 마음을 바닥까지 가라앉혔다. 자기가 쓰는 샴푸였지만 처음 맡아보는 향기였다. 그는 민낯의 그녀가 참 잘생겼다고 생각했다. 예쁘거나 섹시하거나 하는 관점이 아니었다. 반듯한 콧날과 긴 속눈썹, 뚜렷한 턱 선과 가는 목, 도톰한 이마와 귀 뒤로 넘긴 젖은 머리카락까지 아름답지 않은 것이 없었다. 무엇보다 뽀얀 피부는 도저히 손대지 않고서는 견딜 수 없을 만큼 눈부셨다. 자신도 모르게 뻗친 손을 화들짝 놀라 거두어들였다. 웅크리고 자고 있는 그녀의 모습, 길쭉한 다리에서 골반으로 이어지는 곡선은 선이 만들어낼 수 있는 가장 미적인 것이었다. 그녀는 깊은 잠에 빠진 듯 미동이 없었다. 가만히 감은 두 눈을 번쩍 뜰 것만 같았다. 자기를 바라볼 것만 같아서 불안해졌다. 검은 눈동자에 비친 자기의 모습을 보게 된다면 그대로 폭삭 재가 되어 내려앉을 것만 같았다. 바라봐선 안 될 것을 보고 있는 것 같았다. 나이를 먹을수록 달라지는 것 하나는 잠을 자는 일마저 고된 일이라는 것을 느끼는 것이었다. 조용히, 가만히, 고요하게 내쉬는 숨이 곧 젊음인 것처럼 보였다. 나이 먹을수록 숨은 거칠어졌고, 속에서 뿜어내는 속내는 고약해졌다. 집으로 들어올 때마다 집 안에서 풍겨오는 퀴퀴한 냄새가 자기가 내뱉는 숨의 정체라는 것이 그는 한없이 불쾌했다. 그 냄새가 더욱 심해지고 있다는 것을 깨닫고 있었다. 다리가 저려서 꼼짝할 수가 없었다. 자기가 지금껏 무릎을 꿇고 있었다는 것을 그제야 알았다. 그는 바닥에 손을 짚고서 다리를 폈다. 모든 것이 예전 같지 않았다. 쓸쓸하게 퇴임을 하고 난 뒤, 한 계절이 지나기도 전에 급격하게 진력을 잃은 것 같았다.

젊었을 적 한때는 열렬하게 공부에 매진하기도 했었으나, 젊은 나이에 교수가 된 뒤로는 공부도 시큰둥해졌다. 갑자기 왜 그런 생각이 떠올랐는지 몰랐다. 몇십 년 동안 변변한 논문 하나 발표한 적이 없었고, 공부에 몰두해본 기억도 없었다. 그는 앉은 채로 다리를 오므렸다 폈다 하며 또 엉뚱한 생각을 했다. 지금 이렇게 할 일이 없어지고, 기력이 부쩍 달리는 것도 모두 공부를 안 해서 그런 것 같았다. 갑자기 후회가 밀려왔다. 그는 근래 이 생각에서 저 생각으로, 금세 옮겨 다니다가, 결국에는 자기가 뭔 생각을 하고 있었는지 잊어버리기 일쑤였다. 속에서는 화가 올랐다가 가라앉기를 반복했다. 하나의 생각에 오랫동안 몰두하지 못하는 것도 병원을 다녀온 뒤에 생긴 현상이었다.

그가 가만히 일어나 안방에 가서 담요를 들고 왔다. 다리가 계속 저려서 절뚝였다. 그는 그녀가 깨지 않도록 조심스럽게 이불을 덮어주었다. 이불을 덮어주자 그녀가 바로 누웠다. 그녀의 입술이 살짝 벌어졌고, 그 사이로 긴 숨이 토해졌다. 그는 허물어질 것만 같았다.

자고 있는 공민지를 뒤로하고 자리를 뜰 수가 없었다. 왠지 그것은 예의가 아닌 것 같았다.

"나는 엄마 사랑을 못 받고 커서 그런지 그렇게 네가 불쌍하고 그랬어."

김덕이 여사는 고구마순으로 김치를 담갔다. 짭조름한 젓갈 냄새가 은은하게 퍼졌다. 양자는 엄마 곁에 붙어 김치 담그는 것을 잘 기억하려는 듯 일일이 물어보고 노트에 적었다.

"이런 건 하지 말래두. 그리고 노트에 적는다고 김치가 담가지니? 직접해봐야지. 음식이라는 게 눈대중하고 감이잖아. 잘 어울리겠다, 하는 맛을 짐작하는 거지."

"그냥, 심심해서 해두는 거야. 엄마가 해주는 밥, 나는 평생 먹을래."

"뭐, 내 몸은 천년만년 살게 돼 있다니? 당장 내일 어떻게 될지도 모르는데."

김덕이 여사는 불쑥 말을 내뱉고 아차 싶었다. 그런 얘기는 양자가 아픈 뒤로는 일절 입에도 담아본 적 없었기 때문이었다. 다행히 양자는 별 신경 쓰지 않는 눈치였다.

"나도 마찬가지였지만, 널 애비 없이 키운 게 나는 참, 너한테 미안하다."

"별소리 다 해, 엄마는."

그녀가 김치에 넣을 속을 버무리던 손을 멈추었다. 이상한 소리가 들려왔기 때문이었다. 기괴한 웃음소리 같기도 하고 울음소리 같은 것이 점점 가까워졌다.

"뭔 소리야?"

양자가 바짝 엄마에게 붙어 앉으며 말했다. 둘은 소리가 가까워지는 길 쪽을 뚫어져라 쳐다보았다. 한 여자가 곧 나타나더니, 둘을 보고 우뚝 멈춰 섰다.

"……곧 해 지는데, 다 늦게 어디 가세요?"

김덕이 여사가 멋쩍게 아는 체를 했다. 여자는 모녀 쪽을 잠깐 바라보고 섰더니 다시 산 쪽으로 이상한 소리를 내며 걸음을 옮겼다.

"누구야?"

"원장."

"아니, 왜 저래?"

"정신 나갔대. 엄마, 죽고."

"아니, 그 할머니 죽은 지 얼마 안 됐잖아."

"나도 잘은 몰라, 무슨 사연이 있나봐. 정확히는 몰라, 사람들이 하는 얘기 그냥 흘렸어, 나도."

김덕이 여사가 부지런히 손을 부렸다. 만든 속에 고구마순을 넣고 버무렸다.

"오늘은 이상하게 막걸리가 한잔하고 싶다."

"한잔할까? 그럼?"

"그냥 하는 소리야."

"엄마만 마셔. 가서 내가 사 올게. 운동 겸, 산책 겸."

요란하게 레미콘 트럭이 먼지를 일으키며 개울 건너편을 힘겹게 올라갔다. 엔진이 내는 굉음이 고즈넉하던 산의 적막함을 깨뜨렸다.

"무슨 공사를 또 하나봐."

"축사 짓는다나봐."

"그럼, 다녀옵니다."

"양자야, 그러지 마. ······양자야."

그녀가 불렀지만, 양자는 이미 씩씩한 걸음으로 내려가고 있었다. 멀어지는 양자의 뒷모습을 그녀가 쓸쓸하게 바라보았다.

양자의 아버지는 이미 가정이 있는 사람이었다. 그는 쉰 살이었고, 그녀는 갓 스물이었다. 둘 사이는 사랑 같은 애틋한 감정으로 시작된 만남은 아니었다. 상경한 그녀는 가발공장에 취직을 했는데, 그는 여공을 관리하는 사람이었다. 사장은 따로 있었지만, 공장의 실무를 그가 도맡아 했다. 소문으로는 그녀 말고도 그가 건드린 여공은 여럿이었다. 공장 내에서도 대놓고 자기가 세컨드네, 하는 언니까지 있을 정도였다. 그녀는 취직한 지 석 달 만에 임신을 했다. 점점 배는 불러왔고, 무엇을 어떻게 해야 하는지 알지 못했다. 결국 남자가 쥐어준 몇 달치 월급을 가지고 공장을 나와 아이를 낳았다. 처음에 몇 번은 남자가 다녀가기도 했지만, 그녀는 아이를 데리고 자취를 감추었다. 아이를 뺏길까 염려스러웠기 때문이었다.

최영래는 한겨울 압록강을 건넜다. 혹한이 몰아치고 있던 밤이었다. 함경도 요덕에서 신의주 근처의 국경까지 밤에만 걸어서 꼭 열흘이 걸렸다. 산에서 산으로만 이동했으니, 먼 길을 돌아온 셈이었다. 먹은 것이라야 급히 집을 나오며 배낭에 짊어지고 나왔던 찐 감자 몇 개가 전부였다.

"그렇게 혼자만 살아야겠시오?"

바짓가랑이를 붙잡고 늘어지던 아내의 마지막 절규가 매서운 바람에 실려 그의 얼굴을 때렸다. 국경을 지키는 군인들의 경비는 살벌해서 움직이는 모든 것에 무조건 발포를 했다. 날이 밝으면 대개는 국경을 넘는 여러 명 가운데, 한둘은 주검이 되어 강물에 떠올랐다. 시신은 강이 완전히 녹는 봄이나 되어야 수습되었다. 국경을 넘어야 하는 사람들은 강이 얼기를 기다렸다.

"데릴러 오갔소, 날 믿으라우."

붙잡고 늘어지는 아내의 손을 그는 매몰차게 떼어냈다.

"식구들은 어쩌지 못할 기야. 잘못은 내가 했으니."

다들 사는 게 힘들었지만, 최영래는 달랐다. 제법 어려움 없이 먹고사는 부류였는데, 욕심이 과했다.

"당신은 친정으로 가라오. 별일 없을 기야."

어디에서건 마찬가지지만, 북한의 제도 안에서도 남들보다 잘 먹고 잘 살기 위해서는 부정을 저지르는 수밖에 없었다.

그는 살던 요덕 근처 감옥에서 교도관이었다. 요덕수용소는 주로 중죄인이나 정치범을 수용하는 곳이었다. 한 번 들어가면 웬만해선 나오기 힘든 곳이었다. 재소자 가족들은 어떻게든 그곳에서 재소자를 빼내기 위해 갖은 방법과 수단을 가리지 않았다. 물론 돈 있는 사람들의 얘기였는데 주로 교도관들을 매수했다. 최영래는 감옥 내에서 가장 악독하고 인정머리 없는 사람이었지만, 돈에 있어서는 관대한 사람이었다.

인부들이 깊은 밤 정신없이 땅을 팠다. 깜깜한 밤, 서로의 모습은 보이지 않았고, 흙을 퍼내는 삽질 소리와 간간히 서로가 내뿜는 숨소리가 조용하게 적막한 산의 깊은 밤을 갈랐다. 가끔 최영래가 손 전등을 비추며 땅의 깊이와 인부들을 확인했다.

"그러니까, 죽이자는 말이여?"

"달리 방법이 있소? 우리는 모두 공범이 아니오. 모두 감옥에서 썩 고 싶잖음 그리하오."

최영래는 혼자 평택 김 씨를 처리하지 못한 것이 두고두고 후회되 었다. 믿었던 김 씨가 갑작스럽게 도망을 친 것이 가장 큰 이유였지 만, 자기가 먼저 김 씨를 배반했다면 조용히 묻혀버렸을 일을, 인부 들을 끌어들인 것이, 자꾸 사건을 만들어내는 것이 찜찜했다. 그는 또 하나를 깨우쳤는데, 돈 앞에서는 먼저 배신해야만 한다는 것이었 다. 김 씨와 나누기로 한 반은커녕, 일이 복잡하게 얽혀서 도무지 사 건에서 빠져나갈 기미가 보이지 않았다. 원래 계획대로라면 그는 지 금 중국의 브로커에게 알려 북쪽 가족들의 탈출을 준비시켜야만 하 는 중요한 시기였지만, 김 씨 사건 때문에 아무것도 진전되는 것이 없었다. 잘못하다가는 모든 일을 망칠까봐 그는 심사가 불안하기만 했다.

"그냥, 놓아주고 자수라도 할기오?"

발악하는 남자를 인부들이 부여잡고 말이 없었다.

"죽여, 그냥, 죽여버려."

"그래, 방법이 없잖어."

"그래도, 또 사람을 죽이는 건, 아니, 저번에야 충동적인 이유라도 있지만, 이번은 좀 거시기한 게 아닌가?"

인부들은 사지를 옴짝달싹 못하게 누른 채, 남자의 몸 위에서 남자를 어떻게 할 것인지 서로 의견을 나누었다. 남자가 발버둥을 치면 칠수록 인부들의 손은 우악스러워졌다.

"어떻게, 죽여요, 말어요? 힘 빠져 죽겠어요. 죽일 거면 얼른 허게요."

그믐날이라 서로의 얼굴도 보이지 않을 만큼 완전한 어둠이 내려앉아 있었다. 가끔 구슬프게 우는 새 울음소리가 들려왔다.

그는 뇌물로 달러만 받았다. 미화 1만 불, 사람 목숨값으로 얼마 되지 않는 돈이었지만, 북한 내에서 그만한 달러를 구하는 일이 쉽지 않았다. 그는 돈을 받으면 트집을 잡아, 재소자를 독방으로 분리시키고 하루 이틀, 밥을 주지 않았다. 사나흘이 지나고 나면 조그만 알약 하나를 먹여 정신을 잃게 만들었다. 중국에서 몰래 들여온 약을 먹이면 하루 이틀은 죽은 시체처럼, 정신을 잃고 쓰러졌다. 원래는 직접 시체를 매장하게 돼 있었지만, 도리상 원하는 가족에게는 가끔 내주기도 했는데, 최영래는 이런 허점을 이용해서 재소자들을 감옥에서 빼냈다. 이렇게 뒷돈을 챙겨 북한에서는 상상도 할 수 없는 많은 달러를 모으게 되었다. 헌데, 일이 터졌다. 재소자가 진짜로 죽어서 가족이 진정을 넣은 사건이 발생했다. 그가 집을 나오던 오후의 일이었다.

숨으려는 자에게는 숨어 있는 자들이 쉽게 눈에 띄었다. 국경을 지키는 군인들이 철통같은 보안을 섰지만, 강을 넘고자 하는 사람들은 많았다. 지키려는 자에게 그들은 눈에 띄지 않았지만, 넘으려고 하는 사람들에게는 쉽게 눈에 띄었다. 대부분은 소규모로 그룹을 이루고 있었고, 때로는 열 명 넘게 무리를 이루었다. 모두 강이 꽁꽁 얼기를 숨어서 기다리는 사람들이었다. 최영래만이 혼자였다. 여자들과 아이들만으로 구성된 무리에서 최영래가 같이하기를 바랐지만, 그는 혼자 국경을 넘을 작정이었다. 국경까지 오는 동안, 그는 집을 떠난 것을 후회하지는 않았지만, 식구들을 두고 온 것은 후회가 되었다. 그래도 아내의 친정이 평양이니 무슨 일이 있을까 싶었다.

사람들이 주로 무리를 짓는 이유는 간단했다. 중국 쪽 공안에게 걸리더라도, 살아남을 확률이 높기 때문이었다. 사람이 많으면 많을수록 확률은 높아졌다. 얼음 강 위를 건너다 발각되면 뿔뿔이 흩어졌다. 운이 없으면 총에 맞거나, 공안에 걸려 북송되었지만, 나머지는 탈출에 성공했다. 누군가는 실패해야지만 자신이 성공할 가능성이 높다고 믿었다. 최영래는 여러 무리들이 폐가에 굴을 파고 숨어서 적절한 때를 기다리는 것과는 달리, 강에 도착하자마자 망설임 없이 강을 건넜다. 얼음 위를 택하지도 않았다. 살얼음을 헤치며 겨울 강을 건넜다. 얼지 않은 겨울 강을 지키는 사람은 아무도 없었다. 강을 건너다 물에 빠져 죽거나, 얼어 죽기 십상이기 때문이었다. 강물은 얼음보다도 차가워서 몸을 마비시켰으나, 최영래는 견뎌냈다. 그가 강을 건너는 중에 먼 쪽에서 총소리가 여러 번 들려왔다. 추위 때문에 자기도 모르는 새 자꾸 비명이 터져 나왔다. 그는 추위보다 그것이 더욱 참기 힘들었다. 때마다 그는 입을 손으로 움켜쥐었다. 그는 무사히 강을 건넜다. 물에서 나오자마자 젖은 옷이 빠르게 얼기 시작했다. 그는 쉬지 않고 뛰었다. 어디가 어딘지 알지 못했다. 그는 불빛이 보이는 마을 쪽을 뒤로하고 산으로 이어지는 길을 따라 쉬지 않고 달렸다.

"임 씨, 임 씨, 어딨소?"

"······왜? 왜 그르나?"

"어쩔 기오? 우리, 임 씨 말에 따르자우요."

"나야, 뭐, 자네들 하는 대로······."

"당신이 결정하기오. 놓아주라면 놓아주겠어."

"그래요, 형님이 가장 그러니까, 형님, 하자는 대로 하는 게 낫겠어."

"얼른, 결정해요, 힘들어요."

"아니, 왜들 그려? 나보고 어쩌라고."

어둠 속에서 목소리를 죽인 채, 인부들과 최영래는 임 씨가 있는 쪽을 노려보았다.

"어차피 우린 하나가 죽으면 다 죽게 돼 있어요. 혼자만 살 수 없어, 이젠."

"아예, 배신하는 사람도 죽이기로 해, 그냥."

"혼자 살겠다고, 내빼는 인간, 가만 놔둘 것 같아?"

"아, 그려. ······죽여. ······죽이면 될 거 아녀."

"당신이 하기오."

손전등이 임 씨를 비추었다. 임 씨는 눈이 부셔 고개를 돌렸다. 손전등 불빛 뒤에 숨은 최영래가 뭔가를 내밀었다. 임 씨가 불빛을 손으로 가리며 그가 건네는 것을 받아들었다. 빛이 사라지고 칠흑 같은 암흑이 사방을 삼켰다.

"아니, 이게 뭐여? ……이걸로 어쩌라고?"

"뭔데, 그래요?"

"사시미여."

"아니, 이것이 지금, 어디서 났대?"

인부들이 일순 침묵했다. 남자가 거칠게 남은 힘을 쏟아내며 발악했다.

그는 2천 킬로미터가 넘는 길을 걸었다. 국경을 세 개나 넘었지만, 그는 어디가 국경인지 알지 못했다. 그는 남한에 와서, 자신이 걸었던 길을 지도를 보며 복기했다. 어쨌든 그는 혼자 움직였고, 여러 명이 움직이는 다른 사람들보다 안전했다. 무엇보다 그에게는 넉넉한 달러가 있었다. 그가 국경을 넘어 탈출해야만 했던 이유도, 일이 터진 것도 모두 달러에 대한 욕심 때문이었다. 산에서 산으로, 밤에만 움직이기로 한 다짐을 그는 한 번도 어기지 않았다. 서쪽으로, 서쪽으로만 걸으며 과했던 자기의 욕심을 원망하고 원망했다. 돌이킬 수 없는 일이었다. 마음속으로 가족의 안전을 비는 것밖에는 할 일이 없었다.

그는 벙어리 행세를 하며 큰 도시로 나가 버스나 기차를 탔다. 돈이 있으니, 별 어려움이 없었다. 망설이면 일이 틀어진다는 것을 그는 잘 알고 있었다. 그는 한 도시에 머무르지 않았고, 도시에 도착하자마자 바로 다음 도시로 떠났다. 탈북자들이 운신하는 곳에는 얼씬도 하지 않았고, 독자적으로만 움직였다. 대부분 탈북자들이 탈출에 실패한 이유는 돈이 없어서였고, 여럿이 같이 움직이기 때문이라고 그는 믿었다.

인부들도 지쳐가고 있었다. 살려는 사람과 죽이려는 사람의 기운은 비례하지 않았다. 인부들은 왜소한 남자의 저항에 암흑 속에서 이리저리 흔들렸다. 서로 거칠게 내뿜는 숨소리만 정적을 깨고 있었다.

"칼은 좀 그렇잖아. 내가, ……어떻게 칼로."

"형님, 그냥 해요. 이렇게 죽이건, 다르게 죽이건 죽는 놈은 똑같은데."

"그럼, 피는 어떻게 해? 칼을 쓰면 피가 생기잖아."

"아, 그렇지."

잠시 또 침묵이 흘렀다. 최영래도 잠자코 가만히 있었다.

"그럼, 목을 졸라야 하나? 그게 그렇잖아, 그럼."

"형님, 얼른 졸라요. 닭 잡는다고 생각하고, 얼른."

"그럼, 뒤집어야 하는 거 아녀? 뒤에서 목이 졸라지나?"

결국 참다못한 최영래가 나서서 남자를 기절시켰다. 남자의 몸에서 힘이 쑥 빠져나가는 것이 느껴졌다. 인부들은 처음에는 영문을 몰라서 남자가 갑자기 죽은 것인가 당황했다.

"어떻게 한 거요? 뭐, 보여야 말이지."

"형님이 어떻게 한 거예요?"

"한 20분쯤 시간 있을 거요. 깨어날 테니, 그 안에 합의들 보라우."

인부들은 우왕좌왕 소리를 죽인 채 상의를 했고, 결론을 내지 못한 채 일단 땅을 파기로 했다. 그들은 아무 말도 하지 않고, 땅을 파기만 하면 어떻게 일이 해결이라도 될 것처럼 무작정 정신없이 땅을 파내려갔다. 돌아가며 구덩이에 내려가 모든 힘을 쏟아냈다. 그사이 최영래는 남자의 입에 재갈을 물리고 단단히 묶었다. 남자는 의식이 돌아왔지만, 인부들이 붙잡고 있을 때보다도 꼼짝달싹 전혀 운신할 수가 없었다. 팔과 다리는 등 뒤로 함께 묶여 있어서 인부들이 붙잡고 있었을 때보다 더 고통스러웠다. 최영래가 옆으로 누워 바동대는 남자를 일으켜 세우자, 손을 뒤로하고 무릎을 꿇고 앉는 자세가 되었다. 남자가 코로 거친 숨을 쏟아냈다.

"그만들 하기오. 충분하오."

최영래가 손전등으로 인부들을 비추며 말했다. 인부 여럿이 들어가고도 남을 만큼 큰 구덩이가 만들어졌다.

그는 마을로 내려가서 돈을 주고, 음식과 옷을 구했다. 신의주 압록강 국경을 넘는 일이 가장 힘들었지만 나머지는 그리 어렵지 않았다. 그는 중국에서 열차를 타고 윈난성으로 갔고 그곳에서 다시 국경을 넘었다. 날씨는 점점 따뜻해졌고, 더워졌고 밀림이 나타났다. 날짜도 세지 않았다. 마을이 나타나면 후하게 돈을 주고 음식을 구했다. 돈이면 안 될 일이 없었다. 그것이 북한에서 살면서 깨달은 유일한 진리였고, 그것은 틀리지 않았다. 돈은 곧 생명과 안정이었다. 돈은 그의 목숨이었다. 돈이 없었다면 누구도 그에게 음식을 주거나, 옷을 주지 않았을 것이다. 라오스 캄보디아를 거쳐 타이 북쪽 밀림에 도달했다. 근 두 달 만이었다. 타이를 통해 남한으로 오게 되었다. 탈출에 성공한 것은 모두 자신이 돈이 있었기 때문이라고 그는 믿었다. 그것은 운이 아니었다. 돈이 있으면 죽은 목숨도 살고, 돈이 있으면 운도 생긴다는 것을 그는 더욱 맹신하게 되었다. 그는 돈의 섭리에 대해 공산주의 국가 안에서 이미 터득한 사람이었다. 그가 하늘수련원에서 묵묵히 궂은일을 마다하지 않은 것도 다 그런 이유 때문이었다. 그는 돈이 있으면 북에 있는 식구들을 얼마든지 데려올 수 있다고 믿었다. 차근차근 계획을 실행해 나가던 차였다. 헌데, 북쪽 브로커에게서 한참 만에 받은 소식은 참담했다. 아내와 아이가 자기가 근무했던 요덕의 감옥에 수감되어 있다고 했다. 그가 더 이상 망설일 수 없는 이유였다. 가을이 되면 그가 직접 가서 가족을 데려올 생각이었다. 꼭 남한이 아니어도 상관없었다. 하루가 다급하게 흘러갔다. 그곳이 어떤 곳인지 잘 아는 그로서는 한순간 한순간이 견디기 힘들었다. 그는·묵묵히 일만 하는 것이 아니었다. 아무도 그가 누구인지 알지 못했고, 무슨 일을 꾸미는지도 알지 못했다.

결국 인부들은 남자를 산 채로 묻었다. 남자를 죽이지 못해 일어난 일이었다. 최영래는 가만히 인부들이 하는 것만 지켜보았다. 아니, 모두 아무것도 분간할 수 없는 암흑 속에서 일어난 일이니 짐작만 했다. 인부들은 차라리 아무것도 보이지 않으니 다행이라고 생각했다. 남자를 깊은 구덩이에 밀어 넣고는 정신없이 땅을 메우기 시작했다. 인부 모두가 달려들어 삽질을 했고, 최영래는 손전등 불빛이 멀리 퍼져나가지 못하게, 땅에 낮게 불빛을 비추며 그들이 하는 양을 바라보았다. 아무도 얘기하는 사람이 없었다. 남자가 죽었는지, 살았는지, 이제 의미가 없었다.

새로 짓고 있던 축사는 인부들이 일손을 놓고 경찰서를 들락거리느라 진전이 없던 터였다. 터만 닦아놓은 채 기초공사를 준비 중이었다. 내일부터 남자가 묻힌 땅 위에 시멘트 기초공사가 시작될 것이다.

최영래가 원장과 김 씨와의 관계를 눈치챈 것은 오래전 일이었다. 오래전 원장이 사이비종교 목사로 있을 때 신도로 만나 둘이 돈을 끌어모은 것을 알아낸 것도 그뿐이었다.

언젠가부터 김 씨가 나타나지 않은 이유를 사람들은 알지 못했고 관심도 없었지만, 그가 나타나지 않는 데엔 이유가 있었다. 빚쟁이들이 김 씨를 찾으려고 가끔 수련원을 찾았지만, 그는 영원히 찾을 수 없는 곳에 있었다. 얼마 전 죽은 또 다른 김 씨가 자유롭게 도박판을 벌일 수 있었던 것도 그가 아니었다면 불가능한 일이었다. 사람들은 아무것도 알지 못했고, 그에 대해서도 알지 못했다.

그는 가을이 되면 중국으로 가게 되어 있었다. 일이 꼬인 것은 모두 김 씨가 배신을 하면서부터였다. 최영래는 후회가 물밀 듯 밀려왔다. 지금까지 모은 돈도 충분했는데, 노름판 돈까지 욕심을 낸 게 화근이었다. 그 욕심이 모든 것을 그르치지 않을까, 그는 불길한 예감을 떨칠 수가 없었다.

공민지는 깊이 잠이 든 게 아니었다. 민망한 상황에서 아무렇지 않게 일어날 용기가 나지 않았다. 깜빡 졸은 것은 사실이었으나, 백용현이 차를 내오자 인기척을 느끼고 정신이 들었다. 하지만 눈을 뜰 수가 없었다. 그가 아주 천천히 가까이 다가오는 것을 눈을 감고도 알 수 있었다. 그가 조심스럽게 탁자에 찻잔을 내려놓는 것이 느껴졌다. 그는 아무 말도 하지 않았다. 그가 아무 말도 하지 않았기 때문에 그녀도 가만히 자는 척할 수밖에 없었다. 심장이 뛰기 시작했다.

감은 눈 안에 그의 모습이 그려졌다. 헝클어진 머리와 검은 꽃처럼 피어나기 시작한 검버섯, 움푹 꺼진 눈자위, 눈 밑으로는 검푸른 지방이 꼭 흘러내릴 것만 같았다. 그녀는 볼품없는 선생의 외모가 조금 측은했다. 눈을 감고 있었지만 그녀는 그의 시선을 느낄 수 있었다. 지난 학기 연구실에서 흘리던 그의 시선과 겹쳐졌다. 아래에서 위로, 위에서 아래로 옮겨 다니던 그 눈빛이 생경했다. 하지만 지금의 그는 그때와는 조금 다른 사람 같았다. 한없이 나약하고 초라한 이미지를 지울 수 없었다. 그녀는 그에게 연민을 느꼈다. 처음 선생을 만났을 때 느꼈던 끈적끈적하고 속물적인 말과 행동도 시간이 지나고 나니, 모두 그에 대한 연민과 측은함에 함몰되었다. 지난날 그의 모습은 약해지고 늙어가는 것에 대한 어른의 치기가 동한 행동이었다.

그녀는 이런 연배의 남자를 처음 겪었다. 중학생이 되자마자 죽은 아버지는 그녀의 기억 속에 언제나 젊은 에너지로 남아 있었다. 한 남자가 점점 나이 들어가고, 왜소해지고, 나약해지고, 늙으며 죽음을 향해 가는 시간을 그녀는 알지 못했다. 그녀에게 아버지는, 남자는 언제나 젊고, 박력 있고, 활기 넘치는 사람으로 남아 있었다. 아버지는 그런 존재여야만 했다. 아버지의 부재가 더욱 그것을 확고하게 만들었다. 아버지는 마흔을 채 넘기지 못하고 사고로 죽었다. 그녀의 엄마는 마흔이 되기 전에 과부가 되었다. 죽는다는 게 무엇인지, 그게 어떤 의미로 기억에 남게 되는지 아무것도 모를 나이였다. 그녀의 동생은 열 살이었고, 그녀는 열네 살이었다.

엄마에게 남자가 있다는 것을 알았던 날, 그녀는 배신감보다, 오히려 불쌍한 마음이 들었다. 집은 누군지 모르는 사람들로 난장판이 되었다. 그들은 살림살이를 아무렇게나 내동댕이쳤다. 그들이 장판에 찍어내는 구둣발자국이 영원히 씻기지 않을 몸에 새긴 문신 같았다.

"쪽팔리게, 정말."

사람들이 마음껏 화풀이를 하고 돌아간 후, 한 움큼 빠진 머리카락을 손으로 방바닥에서 쓸어내며 엄마가 처음으로 내뱉은 말이었다. 엄마는 울지 않았고, 지켜보던 그녀도 울지 않았다. 슬플 일이 없었기 때문이었다.

"넌, 엄마가 창피하지? ……너도 나중에 여자 혼자, 살아봐."

엄마가 혼잣말하듯이 중얼거렸다. 아버지가 죽은 지 4년이 흘렀고, 사는 게 만만치 않다는 것을 깨닫기 시작할 무렵이었다. 아직 마음속에 죽은 아버지가 생생하게 살아 있었지만, 그녀는 살아 있는 엄마를 위로해주고 싶었다. 무슨 말을 해야 엄마의 기분이 나아질까 고민했지만, 딱히 떠오르지 않았다.

"너는 남자 믿고 살지 마라."

그냥, 아무렇지 않은 척 옆에 멀뚱하게 서 있어주는 게 엄마에게 해줄 수 있는 전부였다. 엄마가 자기 때문에 울음을 참고 있는 것인지도 모른다는 생각이 들었다.

"그러게 남자를 왜 믿어."

헝클어진 머리를 가다듬던 엄마가 그녀의 말에 웃음을 터뜨렸다. 어렸지만 퍽이나 어른스런 말이었다. 엄마가 웃는 바람에 그녀는 참았던 울음을 터뜨렸다.

"한 번만 더 남자에게 당해봐. 그땐 내가 정말 가만히 안 둘 거야."

엄마가 껄껄 웃었다. 웃고 있었지만, 엄마의 눈에 눈물이 그렁그렁 맺혀 있었다.

엄마는 아버지가 죽은 지 4년 만에 다른 사람이 되어 있었다. 엄마의 말대로 다 먹고살기 힘들어서 그렇게 된 것이었다. 남자를 믿지 말라고 했지만, 정작 남자만 믿는 것은 엄마였다. 아버지가 죽고 엄마는 일을 해야 했는데, 처음에는 밤에 식당에 나가 일을 했고, 나중엔 무슨 일을 하는지 정확하게 알지 못했다. 다만, 엄마가 재혼할 때 느꼈던 것은 엄마의 인생은 실패한 것만은 아니라는 것이었다. 여러 번의 시행착오 끝에 엄마는 좋은 남자를 만나 재혼했다. 더군다나 부자였고 자상한 사람이었다. 그녀는 그런 남자가 왜 엄마를 만나겠는가, 오히려 숨겨진 얼굴이 있지 않을까 의심했다. 신문기사에 종종 나오는 계부가 의붓딸에게 몹쓸 짓을 저지르는 사건을 떠올리곤 했다. 그래서 그런지 그녀는 새아버지에게 자연스럽지 못했다.

엄마가 따로 살기를 원했기 때문에, 그녀는 엄마가 재혼하고 동생과 둘이 살았다. 아직 고등학생인 동생 민정 때문에 서운한 마음도 들었지만, 다른 이유가 있다는 것을 나중에 알았다. 어쨌든 엄마는 현명한 여자였다. 전세로 살던 아파트가 자신의 명의로 돼 있는 것을 한참 지나고서야 그녀는 알게 되었다.

　백용현이 조심스럽게 내뿜는 숨이 볼에 닿았다. 그녀는 그것이 불
쾌하지 않았다. 그녀는 정말 자는 것처럼 눈을 지긋하게 감고 있었
는데, 그는 그녀가 깨어 있다는 것을 알지 못하는 것 같았다. 그녀는
그가 무슨 짓을 하더라도 그냥 가만히 있을 작정이었다. 하지만 눈
을 뜨고 그와 마주할 용기는 없었다. 그는 그저 지켜보기만 했다. 아
무 일도 일어나지 않았다. 가끔 그가 조심스럽게 내쉬는 숨소리에
떨림이 섞여 있었다. 그녀는 처음 당황했었던 순간보다 마음이 평온
해졌다. 눈을 감고 그녀는 다른 생각을 했다. 졸음이 몰려왔고, 그녀
는 이번엔 진짜 잠이 들었다. 따뜻한 햇살을 받으며 잔디밭을 맨발
로 걷는 꿈을 꾸었다.

　그녀는 두 시간 넘게 아무런 미동도 없이 깊은 잠을 잤다. 처음 잠
을 자는 사람처럼 깊은 잠을 잤다. 백용현은 그 시간 동안 꼼짝하지
않고, 자는 그녀의 모습을 모두 지켜보았다. 그는 식탁에 앉아 잠든
그녀를 멀찍이서 바라보았다. 처음 긴장되고 떨렸던 순간이 아스라
한 과거로 남는 것 같았다.

　꿈을 꾸는 그녀를 바라보며 그도 과거의 기억 속 긴 유랑을 펼치
고 있었다. 그에게 요즘 화두로 떠오른, 후회스러운 기억들이었다. 느
닷없이 불쑥 튀어 오르는 것들은 모두가 후회되는 일들뿐이었다. 도
대체 그간 살면서 이런 감정과 기억은 어디에 숨어 있던 것이었는지,
의아스러울 정도였다. 지난날의 기억이 문득 떠오를 때마다 현재의
자기를 정당화하며 더 깊은 곳에 묻어버리던 자존감 같은 것은 이미

소멸된 지 오래였다. 한번 떠오른 기억은 며칠이고, 잠깐의 틈을 주지 않고 그를 괴롭혔다.

후회하는 법을 배운 적 없는 그였기에, 때마다 그는 자기 자신에게 분노하고 화를 냈다. 후회한다는 것이 무엇인지 알아가고 있는 중이었다. 그는 요즘 부쩍, 지난 날 어쩔 수 없이 외국으로 입양된 아들에 대한 생각이 떠나질 않았다. 한번 찾아볼까 하다가도, 지금은 몇 살인지 헤아려보고는 화들짝 놀라곤 했다. 왜, 지난 많은 시간과 세월 동안 단 한 번도 아들을 찾아볼 생각을 해본 적이 없었던 것인지, 그는 후회하고 또 후회했다. 너무 오랜 시간이 지난 것이 야속해서 죽을 지경이었다. 두 번째 부인 임은수와 헤어진 게 20년 전이었으니, 얼추 자고 있는 공민지와 비슷한 나이가 돼 있을 터였다. 생각이 거기 이르자, 그는 공민지에 잠시나마 품었던 마음속에 덕지덕지 붙어 있던 욕망덩어리가 치욕처럼 느껴졌다.

그는 그녀를 주려고 끓였던 보리차를 한 모금 들이켰다. 스르릅, 보리차를 들이키는 소리가 적막을 깼다. 그 소리에 그녀가 부스스 잠에서 깼다. 그는 민망해졌다. 뭔가 큰 잘못을 저지른 것 같았다. 처음에 눈을 뜨고 가만히 천장을 바라보고 있던 그녀가 뭔가 생각났다는 듯 벌떡 일어나서 주위를 두리번거렸다. 식탁의자에 앉아 있던 그와 눈이 마주치자 어쩔 줄을 몰라 했다.

"깜빡 잠들었나 봐요."

그녀가 부스스한 머리를 쓸어 넘겼다.

"어, 어떡해요. 선생님. ……제가 너무 오래 잤죠?"

그가 괜찮다는 듯 빙긋이 웃으며 고개를 절레절레 흔들었다. 참으로 오랜만에 짓는 미소였다.

"신경, 쓰지 말고 더 자게나, 어서."

그가 말을 더듬거렸다. 시선을 피하며 찻잔을 들고 일어섰다. 잠자는 모습을 훔쳐본 것을 들킨 기분이었다. 스르릅, 스르릅, 보리차 들이켜는 소리가 귓가에 자꾸 울려서 그는 또, 불쑥 민망함이 올라왔다. 창밖으로는 이미 어둠이 깔리고 있었다.

김덕이 여사는 막 담근 고구마순 김치를 안주 삼아 막걸리를 마셨다. 양자는 밥을 먹었고, 그녀는 막걸리만 마셨다.

"그렇다고, 정말 딱 한 병만 사 왔다니. 정 없게."

"더는 몸에 안 좋지. 엄마 속도 안 좋다며. 근데, 이건 좀 묵혔다가 먹어야겠다. 맛이 안 뱄어."

한 잔만 먹었는데도 온몸으로 취기가 뻗어나가는 게 느껴졌다. 그녀는 금세 얼굴이 불콰해졌다. 뉘엿뉘엿 해가 지고 있었다. 산속이라 아름다운 석양을 볼 수는 없었지만, 나무들이 저물어가는 햇빛을 붙잡고 있는 것을 보면 마음 한쪽이 울리는 것 같은 느낌을 받았다.

"니네 아버지는 죽었겠지?"

"갑자기 또 왜 그러실까?"

"남자 하나도 못 만나보고 그냥, 이렇게 죽을까봐 걱정돼서 그러지."

그녀가 막걸리를 한 잔 더 들이켰다. 집어 먹은 고구마순 김치의

양념과 순이 입안에서 각기 다른 맛을 내며 짭짤한 뒷맛을 남겼다.

"셈해보니, 이제 그 양반, 90이 훨씬 넘었어. 죽었을 거야."

"내가, 어디 삼삼한 할아버지 한번 구해볼까? 시집이나 보내게? 옆집 시인 할아버지 어때?"

"저기 6호 사는? ……지난봄에 지나치듯 보고 못 봤다야. 뭐, 얼굴을 봐야, 대보지. 그런데 시인이래?"

그녀가 멋쩍게 웃었다.

"엄마가 그러지 않았어? 시인이라고."

"아니, 난 몰라. 무슨 선생이라고 한 거 같은데, 퇴직하고 여기서 글 쓴다고 했던 거 같아. 헌데, 아직도 여기 오긴 오나 모르겠어. 가끔 라디오 소리 같은 게 들리긴 하던데."

"진짜, 관심 있나 보네?"

"쓸데없는 소리 좀 하지 마."

그녀가 마지막 잔을 들었다. 오랜만에 먹는 술이라 그런지 금세 취기가 올랐다. 조용히 밤이 내려앉았다.

"실은 몇 년 전에, 아니, 벌써 10년은 됐나 보네. 오빠라는 사람들이 찾아왔었어."

김덕이 여사가 술상을 정리하다가 손을 놓고, 뻔히 양자를 바라보았다. 양자가 밥상을 정리하며 엄마의 시선을 피했다.

"오빠들 나이가 엄마 또래는 돼 보이더라. 죽었대, 아버지라는 사람. 죽으면서 내 앞으로 뭘 남겼다고, 그걸 주러 왔더라고."

"그걸 왜, 이제 말해? 바로 얘기했어야지."

탁, 그녀가 술잔을 밥상에 내려놓으며 말했다. 취기가 순식간에 사라진 느낌이었다.

"말해, 뭐해. 그걸 받는 것도 이상하고, 그 가족들하고, 이상하잖아."

김덕이 여사가 아무 말 없이 한참 딸을 쳐다보았다. 여러 가지 생각이 들었다. 밥상을 내가던 그녀가 밥상을 든 채로 뒤돌아 물었다.

"혹시, 연락처 같은 거 받아놨어?"

"왜? 찾아보면 있을걸?"

막걸리 한 병에 술기운이 온몸에 완연하게 퍼지고 나니, 자꾸 울고 싶어졌다. 자기를 위해서도 울고, 양자를 위해서도 울고, 10년 전에 이미 죽었다는 양자의 아버지를 위해서도 울고 싶었다. 혹시 뭔가 잘못되어 자기가 죽기라도 하면, 오로지 혼자 남게 될 양자가, 자신도 언제 어떻게 될지도 모른 채 혼자 남게 될 양자가 불쌍해서 속이 타들어가던 차였다.

14. 봄, 그리고 가을

　그녀는 그가 흐느끼는 소리를 가만히 듣고 있었다. 그녀가 발끝을 세워 엎드려 울고 있는 그에게로 조용히 다가갔다. 그는 방바닥에 무릎을 꿇고 웅크리고 있었다. 그녀가 망설이다 용기를 내어 그의 등을 어루만졌다. 그는 구부정한 등을 둥그렇게 말고서 흐느꼈다. 늙은 남자의 눈물을 그녀는 처음 보았다. 울고 있는 그를 위해 그녀는 무엇을 해야 할지 몰랐다. 그의 굽은 어깨가 정말이지 작아 보였다. 아이 같다는 생각이 들었다. 그녀는 무엇이 그를 슬프게 만들었는지 궁금했지만 아무 말도 할 수가 없었다.

　그녀가 다가가자 그는 무릎을 꿇은 채로 그녀에게서 벗어나려 애를 썼다. 완고하게 돌아앉았지만 울음을 그치지 않았다. 무릎을 꿇느라 엉덩이 밑으로 말려 내려간 바지, 허리춤 위로 때가 곱게 낀 팬티 고무줄, 그 위로 홀쭉한 엉덩이 골이 드러났다. 그녀는 윗도리를 살짝 당겨 그것을 가려주었다. 비가 다시 내리기 시작한 것인지 '쏴' 하는 소리가 들리는 것 같았다. 빗방울이 창을 때리는 것도 같았다. 그의 울음소리가 빗소리처럼 들리는 것도 같았다. 그녀가 바짝 그의 등 뒤로 다가앉았다.

"도대체 내가 왜 이러는지 모르겠소."

그가 흐느끼며 말했다. 그녀가 가만히 등을 쓸었다. 그녀의 손이 닿자 그는 흠칫 놀라서 몸을 움츠렸다. 눈물이 하염없이 흘러내렸다. 그녀의 품에 안기고 싶었으나, 그럴 수는 없었다. 어린 그녀에게서 잊고 있었던 엄마의 냄새가 나는 것 같았다. 용기가 나지 않았다. 그는 무릎 사이로 얼굴을 더욱 깊숙하게 파묻었다. 공민지가 웅크리고 있는 백용현을 뒤에서 가만히 끌어안았다. 무릎을 꿇고 엎드려 있는 그의 등 위에 자기의 몸을 포개었다. 그러자 그가 더욱 서럽게 엉엉 울기 시작했다.

"도대체 어떻게 살아야 할지 모르겠소. ……모든 게 엉망이 되었는데, ……왜 이렇게 되었는지 알 수가 없어……."

모두 이해할 수 없었지만, 조금은 이해할 수 있을 것 같았다. 그녀는 백용현의 등 위에 엎드려 남자의 일본인 아내가 했었던 말을 읊조렸다. '그 사람을 잘 부탁 드립니다.' 백용현이 흐느끼며 뱉은 말이 꼭 자기에게 하는 말처럼 여겨졌다. '도대체 내가 왜 이러는지 모르겠다. 어떻게 살아야 할지 모르겠다. 모든 게 엉망이 되었는데, 난, 왜 이렇게 된 걸까.' 그녀가 입술을 달싹이며 소리 나지 않게 자신에게 말했다. 백용현은 좀처럼 진정이 되지 않았다. 그는 숨이 넘어갈 듯 통곡했는데, 그 소리가 꼭 짐승이 우는 것처럼 들렸다. 그녀는 오르락내리락 거칠게 들썩이는 그의 등에 얼굴을 묻자, 조금 눈물이 났다. 슬퍼서 그런 것이 아니었다. 누군가 자기 옆에서 울어주는 것이 참으로 오랜만이었다. 아니, 언제였던지 기억이 나질 않았다. 아버지가 죽은 이후로 그녀의 집에서는 아무도 우는 사람이 없었다. 엄마도, 동생 민정도, 그녀도 울지 않았다. 누군가 옆에서 소리 내어 울어주는 것이 아무 이유 없이 위안이 될 줄은 몰랐다. 그녀는 마음이 이상하게 평온해졌는데 참으로 오랫동안 잊고 있었던 무엇을 되찾은 느낌이었다. 아버지가 죽은 이후 별로 슬플 것이 없었던 까닭일까, 그녀는 속으로 생각했다. 이제껏 차곡차곡 쌓은 슬픔이 자기 대신 쏟아져 나오는 것 같았다. 백용현이 자신을 대신해 울어주는 것 같았다.

"선생님, 우세요. 뭔지 모르지만, 울음을 참지 마세요."

"꺼억, 꺼억."

숨이 넘어갈 듯이 그는 울음을 토해냈다.

"누구나 다 그래요. 어쩌다가 이렇게 됐는지 우리는 몰라요. 선생님, 탓이 아닐 거예요. 분명 그럴 거예요."

그녀는 어른스럽게 백용현의 등을 토닥였다. 엄마가 아이를 어르는 것처럼 그를 다독였다. 그녀의 따뜻한 손길이 더해질수록 백용현은 더 슬퍼졌다. 주체할 수 없는 서러움이 그득해져 자기의 마음을 진정시킬 수가 없었다. 몸 안에 존재하는 눈물이 모두 쏟아져 나와야 그칠 듯이 그는 펑펑 울었다. 그 안에 이렇게 많은 눈물이 숨어 있을 줄, 자신도 몰랐다. 그는 울음을 멈출 수가 없었다.

"괜찮아요. 선생님, 괜찮아요."

무엇이 괜찮은지는 자신도 알지 못했지만, 그녀는 그를 위로했다.

"아무렴, 괜찮을 거예요."

그녀는 '아무렴'이라는 단어를 뱉고는 스스로 조금 낯설었다.

"아무렴?"

그녀는 입술만 달싹거리며 말했다. 갑자기 그 단어가 어디에서 날아온 것인지 혀를 굴려보았다. 그녀는 계속에서 아무렴, 아무렴, 아무렴 되뇌었다. 신기하게도 멈출 것 같지 않던 그의 눈물이 서서히 잦아드는 것 같았다. 어느 정도 진정되는 듯, 거칠었던 그의 숨도 조금씩 잠잠해졌다.

그녀는 말없이 한참을 그의 등에 엎드려 그를 달랬다. 그녀는 남자를 떠올렸다. 오랜 시간 자기의 곁을 떠나지 않았던 남자가 생각났다. 가정을 꾸리고서도 언제나 전화 한 통이면 달려 나오던 남자가 그리웠다. 파국에 이르러서도 자기에게 전화 한 통 없던 남자가 아련했다. 남자는 아마도 자신을 탓하고 있으리라, 생각하니 한 번도 느낀 적 없었던 미안함이 생겨났다. 자기 안에 남아 있는 무엇이 남자를 그렇게 이끌게 했는지 궁금해졌다. 자신은 아무 잘못이 없다고 생각했고 모든 것은 남자의 개인적인 일이라 미루었던 것이 후회됐다. 도망가려는 남자를 잡아둔 것은 순전히 자기의 이기적인 마음 때문이라는 것을 자신도 물론 알고 있었다. 스스로 모른 체했었던 자신의 지난날이 떠올랐다. 엄마를 닮았다고 생각했다. '엄마는 정말 행복한 걸까?' 그녀가 입술을 달싹거렸다.

　그는 울음을 그치고서도 꼼짝하지 않고 무릎을 꿇고 엎드려 있었다. 백용현이 천천히 다리를 뻗었다. 다리가 저려서 그는 몸을 움직이기 힘들었다. 얼마나 그렇게 있었는지 가늠이 되지 않았다. 꽤 많은 시간이 흐른 것은 분명했다. 민망함에 그는 얼굴을 돌릴 수가 없었다. 그가 다리를 뻗자 자연스럽게 그녀도 엎드렸다. 그럼에도 그녀는 그의 등에서 얼굴을 떼지 않았다. 그는 얼굴을 감싼 채로 가만히 있었다. 자신의 등에 닿는 그녀의 가녀린 숨이 느껴졌다. 엄청난 슬픔과 서러움을 쏟아냈지만, 마음은 홀가분해지기는커녕 더 큰 나락으로 떨어지는 느낌이었다. 공허함과 정체 모를 막연함으로 생긴 구멍이 가슴 한가운데를 관통하는 것 같았다. 시커먼 구멍이 점점 더 커지고 자신을 잠식해나가는 것만 같았다. 암흑 속에 이제 곧 침잠되어 자신의 존재는 그냥 검은 것으로만 남겨질 것이라 생각했다. 그는 길게 한숨을 내쉬었다.

　"나는 어디로 가야 할 것 같은가."

　잠겨 있는 그의 목소리가 정적을 깼다. 혼잣말이 툭 튀어나왔다. 스스로에게 물은 것일 뿐, 그녀에게 묻는 말이 아니었는데, 그녀가 슬그머니 몸을 일으켰다. 그는 그것이 더욱 민망해졌다.

　"원래 왔던 곳으로 가야 하지 않을까요?"

　진지한 그녀의 대답에 분위기는 더욱 어색해졌다. 답을 들으려고 했던 것은 아니었으나, 그녀의 대답을 듣고 보니 골똘해졌다. '원래 내가 있던 곳, 온 곳은 어디였지?' 그는 갑자기 근원적인 고민에 휩싸였다.

그녀도 그에게 얼떨결에 대답을 하긴 했지만, 그것은 자신에게 하는 말 같았다. 말을 뱉고 보니 그런 생각이 들었다. 그녀가 남자를 떠올린 것은 자연스러운 일이었다. 몸을 일으켜 백 교수가 그녀를 돌아보았다. 그녀는 움찔 뒤로 물러날 수밖에 없었는데 백용현의 모습이 너무 괴기스러워 보였기 때문이었다. 눈은 퉁퉁 부어 반쯤 감겨 있었고, 울긋불긋 피어난 반점과 검버섯이 묘한 분위기를 만들어냈다. 살아 있는 사람의 모습 같지가 않았다. 그녀는 그의 얼굴을 보고 놀란 것이 조금 미안해져서 바짝, 그에게 다가앉았다.

그가 와락 그녀를 껴안은 것은 동시였다. 그녀는 그가 하는 대로 내버려두었다. 그의 손이 거칠게 그녀의 몸을 탐했다. 그녀는 그를 밀어내지 않았다. 반듯하게 바닥으로 쓰러졌는데, 발끝에서부터 몸의 모든 진력이 한 번에 스윽 빠져나가는 것 같았다. 백용현이 그녀의 윗옷을 풀어헤쳤다. 와이셔츠 단추 하나가 떨어져 나갔다. 또르르르 굴러가는 작은 단추를 그녀는 멍하니 쳐다보았다. 그녀의 몸이 적나라하게 드러났다. 그녀는 고개를 돌린 채 가만히 누워 있었다. 백용현은 아주 잠깐 그녀를 바라보더니 그녀의 가슴에 얼굴을 묻었다.

냄새가 났다. 그녀는 단지 그렇게만 생각했다. 견딜 수 없을 만큼 심한 악취가 진동했다. 이상하게도 지금까지는 맡아본 적 없는 고약한 냄새가 코를 찔렀는데, 그게 참을 수 없었다. 머리에서 나는 냄새 같기도 했고, 입 냄새 같기도 했고, 겨드랑이에서 나는 냄새 같기했다. 있는 동안 맡지 못했던 냄새, 느닷없이 생겨난 냄새의 정체를 알 수 없었다. 그녀는 고양이가 죽어서 썩는 냄새 같다고 생각했다. '고양이?' 그녀는 속으로 되물었다. 동시에 아주 어렸을 적의 한 풍경이 떠올랐는데, 아마도 아버지가 죽기 1년 전쯤의 초등학교 6학년 때였던가, 아니면 아버지가 죽었던, 중학교에 입학하던 해인가 확실하지는 않았다. 그녀가 다니던 학교 후문 근처에 쓰레기를 모아 태우고 분리수거를 하는 곳이 있었는데, 그 한쪽에 아이들이 들어가지 못하게 막아놓고 소각할 쓰레기들을 모아놓았었다. 담으로 둘러싸인 그곳에서 일하시던 아저씨는 발을 조금 절었고, 한쪽 팔이 불편한 사람이었다. 아이들이 그걸 무서워서 그랬는지 이상한 소문이 항상 후문 근처에 돌았는데, 대부분 아이들의 호기심에서 비롯된 것이었다.

봄빛 화려했던 어떤 날, 꽃들이 세상 난리였던 한 날, 그녀는 친구와 학교 뒷담을 걷다가 우연히 그 쓰레기 더미를 모아놓은 담 안쪽을 들여다보게 되었다. 말리는 친구를 뒤로하고 발끝을 세워 일본말로 '부로꾸'라고 불리는 벽돌, 가운데 뚫린 구멍으로 뒤켠의 풍경을 바라보았다. 구멍에 눈을 대고 담 안쪽의 풍경, 쓰레기 더미를 바라보다 그녀는 너무 놀라서 뒤로 주저앉고 말았다. 그런데 바로 지금, 소각을 기다리는 쓰레기 더미 사이로 보았던 혀를 옆으로 길게 늘어뜨리고, 한쪽 눈은 밑으로, 한쪽 눈은 위로 치켜뜨고 죽은 고양이, 벌어진 입과 눈에서 구더기가 우글거리던, 그 고양이의 사체가 문득 떠올랐던 것이다. 고양이가 썩는 냄새를 맡은 것은 물론 아니었으나, 이상하게도 백용현에게서 풍기는 악취, 냄새의 근원이 그 고양이와 닮은 것 같았다.

그녀가 가만히 그를 밀어냈다. 그가 천천히 몸을 일으켰다.

"죄송해요, 선생님. 안 돼요, 그만."

그녀가 몸을 일으키고 옷을 여몄다. 떨어져 나간 단추 때문에 와이셔츠 앞섶이 자꾸 벌어졌다.

"······자네가 뭐가 죄송하다는 건가. 내가 ······미쳐가는구만."

그가 다시 울음을 터뜨렸다. 흑흑, 흑흑, 그는 소리를 죽이며 울기 시작했다. 그녀는 조용히 일어나 안방을 나와 욕실로 향했다. 그의 울음소리가 자꾸 발뒤꿈치로 따라붙었지만, 소리는 욕실 문의 잠금 버튼을 누름과 동시에 사라졌다. 그녀는 아직 덜 마른, 축축한 원피스로 갈아입고, 어딘가로 전화를 걸었다. 신호음이 길게 울리는 것을 들으며 거울 안, 자신의 모습을 바라보았다.

"왜 이렇게 전화를 늦게 받아."

남자는 말이 없었다.

"왜, 아무 말도 안 해? 나, 안 반가워?"

"응, 그건 아니고. 이제 일어났어."

남자의 목소리가 잠겨 있었다. 그녀는 속으로 남자도 울고 있었던 것은 아닐까 생각했다.

"나 좀 데리러 와줘."

남자는 다시 아무 말도 없었다. 가늘게 내쉬었다, 들이쉬는 숨소리가 간간히 들려왔다.

"안 올 거야?"

"⋯⋯어딘데?"

"오기 싫어?"

"그런 거 아냐."

그녀는 거울에 비친 표정 없는 자기의 모습을 우두커니 바라보았다. 눈물이 나려는 것을 그녀는 꾹 참았다.

"빨리 와줘. 나 조금만 기다리다 가버릴 거야."

"어딘데?"

그녀가 두둑, 떨어지기 시작한 눈물을 재빠르게 훔쳐냈다.

"지금 출발해. 20분쯤 걸리겠다. 길거리에 있지 말고, 어디 들어가 있어."

전화를 끊고서 통화정보에 뜬 내역을 한참 쳐다보았다. 그의 이름이 굉장히 낯설게 느껴졌다. 혀를 굴려 남자의 이름을 가만히 불러보았다. 그녀는 욕실에서 나와 발끝을 세워 현관으로 향했다. 안방에서 여전히 백 교수의 울음소리가 들려왔다. 그녀는 가만히 문을 닫고 오피스텔을 나왔다.

완연한 가을이었다. 두 주 동안 두 번의 큰비가 내렸고, 계절은 완전하게 바뀌었다. 두 번의 큰비에 낙엽이 물들 새도 없이 후두둑 떨어졌다. 이상한 가을의 시작이었다. 한낮에도 한기가 느껴질 정도로 갑자기 쌀쌀해졌다. 여름에서 겨울로 가는 짧은 시간 안에 있는 듯했다. 하늘수련원은 축사 개축으로 모두 정신이 없었다. 급하게 공사를 진행하느라 모두 밤늦게까지 일만 했다. 비가 사흘이나 내렸지만, 최영래와 인부들은 일손을 놓지 않았다. 매일 레미콘 차량이 쉴 새 없이 오가며 시멘트를 들이부었다. 어떻게든 바닥공사를 마쳐야만 했는데, 비가 연일 내려 시멘트가 단단히 굳으려면 시간이 꽤 필요해 보였다. 비가 그친 뒤 공사를 진행해야 했고, 모두들 그걸 알고 있었지만, 그들은 공사를 멈추지 않았다. 다른 때보다 더욱 깊게 그들은 바닥공사를 했다. 기둥이 될 철골작업을 마쳐야만 바닥 시멘트 공사를 할 수 있기 때문에 인부들은 밤낮을 가리지 않고 철근작업에 매달렸다. 시멘트로 땅을 덮어야지만 잠을 잘 수 있을 것만 같았다. 공사 시작 열흘째, 김 씨의 동생이 산 채로 땅에 묻힌 지 열흘 만에 고대하던 시멘트 공사가 시작되었다. 곧 태풍이 몰아치려는 듯, 빗줄기는 점점 더 위력을 더하고 있었지만, 그들은 아랑곳하지 않았다. 레미콘 기사들의 짜증과 불만에도 불구하고 그들은 물러서지 않았다. 첫 레미콘에서 콘크리트가 하늘을 향해 뿜어져 나오기 시작하자, 인부들은 너나할 것 없이 긴 한숨을 내쉬었다. 점점 시멘트로 메워지는 몇백 평이나 되는 축사 부지를 그들은 흐릿한 눈으로 바라보았다. 거세진 빗줄기가 몸을 적시고, 몸을 차갑게 만들고 있었지만 누구도 자리를 뜨는 사람이 없었다. 최영래도 무리 중에 섞여 공사가 진행되는 것을 지켜보았다. 그나마 다행이다 싶으면서도 어떻게 마무리를 짓고 하늘수련원을 떠나야 할지 고민스러웠다. 점점 날이 차가워지고 있는데 걱정이었다. 살인적인 추위가 몰아치기 전에 어떻게든 아내와 아이를 중국으로 탈출시켜야만 할 텐데, 수련원에 꼼짝

달싹 못하고 묶여 있는 것이 한탄스럽기만 했다.

축사 건물을 지을지 말지 결정된 것은 없었다. 서로의 마음은 똑같았는데, 기초공사가 끝나고 김 씨 사건이 대충 마무리되면 모두들 그곳을 떠날 생각뿐이었다. 누구도 하늘수련원에 남고 싶어하는 사람은 없었다.

서울에서 형사가 다시 내려온 것은 바닥공사를 마치고 땅이 굳기를 기다리고 있을 때였다.

"정말, 못 봤어요? 여기, 진짜, 이상한데. 아저씨들 그거 알아? 뭔가 썩는 냄새가 풀풀 나."

형사의 말에 아무도 대꾸하는 사람이 없었다. 모두 딴청만 부렸다.

"행적이 여기가 마지막이야. 핸드폰이 마지막으로 꺼진 곳도 이 근처고."

인부들은 겁이 났지만, 이젠 두 번이나 겪는 일이라, 모두 태연히 굴었다.

"자꾸, 우리에게 일을 뒤집어씌우고, 그러지 말라요."

최영래가 나서서 얘기를 했지만, 형사는 그의 말을 외면하며 인부들을 둘러보았다.

"당신은 가만히 있어. 당신이 뭔가를 조종하는데 말이야. 가만히 있으라고."

"아니, 사람들을 조사를 하더라도 뭔가, 증거가 있어야 하지 않았오?"

형사는 아무 소득 없이 돌아갔다. 뒤로 인부들을 번갈아가며 소환

했다. 최영래만 부르지 않았는데, 그는 그것이 불안해서 그답지 않게
안절부절못했다. 인부들은 너나할 것 없이 조사에 소극적이었고, 완
고하게 혐의를 부인했다. 최영래에게는 다행스러운 일이었다. 모두에
게도 다행스러운 일이었다. 서로를 믿는 수밖에 없었다. 어둠 속에서
그 모든 일은 같이 한 것이므로 자신은 하지 않은 일과도 같았다.

　시간은 금세 흘렀고, 경찰도 점점 지쳐가는 듯했다. 다만 최영래와
인부들이 걱정하는 것 하나는 계속 비가 내려 생각보다 시멘트가
단단히 굳지 않는 것이었다. 아무래도 콘크리트 공사를 하는 날, 많
은 비가 내린 것이 신경 쓰였다. 열흘이 넘게 지났지만 시멘트는 전
혀 굳지 않고 발을 디디면 발자국이 남을 정도였다. 가장자리는 조
금만 힘을 주어도 힘없이 콘크리트가 부서지며 주저앉았다. 그러나
어차피 상관없는 일이었다. 축사가 얼마나 탄탄하게 지어질지, 다음
공사는 어떻게 진행될지에 대해 관심이 있는 사람은 아무도 없었다.
김 씨 동생이 묻힌 곳을 감추기 위해 시작한 공사이니, 시멘트가 굳
건 말건 아무 상관이 없었다. 기초공사만 할 계획이었으므로 공사는
바로 중단되었다.

　가을은 짧았다. 올 겨울은 유난히 길어질 것이 분명했다. 가을을
느낄 새도 없이 계속해서 비가 내렸다. 이상한 기후였다. 여름에도
많은 비가 내려 물난리가 났고, 가을이 시작되고 내리기 시작한 비
는 여간해서 그 기세가 꺾일 것 같지 않았다. 지난여름의 모든 일들
이 빗속에 묻혔다. 여름에 내렸던 비가, 가을을 건너뛰고 겨울이 갑
작스럽게 찾아와 지난여름의 일들을 꽁꽁 얼려버릴 듯했다.

한 해 농사는 엉망이었다. 수확할 이렇다 할 작물도 없었고, 양돈과 한우사업은 구제역에 휩쓸려 어느 때보다도 참혹하기만 했다. 구제역 지원금으로 나온 돈과 지난해 거둔 수익으로 근근이 하늘수련원은 유지되고 있었지만 실은 수련원 살림이 어떤지 관심이 있거나 아는 사람은 없었다. 원장이 온전하지 못했기 때문에 최영래만이 내막을 알고 있었으나, 그가 해결할 수 있는 일은 없었다. 그는 차곡차곡 모은 돈을 가지고 조용히 그곳을 떠나는 것만이 유일한 목적이었다. 지난해부터 시작한 유기농식품 사업도 흐지부지해졌다. 원장이 건강하게 수련원을 이끌 때와는 전혀 달랐다. 수련원 원장의 무너진 정신만큼 하늘수련원은 급속도로 망가져갔다.

가을, 드디어 비가 그쳤다. 큰비가 그치자 날이 차가워졌고, 최영래는 마음이 더욱 급해졌다. 겨울이 빨리 찾아온 것이 낭패였다. 어린 자식과 아내가 그 추운 겨울을 버틸 수 있을지 걱정이었다. 언제라도 최영래와 인부들은 하늘수련원을 떠날 채비를 했다. 경찰의 감시가 차가워진 날씨만큼 가라앉았다. 그들은 서로 눈치만 보며 기회를 엿보고 있었다. 서로가 우려하는 것은 자신이 떠난 후 남은 자들의 말이 어떻게 떠돌고, 어떤 식으로 되돌아올지 모를 일이었으므로, 하루 빨리 그곳을 벗어나고 싶었다. 그러나 먼저 떠나는 것은 서로 눈치를 보며 미루고 있었다.

날이 개이며 하늘은 높고 맑아졌다. 쌀쌀한 바람이 가끔 불어왔다. 시간이 흐르고 계절이 바뀌며 모든 기억을 차가운 바람에 싣고 왔다가, 사라졌다. 서울에서 내려와 있던 형사가 돌아갔다는 말이 흘러나오자 인부들은 들썩였다. 너도 나도 수련원을 떠날 채비를 했다.

서로의 눈치만 살피던 인부들을 최영래가 어느 날 밤 불러 모았다. 날은 부쩍 쌀쌀해져서 사람들은 서둘러 겨울옷을 꺼내 입었다.

"아무래도 안 되갔오. 우리 서로, 마지막까지 한배를 타자요."

"무슨 일을 또 하자는 거요?"

"이제, 그만합시다. 누구를, 또 어떻게 하자는 거요? 벌써 우리가 두 명이나 그렇게 했잖아요. 셋부터는 정말, 살인범이 되는 거라니까."

인부들이 낄낄대며 웃었다.

"둘은 죽인 게 아니고, 셋은 죽인 거란 얘기야?"

인부들이 서로 마주 보며 웃었다.

"우리가 한 번에 모두 없어지면 뭔가 의심을 할 거이 아니 갔어?"

"아, 그러니까 괜히 의심 사지 말고……"

"맞소. 시간이 걸리더라도 차근차근, 그리하자요. 한 명, 한 명 그리하면 안 되니까, 시간을 두고 두이, 세 사람씩, 이렇게. 빠진 사람만치, 사람도 채워놓아야, 별 탈이 없을 거요."

"아, 이 사람 정말, 기막히단 말이야. 언제 그런 생각까지 했어."

임실 임 씨가 과장되게 최영래를 칭찬하고 나섰지만, 최영래는 신경 쓰지 않았다.

"제비를 뽑자요. 자."

제안은 했지만, 최영래는 불안했다. 과연 인부들이 예정했던 대로 행동을 할 것인지, 확신이 없기 때문이었다. 그의 예감은 틀리지 않왔다. 제비뽑기를 한 날, 새벽 세 명이 사라졌다. 그들은 겨울이 될 때까지 남아 있기로 한 사람들이었다. 최영래를 비롯해 가장 먼저 수련원을 떠나기로 한 사람들의 불만과 불안은 극에 달했다. 하루도 지나지 않아서 그들은 서로를 의심하고, 서로를 감시했다. 하지만 도망치고자 하는 사람을 모두 붙잡아둘 수도 없는 일이었다. 더군다나 의심 사지 않게 자연스럽게 행동해야만 했다. 그것은 남은 자들의 몫이었다.

날이 갈수록 최영래는 초조해졌다. 그의 사정을 아는 사람도 없었고, 안다고 해도 대신해서 사정을 보아줄 마음이 있는 사람도 없었다. 사라진 인부를 인력사무소를 통해 메꾸었지만, 다음이 문제였고, 시간이 문제였다. 이런 일에 대한 학습효과는 높아서, 남은 인부들은 동요했다. 새 인부들은 얼마 되지 않는 가을수확에 매달렸고, 원래 있던 인부들은 시시탐탐 기회를 엿보다, 하나둘 사라졌다. 모두 최영래를 믿었다. 뒤처리를 알아서 하는 그를 믿고 하나, 둘 몰래 하늘수련원을 떠났다. 사정이 가장 급한 최영래만이 맘을 잡지 못했고, 이미 겨울이 오고 있었다. 이제, 남은 사람은 최영래와 임 씨 둘뿐이었다.

"어쩌다 우리, 둘만 이렇게 됐으까."

임 씨와 최영래의 마음은 하루하루 참혹해져만 갔다. 가족들을 데려오기에는 겨울이 좋았지만, 여자와 아이였고, 중국의 브로커와도 연락이 끊겨 수용소의 상황이 어떤지 알 방법도 없었다. 시간이 덧없이 너무 흘러버린 탓이었다.

만공산이 얼기 시작했다. 첫눈이 내린 지도 이미 한 달이나 지났다. 가족이 있는 북쪽은 이미 한겨울일 것이다. 희망이 점점 매서운 바람 속에 실려 사라져 갔다. 임 씨가 떠나겠다고 말했을 때 최영래는 말없이 고개만 끄덕였다.

다시 봄을 기다려야만 했다. 당장 중국으로 떠난다고 해서 해결을 볼 문제가 아니었다. 다른 브로커를 알아봐야 했다. 모든 것을 새로 준비해야만 했다. 잘 견디어주길 바라는 수밖에 없었다. 북에서 같이 생활했던 동료들을 믿어야 했지만, 그들이 지금까지도 그곳에 남아 있는지도 의문이었다. 그냥 잊는 것이 올바른 생각이라는 것을 알고 있었지만, 자꾸 마지막 모습이 눈에 어른거렸다. 이렇게 고통스러울 줄 알았다면 생사를 같이할 걸……. 최영래는 지난 일이 후회되었다.

임 씨는 한참을 말없이 앉아 있다 간단한 짐을 가지고 길을 나섰다. 최영래가 뚜벅뚜벅 뒤를 쫓아 마을로 내려가는 길까지 배웅했다. 해는 부쩍 짧아져서 초저녁이 되려면 멀었는데도 어둑어둑했다.

"저기, 있잖여. 잘, 알겠지만 말여. 사람들 너무 믿지 말어. 어떻게 될지 모르는 일이니께. 여기 너무 오래 있지 말어."

최영래가 가볍게 고개만 끄덕였고, 임 씨의 모습은 다가오는 어둠 속으로 금세 사라졌다.

김덕이 여사는 겨울 준비로 정신없이 바쁜 시절을 보냈다. 김장도 해야 했고, 겨우내 땔감도 준비해야 했다. 사 온 땔감을 인부가 차곡 차곡 처마 밑에 쌓는 것을 그녀는 쭈그려 앉아 넋 놓고 바라보았다. 겨울 준비라고 해야 그게 전부였지만, 이제 기력이 쇠해서 그것도 만만한 일이 아니었다.

겨울을 준비하는 하늘수련원은 여느 때와는 달리 조용했다. 겨울에 일이 없어 농장 인부들은 뿔뿔이 흩어져서 휑했다. 수련원에는 몇몇만 남아 봄을 기다렸다.

바람이 매섭게 산을 흔들어댔다. 키 큰 나무들은 춤을 추듯 휘청거렸고, 나무와 나무 사이를 지나는 바람 소리는 무서운 울음을 토해냈다. 찾아온 겨울은 작년과 다르지 않았으나, 수련원은 작년과 너무나 많은 것이 달라져 있었다. 많은 사람들이 수련원을 떠나갔다. 특히 3호에 살던 남자는 병세가 악화되어서 병원으로 옮겨 갔다. 유일한 말벗이었던 그를 양자가 배웅을 했다. 비슷한 시기에 요양을 와서 호전되지 않은 병세를 안고 떠나는 그가, 양자는 못내 안쓰럽기만 했다.

모녀에게 간만에 손님이 찾아온 것은 양자가 모처럼 병원을 다녀온 직후였다.

"나, 정말 다 나았대, 엄마."

"그럴 줄 알았다, 나는."

들뜬 양자와는 달리 김덕이 여사는 대수롭지 않다는 듯, 아궁이 앞에 앉아 불을 넣었다. 신기하게도 양자의 암세포는 거의 사라져 있었는데, 그것이 믿기지 않아 전주에 있는 큰 병원에서 정밀검사를 받았고, 검사결과를 통보받고 온 후였다.

"정말, 신기하지 않아? 작년 이맘때만 해도 여기 죽으러 들어왔는데."

"뭐가, 신기해. 그럴 줄 알았다니까. 병원 가지 말래두, 내 말을 안 들어."

"그래도 속 시원하잖아. 다, 엄마 덕분이지, 진짜 이렇게 나을 줄 난 안 믿었는데……."

양자의 눈에 눈물이 그렁그렁 맺혔다.

"그래도 조심해야 해. 알지?"

"그럼."

"어여, 씻고 밥 먹자. 하던 대로 해야 해. 아프다고 생각하고."

기쁜 일임에도 불구하고 부쩍 수척해진 김덕이 여사의 표정이 이상하게 그늘져 보였다. 찬 바람이 불기 시작하면서 그녀의 몸은 더욱 말랐다.

"이제, 내가 엄마를 돌볼 차례지."

양자가 살갑게 굴었지만, 김덕이 여사는 덤덤하기만 했다. 끼니를 준비하려고 막 일어섰을 때 멀리서 양복을 말쑥하게 차려입고, 코트까지 입은 두 남자가 올라오는 게 보였다.

"누굴까?"

양자가 물었지만, 김덕이 여사는 대답은 않고 천천히 그들을 향해 마중을 나갔다. 양자는 우두커니 서서 엄마와 남자들이 조우하는 것을 지켜보았다. 김덕이 여사가 허리를 꾸벅 숙여 공손하게 인사를 했고, 남자들도 마찬가지로 머리가 땅에 닿을 듯 허리를 숙여 인사했다. 양자는 그 모습이 굉장히 이질적으로 느껴졌다. 바람 매서운 풍경과 맞선 검은 양복을 입은 그들의 모습이 꼭 사자死者처럼 보였다. 이상하게 무서운 꿈을 꾸고 있는 것처럼 아련하기만 했다.

"인사 드려, 너 큰오빠시고, 여기는 조카분이셔."

김덕이 여사는 전에 없이 공손하고 어쩔 줄을 몰라 했다. 갑작스러운 일이라 양자는 어정쩡하게 고개를 숙였다.

"오래전에 봤었지요? 벌써 10년이나 흘렀네요."

반백의 노인이 부드러운 미소를 지으며 인사를 건넸다. 그는 얼핏 보아도 김덕이 여사와 거의 나이 차이가 나지 않을 만큼, 아니 네댓 살은 더 나이가 들어 보였다.

"여긴 큰아들이에요. 아마, 양자 씨하고 비슷할 거야. 나이가."

"안녕하셨어요? 고모님."

비슷한 또래의 남자가 공손하게 인사를 했다. 양자는 영 어색해서 어찌할 바를 모르고 엄마의 눈치를 살폈지만, 김덕이 여사는 마치 죄를 지은 사람마냥 고개를 푹 숙이고 한 걸음 뒤에 서 있었다.

방 안으로 자리를 옮겼지만 어색하기만 한 분위기는 달라지지 않았다. 김덕이 여사는 차를 내려놓고는 붙잡는 그들을 뿌리치고 황급히 방을 나갔다.

"얘기들 나누고 계세요. 얼른 식사 준비할게요."

"아닙니다. 바로 올라가봐야 합니다."

"그러지 마시고요. 꼭 밥 한 끼 대접하고 싶어서 그래요. 부탁 드립니다."

김덕이 여사가 고개를 숙인 채 조용조용 말했고, 양자의 이복 오빠와 조카는 알겠다는 듯 가볍게 고개를 숙였다. 김덕이 여사는 양자와 그들, 셋만 남겨놓고 밖으로 나갔다.

"많이 아팠다면서요. 그래도 오빠가 돼가지고선 아픈 줄도 모르고…… 미안해요."

"무슨 말씀이세요. 말씀 편히 하세요."

서로 미안해하고 조금 어색했지만, 시간이 흐르자 분위기는 점점 자연스러워졌다. 노인은 주로 가족들에 대해 얘기했고, 양자는 듣기만 했다. 혈육이라는 것은 그런 것이라는 듯, 서로는 서로가 떨어져 있었던 시간을 만회하려는 듯, 애정이 넘치는 만남이었다.

밥을 먹는 동안에도 김덕이 여사는 방에 들어가지 않고, 아궁이 앞에 앉아 있었다. 두 번이나 그녀를 데리러 왔지만 그녀는 완고했다. 아무렇지 않은 것처럼 설거지를 했고, 아궁이에 불을 넣었다.

"엄마가 무슨 죄졌어? 왜 그래 청승맞게."

"죄졌지. 그 사람들에게 죄인이지, 그럼, 아니니? 점잖고 좋은 사람들인 것 같아서, 마음이 좀 놓인다."

그들이 일어서며 봉투 하나를 놓고 갔는데, 그녀는 뛰다시피 그들을 뒤쫓아 가서 그것을 돌려주었다.

"정말, 제가 염치가 없어서 그래요. 이해해주세요. 너무, 고맙게 받았습니다. 이미 충분합니다. 제가, 정말, 이러면 안 돼요. 이러시면 안 돼요. 제가 너무, 마음이 안 좋아요."

그들도 어쩔 수 없는 듯, 돌아섰다. 그녀는 어둠 속으로 그들이 사라지고 난 뒤에도 사라진 자리를 우두커니 바라보았다.

그들이 돌아간 뒤에도 김덕이 여사는 차가운 바람 속에 한참을 앉아 있었다. 그녀는 속으로 '다행이다, 다행이다' 되뇌었다. 양자에게 믿을 만한 가족이 생긴 것 같아, 기쁜 마음이었다.

겨우내, 가끔 그들이 보낸 음식이 배달되었다. 그것만으로도 김덕이 여사는 무한한 위안이 되었다. 누군가 양자에게 음식을 준다는 것이 너무 감사한 일이라고 생각했다. 마음이 좀 놓인 탓일까, 그들이 다녀간 뒤로 그녀는 영 기력을 차릴 수가 없었다. 가슴 한가운데가 뻥 뚫린 것처럼 찬 바람이 그곳을 오갔다. 겨우내, 그녀는 앓았고 누워서 지내는 시간이 늘었다. 가끔 양자가 엄마를 대신해 집안일을 했지만, 때마다 그녀는 자리를 털고 일어나 양자를 밀어냈다. 청소건 빨래건 식사준비건 어떤 일도 양자에게 양보하는 일이 없이, 좋지 않은 몸으로 악착같이 다 해냈다. 겨울이 더디게 느껴졌다. 반대로 겨울이어서 다행이라고 생각했다. 양자와 김덕이 여사는 온종일 절절 끓는 황토방에서 지냈다. 양자는 부쩍 책을 읽고 공부에 열심이었고, 김덕이 여사도 그 옆에서 뭔가를 끄적거리며 소일했다. 양자가 보여달라고 졸라도 꽁꽁 숨겨놓고 절대로 보여주지 않았다.

"그냥, 생각나는 것들 적고 있어."

"뭐, 자서전이라도 쓰시나? 파란만장한 일대기를?"

양자가 놀릴 때마다 김덕이 여사의 얼굴을 빨개졌다. 아무리 딸이지만 뭔가를 쓴다는 것이 한없이 부끄럽기만 했다.

봄이 되면 하늘수련원 황토집을 떠나 서울로 돌아갈 작정이었다. 양자가 학교로 다시 돌아가기로 마음먹었기 때문이었다. 그녀는 원래 살던 집은 전세를 주고 엄마와 살 작은 집을 알아보기로 했다. 서울로 돌아갈 준비 때문에 양자는 컴퓨터가 필요했는데, 김덕이 여사는 절대로 그것을 사용하지 못하도록 막았다. 전자기기나, 자연적이 지 않은 것들이 양자의 병을 키웠다고 믿기 때문이었다.

"하던 대로 하라고 했잖아. 아프다고 생각하고, 절대로 잊으면 안 된다."

모녀의 겨울은 그런대로, 아무 일 없이 흘러가고 있었다. 일찍 찾 아온 겨울 때문에, 모녀는 사는 동안 가장 많은 시간을 한방에서 떨 어지지 않고 지낼 수 있었다.

백용현은 사랑에 실패했다고 생각하지 않았다. 사랑이라는 감정 으로 자기의 행동을 합리화하는 것도 분에 넘치는 일이었고, 잘못 된 것이라는 걸 깨달았다. 자기 스스로 자신의 추함을 처음, 정면으 로 응시했다. 살면서 그는 한 번도 자기 자신에 대해 그런 생각을 해 본 적이 없었다. 그는 언제나 삶에 자신 있었고, 자기의 행동이나 말 에 당위성을 가지고 있었다. 억지였다. 그가 공민지에게 행한 행동이 별나거나, 갑작스러운 일이 아니었기에 그 충격은 컸다. 어쩌면 그런 행동은 그에게는 자연스러운 일이었으나, 처음으로 그 행동이 더럽 고 추잡하다는 것을 알게 되었다. 그의 삶 전체가 추하고, 더럽고, 주 접스러운 것이 되었다. 위로하고 위안을 주는 사람에게 돌려준 수치 심은 온전하게 자신에게 돌아왔다. 살면서 자신에게 왜 아무도 남지 않게 되었는지 그는 깨달았다. 자기가 왜 혼자일 수밖에 없는지 알 수 있게 되었다.

그는 서둘러 서울생활을 정리했다. 간단한 짐을 챙겨 남쪽의 한 요양원으로 떠났다. 그에게는 자기의 흔적이나 소식을 남길 만한 사람도 남아 있지 않았다. 학교에 남은 짐이나, 썰렁하기만 한 오피스텔을 채우고 있는 짐들이 거추장스럽기만 했다. 공민지에게 사과하고 싶었으나, 그럴 용기가 없었다. 그는 조용히 짐을 챙겨 남쪽의 작은 요양원, 하늘수련원으로 떠났다. 그곳은 손화자가 전에 말했던 곳이었다. 말년을 그곳에서 보내고 싶어했던 그녀가 생각이 났다. 같이 가자고 말하지 못했던 자신의 부덕이 때늦게 죄스러웠다. 그는 모든 것을 두고, 가을을 찾아 떠났다. 낡은 라디오와 책 몇 권, 겨울 옷가지가 전부였다. 단출한 짐이 원래 자기의 본모습인 것 같아, 한결 발걸음이 가볍게 느껴졌다. 겨울 한 철을 지내다 보면, 자기가 가진 모순이 해결되진 않겠지만, 뭐라도 참회하는 시간이 이상하게 간절하게 느껴졌다. 봄이 되면, 멀리 여행이라도 떠날 생각이었다.

15. 다시, 봄에서 봄꽃으로

겨울은 시간이 멈춰 있는 듯, 하루하루가 똑같았다. 매서운 바람에 만공산은 춤을 추듯, 흔들렸다. 멈추어 있는 것은 아무것도 없었으나, 움직이는 것 또한 없었다. 하늘수련원 사람들은 따뜻한 방에 담겨 겨우내 차곡차곡 시간을 쌓았다. 길고 지루한 겨울밤이 계속되었다. 봄이 되면, 봄만 오면 모든 것이 달라질 것이라, 모두들 기대했다. 김덕이 여사는 자리에서 일어나지 못하는 날이 늘었다. 병원에 데려가려는 양자를 한사코 거부했다.

"그냥, 기력이 없어서 그래. 몸살이 좀 심하네."

그녀는 대수롭지 않게 말했다. 겨울의 더딘 시간만큼 그녀의 고집도 만만치 않았다. 양자도, 그녀도 그저 겨울이 무사하게 지나가길 바랐다. 모두가 기다리던 봄이 슬금슬금 다가오고 있었다.

군데군데 녹지 않은 눈이 막 꽃을 피우기 시작한 산을 질투했다. 매서웠던 바람은 물러가길 거부하듯, 간혹 밤에만 발악하듯 울어댔다. 날이 갑자기 따뜻해지며 봄꽃이 만발했다. 진달래가 피기 시작하더니, 매화가 피었고, 산수유가 뒤를 이었다. 목련이 꽃봉오리를 품었다.

지난겨울, 최영래는 북쪽의 가족과 연락을 취하기 위해 갖은 애를 썼지만 허사였다. 남북의 관계도 그렇고 북쪽의 상황이 심상치 않았다. 모든 것이 예전 같지 않았다. 알아보니 탈북자의 수도 현격하게 줄어들었다고 했다. 북의 실상이 어떤지를 알지 못하니 밖에서 취할 수 있는 것이 없었다. 영, 아침이 오지 않을 것만 같은 산속의 지루한 겨울밤처럼, 그도 조용히 아침이 오기를 기다리는 수밖에 없었다. 살아 있기만, 추위를 견딜 수 있기만 빌고 또 빌었다. 그러면 그럴수록 그는 한없는 절망에 빠질 수밖에 없었다. 자기가 일했던 요덕수용소가 어떤 곳인지 기억이 생생해졌다. 엄청난 노역과 배고픔, 수용자들의 고통이 떠올랐다. 겨울이 깊어지고 봄이 가까워질수록 그는 비관적이 되었다.

같은 처지의 새터민을 통해 소개받은 중국의 브로커는 예전보다 훨씬 많은 돈을 요구했다. 돈을 지불한 후에는 소식을 기다렸지만 어떻게 된 일인지 연락이 닿지 않았다. 기다리라는 말만 하더니 아예 연락이 끊겨버렸다.

참담한 겨울이 가고 봄이 왔다. 그는 수련원을 떠날 생각을 접었다. 갈 곳이 없기 때문이었다. 다른 곳으로, 혹은 중국으로 가서 다시 자리를 잡고 돈을 버는 일이 쉽지 않다는 것을 그는 누구보다 잘 알고 있었다. 가족을 데려와서 이곳에서 터를 잡고 살 마음을 먹었다. 지난여름의 사건들도 모두 언 땅 밑으로 가라앉았고, 무엇보다 경찰에서도 더 이상 문제를 삼지 않은 것이 그가 수련원을 떠나지 않도록 결심하게 된 결정적 이유였다.

봄이 왔는데도 중국에서는 아무 소식이 없었다. 절망은 체념을 낳았다. 그는 우두커니 앉아서 하루 종일 산에 물들기 시작한 꽃만 먼 눈으로 바라보았다.

목련 꽃봉오리가 열리기 전 중국에서 연락이 왔다. 그즈음 그는 하염없이 목련 꽃봉오리만 쳐다보고 있었다. 목련 꽃봉오리를 계속 바라보고 있으면 툭, 터지고 스윽 벌어지며 자신에게 무안을 안길 것만 같았다. 망연자실한 슬픔과 절망에 아무것도 할 수 없을 때 그의 마음이 전해진 것이었는지, 모든 것을 포기했을 때 걸려온 전화였다. 하지만 브로커로부터 날아든 소식은 비관을 더 비관스럽게 했고, 절망을 더 절망스럽게 만들었다.

"아이는 죽었대요. 일이 급한데, 손이 잘 안 닿아서 걱정이 늘기만 하오."

"뭐라고요? 자세히 좀 얘기해봐요."

"나도 잘은 몰라, 연락통이 그래. 그래서 말인데, 부인이라도 데려오려면 돈이 더 들겠어."

수련원 원장은 이제 온전한 정신이 남아 있지 않은 듯 꽃산을 휘젓고 돌아다녔다. 무엇을 하고 돌아다니는지는 알 수 없었는데, 몇몇

산에서 마주친 사람들에 의하면 그녀는 손으로 땅을 파고 있었다고 했다. 모두 그녀를 목격한 곳이 달라서 맞는지 아닌지는 확실하지 않았다. 분명한 것은 그녀가 이제 수련원에서 잠을 자지 않는다는 것이었고, 살지도 않는다는 것이었다. 그녀는 아무도 모르게 잠깐 수련원에 들러 음식을 가지고 사라지거나, 옷가지나 이불 같은 것을 몰래 가져갔다. 산에 들어와 작은 건물에서 시작해 유기농 농사를 지어 사업에도 성공하고 수련원을 지어 삶에 애착을 보였던 그녀는 이제 없었다. 그녀는 엄연히 주인임에도 불구하고 남의 집처럼 몰래 들어와 뭔가를 훔쳤다. 식당에 음식이 없을 때에는 잔반이 사라지기도 했다. 식당일과 청소 같은 잡다한 일을 맡아보는 미숙은 그럴 때마다 겁이 났다. 부러 식당에 음식을 남겨놓게 된 것도 그 때문이었다. 원장의 이상한 행동들은 죽은 그녀의 노모와 닮아 있었다.

목련꽃이 흐드러지게 터진 꽃날, 공민지가 하늘수련원을 찾았다. 남자와 함께였다. 최영래는 맘을 추스르기 위해 일에 매달렸다. 사정상 인부를 쓸 수도 없었다. 살림은 미숙이 알아서 했고, 겨우내 미루어두었던 일을 서둘렀다. 체념은 그를 일하게 만들었다. 일을 하지 않으면 돈도 없고, 미래도 없었다. 그는 무서우리만치 의지가 강했다. 마음을 먹자 마치 목숨이라도 걸 듯 엄청난 일을 혼자 해냈다. 혼자서 수련원의 농사일이 버거웠으나 그는 물러서지 않았다. 아내를 데려오는 일은 포기했다. 운명이라 받아들였다. 잊으라, 잊으리라 마음먹었다.

"저기요, 여기, 백용현 선생님이라고 계시지요?"

아직도 간간 불어오는 차가운 바람을 막기 위해 옷으로 불룩한 배를 감싸며 공민지가 물었다.

"누구요?"

최영래가 그녀를 아래위로 훑어보았다. 공민지 뒤에 선 남자가 다가와 그녀의 어깨를 숄로 감싸주었다.

"백용현이라고, 아마, 재작년 가을에 들어오셨을 텐데. 연락이 닿질 않아서요."

"아, 그 시인 양반 말하는 건가?"

"시인이요?"

"뭐, 하이튼 무슨 글을 쓴다고 들어온 노인 말하는 거 아이요?"

"네, 뭐. 지금도 계신가요?"

"본 지 꽤 됐오. 잠깐만 계시오. 내가 저기, 아에게 물어볼 테니."

최영래가 미숙을 데리고 나왔다. 미숙도 노인을 본 지 꽤 됐다고 말했다.

"작년 봄에 본 게 마지막이었어요. 자주 왔다 갔다 하시고 그래서……"

미숙이 눈치를 보며 말했다.

"그럼, 나가신 건가요?"

"그건 아니에요. 이미 몇 년치 집세를 내셨거든요."

"그럼, 방이라도 좀 볼 수 있을까요?"

"따라오시라요. 6호 맞지?"

최영래가 앞장서 걸었고, 공민지와 남자가 멀찍이 떨어져 뒤따랐다. 한참을 걷다 그녀는 멈춰 서서 돌아보았다. 군데군데 물든 꽃잎에 그녀는 모처럼 기분이 좋았다. 저 멀리, 마을 쪽에서 수련원으로 차 한 대가 먼지를 일으키며 급하게 올라오고 있었다.

　간혹 따뜻한 바람이 햇살에 섞여 불어왔다. 공민지는 조심조심 남자의 부축을 받고 걸었다. 산달이 멀지 않은 만삭의 몸이라 작은 언덕이었지만 황토집이 모여 있는 곳까지 걸어가는 것이 그녀에게는 쉽지만은 않았다.

　공민지가 다시 오피스텔을 찾았을 때, 그는 이미 떠나고 없었다. 연락도 닿지 않았고, 오피스텔은 이미 다른 사람이 들어와서 살고 있었다. 제대로 짐을 정리하지도 않아서 대부분은 버렸다고 했다. 살던 사람이 원해서 그렇게 한 것이라고 말했다. 자기에게 무슨 책임이라도 떨어질까 대학생인 듯 보이는 여자가 경계하며 말했다. 학교 연구실의 짐도 그대로였고, 백 교수만 조용히 사라졌다. 이후에도 그에게서는 아무 연락도 없었는데, 작년 겨울, 그러니까 1년도 더 전에 편지 한 통이 학교, 공민지 앞으로 와 있었다. 구구절절 용서를 구하는 내용이었다. 그녀는 답장하지 못했다. 남자와 결혼을 서두르느라 정신이 없었기 때문이었다. 그녀는 남자와 작년 봄 결혼했다. 남자의 이혼과 결혼으로 인해 그녀는 한 해를 정신없이 보냈고, 아이를 임신, 다음 달 출산을 앞두고 있었다. 아이를 낳기 전, 그녀는 백 교수를 만나 괜찮다, 말하고 싶었다. 울고 있는 그를 두고, 오피스텔을 나온 것이 그녀로서도 미안한 마음이 가득했다. 시간이 지날수록 그에 대한 연민이 더했다.

그가 살았다는 황토집 6호 앞에 도달해서야, 그녀는 개울 옆 바위에 앉아 잠시 숨을 골랐다. 햇빛이 나뭇잎 사이로 부서져 내렸다. 따뜻했다. 길을 안내했던 최영래의 모습은 보이지 않았다.

최영래는 올라온 김에 근처 축사를 둘러보겠다며 자리를 떴다. 지난가을 서둘러 기초바닥공사만 해놓았던 곳, 많은 일이 묻혀 있는 곳이었다. 그곳으로 향하는 걸음 내내, 그는 지난해 벌어졌던 일들이 떠올랐다. 입안에 쓸쓸한 뒷맛이 맴돌았다.

"무엇에 홀린 것이 아니고서야……."

그는 소리 내어 혼잣말을 뱉었다. 터무니없는 욕심이 어떤 결과를 가져오는지 뼈저리게 느낄 수 있었던 지난해였다. 북의 가족을 잊기 위해서는 성실하고 건실하게 순리대로 사는 길밖에 없다고 그는 다짐했다. 축사 부지에 도달했을 때 그는 무거운 바위가 자기의 가슴으로 떨어져 박히는 것 같았다. 축사 부지 시멘트 바닥 한가운데가 구멍이 난 것처럼 시커멓게 주저앉아 있었다. 김 씨의 동생을 생매장했던 그 자리였다. 그도 바닥에 털썩 주저앉았다. 겨우내 얼었던 바닥이 녹으면서 무게를 이기지 못하고 가라앉은 것이었다.

수련원으로 올라온 차에서 지난해 일했던 인부 여럿이 내렸다. 그들은 수갑을 차고 있었고, 경찰들은 최영래를 잡기 위해 바쁘게 움직였다. 넋을 놓고 앉아 있던 최영래를 발견한 것은 임실 임 씨였다.

6호 황토집 앞에 서서 공민지는 아주 조그맣게 백 교수를 불렀다. 안에서 라디오 소리가 들려왔기 때문이었다. 안에서는 아무 대답이 없었다. 천천히 문을 밀자, 꺼억, 문이 우는 소리를 냈다. 이미 오래전부터 사람이 살지 않았던 듯, 집 안은 먼지를 뒤집어쓰고 있었고, 여기저기 거미들이 지어놓은 거미줄이 집 안에 가득했다. 방에서 클래식 음악 소리가 들려왔다. 공민지는 다시 그를 불렀다. 말하고 움직일 때마다 먼지가 일었다. 방으로 다가가는 그녀를 남자가 붙잡았다.

"잠깐만, 내가 가볼게."

뭔가를 직감한 남자가 그녀를 막았다. 그녀가 뒤로 주춤 물러섰다. 기분이 이상했다. 아무도 없는 것이 분명했지만, 방에 꼭 백용현이 있을 것만 같았다. 무릎을 꿇고 울던 그의 마지막 모습이 생각났다.

"……선생님."

클래식 채널 주파수에 고정되어 있는 라디오 소리에 간간이 잡음이 섞였다. 남자가 다가가 방문을 천천히 열었다.

"계셔?"

"……음, 그게……"

남자는 침착하려고 애를 썼지만 부들부들 떨리는 몸을 감출 수는 없었다.

"왜 그래?"

"……여긴, 아무것도 없어."

"뭐야, 어떻게 된 거야?"

그녀가 한 발 다가서자 엄청난 먼지가 한꺼번에 일어났다.

"안 돼. 오지 마. 먼저 나가 있어. 금방 나갈게."

남자의 말에 그녀가 휘청했다.

"그냥, 날 믿고, 밖에 나가 있어. 부탁이야."

그녀는 남자의 말대로 밖으로 나갔다. 나가 보니 무슨 일인지 경찰들이 분주하게 움직이고 있었다.

남자는 방문 앞에서 서서 백 교수의 모습을 내려다보았다. 그는 이미 죽은 지 오래된 것처럼 보였다. 그는 무릎을 꿇고 엎드린 채 죽어 있었다. 마치 나무로 빚은 조각상 같았다. 그가 죽은 뒤에도 머리카락은 자라서 얼기설기 뻗쳐 있었다.

개울가 바위에 앉아 공민지는 마음을 진정시키려고 애를 썼다. 남자가 본 것이 무엇인지, 굳이 말하지 않아도 짐작할 수 있었다. 흐르는 물소리에 마음을 실었다. 막 울음을 터뜨렸을 때, 처음 진통이 시작됐다. 예정일이 한 달이나 남았기 때문에 그녀는 더럭 겁이 났다. 때마침 남자가 나왔다. 그녀는 남자가 있어, 참, 다행이라고 생각했다.

하늘수련원의 부산했던 며칠이 지나갔다. 완연한 봄빛이 아침부터 짱짱했다.

새벽, 그녀는 꿈을 꾸고 있었다. 화들짝 놀랄 만한 악몽을 꾼 것도 아니었는데, 그녀는 자리에서 벌떡 일어나 앉았다. 날이 훤히 밝아 있었다. 잠에서 깨고서도 그녀는 마치 먼 길을 다녀온 사람처럼 멍하니 눈을 끔벅였다. 사위가 너무나 낯설어서 살짝 오한이 들었다. 어깨를 움츠렸다. 금방, 꾸었던 꿈이 기억나질 않았다. 아버지가 모는 자전거 뒤에 올라탔던 것 같기도 했고, 얼굴이 기억도 나지 않는 엄마를 보았던 것 같기도 했다. 악몽은 아니었으나 이른 아침, 어딘지 뒤숭숭했다.

김덕이 여사는 간만에 기운이 넘쳐났다. 아침 일찍 일어나서, 겨우 내 묵혔던 이불 홑청을 개울가에서 빨았다. 빨래를 하다 보니 아침에 꾸었던 꿈이 기억났다.

꿈속, 그녀는 어릴 적 집 근처 개울가에서 채소를 씻고 있었다. 빨래를 한 것도 같았다. 그녀는 개울에 무엇인가를 빠뜨렸는데, 무엇을 빠뜨렸는지 기억이 나지 않았다. 빨래건, 무나 배추건 그리 화들짝 놀랄 만한 일이 아니었음에도, 그녀는 꿈속에서 너무 놀랐다. 아주 중요한 것을 개울에 빠뜨린 것 같은 느낌이 들었다. 물속에서 뭔가를 빠뜨리고, 그것이 물살을 타는 것을 느끼자마자 그녀는 잠에서 깨어났다.

이불을 모두 빨아 널어놓고선 부지런히 아침 준비를 했다. 햇살은 전에 없이 따뜻했고, 바람은 살랑살랑 코끝을 간질였다. 밥상을 차려놓고 산책을 나간 양자를 기다렸다. 너무 일찍 일어난 탓인지, 몸이 노곤했다. 한참 좋은 햇볕을 쬐던 그녀가 방으로 들어가 누웠다. 사르르 막 잠에 들려던 찰나, 냇물에 둥둥 떠내려가는 검정 고무신 한 켤레가 보였다. 양자가 들어와서 잠에서 깼다.

"무슨 이불을 빨았어. 엄마도, 참."

"어디 갔다 왔어. 한참 기다렸더니. ……어여, 밥 먹어. 아침 차려놨어."

순식간, 그녀가 아주 깊은 잠에 빠져들었다. 아득히 멀어지는 심연, 점점 몸이 가벼워지고, 머리는 맑아지는 것 같았다. 아침을 먹은 양자가 아무리 흔들어 깨워도 그녀는 일어나지 않았다. 김덕이 여사는 개울에 떠내려가는 신발을 주우러 달려가고 있었다. 찬란한 봄빛에 실려 저, 멀리 사라지고 있었다. ●

두려운 진실

김인환

    소설의 배경은 전주 근처 만공산에 있는 하늘수련원이다. 환자들이 요양할 수 있도록 산속에 지어놓은 황토집 다섯 채 중에서 1호는 단체를 받는 큰 집이고 2호, 3호, 5호, 6호는 같은 크기의 작은 집들이다. 병원에서 4층을 F층이라고 하듯이 여기서도 죽을 사死자와 연관된다고 하여 4호를 아예 건너뛰었다. 숙식을 하면 하루 7만 원인데 식사를 스스로 해결하면 한 달에 120만 원을 받는다. 2호는 환갑을 넘긴 위암 환자가 2년 정도 살다가 죽어 나가 비어 있다. 3호에 사는 40대 간암 환자 한승훈은 하루의 대부분을 약초 연구와 약초 채취에 바쳤으나 봄이 와 땅이 풀릴 때 병이 악화되어 큰 병원으로 실려 간다. 5호에는 폐암 환자 이양자와 그녀의 어머니 김덕이가 거주하고 6호에는 정년으로 K대학을 퇴직한 시인 백용현이 들어 있다. 사무실 건물에는 원장과 그녀의 어머니, 관리자 김 씨와 그보다 여섯 살 위인 탈북자 최영래, 식당 일을 하는 미숙과 축사 공사 인부들이 머무르고 있다.

최영래, 김덕이, 백용현, 그리고 교수 시절 백용현의 조교 공민지가 소설의 중요한 초점자로 등장한다. 백용현을 기준으로 본다면 그가 퇴직하기 한 학기 전에 이야기가 시작되어 그의 죽음으로 끝나므로 소설의 사건은 2009년에서 2012년 사이에 일어난다고 할 수 있다. 김덕이를 기준으로 본다면 딸 이양자의 폐암 진단에서 시작하여 그녀의 자연치유로 끝나므로 2009년 이전으로 조금 더 올라갈 수 있을 것이고 최영래의 탈북은 아마 2009년 무렵이라고 할 수 있겠지만 그의 요덕수용소 교도관 시절을 포함하면 서술상황은 그 이전으로 올라가게 될 것이다. 작가는 한편으로 사건이 끝나는 2012년 봄의 어느 시점에서 물리적이고 객관적인 시간을 서술하면서 또 다른 한편으로는 최영래, 김덕이, 백용현, 공민지의 감정적이고 주관적인 시간을 서술한다. 그러므로 이 소설에는 2009년에서 2012년까지 현재 시제로 흐르는 시간과 2012년에 과거시제로 돌아보는 시간이 교차되고 있다고 할 수 있다. 처음 상황과 최종 상황은 각각 다르지만 그것이 죽음이건 치유건, 결혼이건 몰락이건 최종 상황에는 일종의 도덕적 각성이 포함되어 있다.

소설이 독자에게 제공할 수 있는 것들 가운데 가장 소중한 것은 많은 사람들의 생활상을 다양하게 보여주는 것이다. 소설을 잘 읽으려면 독자는 끊임없이 교체되는 대상을 따라가면서 대상에 대한 이해력을 쇄신해야 한다. 소설을 읽는 것은 지상에서 우리의 정신을 단련하고 연마하는 것이 된다. 정신의 대상에는 밝은 부분과 그늘진 부분이 있다. 인물을 이해하기 위해서는 소설이 끝날 때까지 우리의 비판적 반성능력을 중지하고 그 인물의 무지와 충동에 우리 자신을 맡겨야 한다. 그리고 우리는 하나의 고뇌를 따로 떼어낼 수 없다. 하나의 고뇌는 환유의 연쇄를 따라 인접하는 다른 고뇌로 이어진다. 간극과 비약을 통과하지 않고서 이 환유의 연쇄에서 벗어나는 길은 없다.

수련원에서 전개되는 이야기는 최영래와 인부들이 한 축을 이루고 김덕이와 그녀의 딸 부부 이양자, 민진홍이 다른 한 축을 이룬다. 백용현이 6호 황토집에 들어 있기는 하지만 그와 공민지의 이야기는 서울에서 전개된다. 이 소설의 중심이 되는 지점이 인물들의 시각이 바뀌고 겹쳐지는 데 있다. "핸드폰을 꺼내 보니 다행히 물에 젖지 않았다. 저장해두었던 백 교수의 주소를 찾았다. 오피스텔 건물 안, 에어컨 때문에 한기가 들었다. 그녀는 몸을 움츠리며 엘리베이터를 기다렸다." 이러한 공민지의 시각은 다음 장면에 나오는 백용현의 시각과 겹쳐진다. "침울한, 우울의 나날에 빠져 있던 어느 하루, 갑자기 벨이 울리고 누군가 그를 찾아왔다. 누군가 자신을 찾는 벨 소리가 환청 같았다. 문 앞에 공민지가 서 있었다." 이 소설은 빗소리와 울음소리로 가득 차 있다. "이제 막 20대 중반을 벗어난 것뿐인데, 삶이 뭔가 순탄하게 흘러가지 못하는 것에 대해 연민이 일었다. (중략) 그녀는 울고 있는 자기의 모습을 보면서 더 이기적으로 살아야겠다고 마음먹었다. 누구에게도 냉정해지겠다고 다짐했다." 그녀는 그가 흐느끼는 소리를 가만히 듣고 있었다. 그녀가 발끝을 세워 엎드려 울고 있는 그에게로 조용히 다가갔다. 그는 방바닥에 무릎을 꿇고 웅크리고 있었다. 그녀가 망설이다 용기를 내어 그녀의 등을 어루만졌다. (중략) 비가 다시 내리기 시작한 것인지 '쏴' 하는 소리가 들리는 것 같았다. (중략) 그의 울음소리가 빗소리처럼 들리는 것 같았다. 그녀가 바짝 그의 등 뒤로 다가앉았다."

　비구니, 원불교 정녀, 신흥교회 목사 등의 경력을 지닌 원장이 10년 전 만공산에 들어와 3년 전에 수련원을 차렸다. 그곳은 30여 가구 50명이 사는 작은 마을이었다. 원장의 노모는 치매에 걸려 식탐이 많은 90 노인으로서 식당의 잔반이나 집 근처 야산에 버려진 음식을 주워 먹는다. 어느 날 산 중턱 무릎 높이의 개울에 빠져 죽어 있는 원장의 노모가 발견된다. 이 소설에 나오는 첫 번째 죽음이다. 노모의 유골을 옥수수밭에 뿌린 후 원장은 삶의 기력을 상실하고 추진하던 모든 일을 방기한다. "그녀의 나약한 모습을 사람들은 처음 보았다." 그녀는 마치 그녀의 어머니가 살아온 듯 밤새 어딘가를 헤맨다. 그녀의 넋이 빠져나가는 속도만큼 빠르게 수련원도 무너져 간다. 관리자 김 씨는 원장이 개발한 생식의 유통을 담당했다. 그는 하늘수련원을 담보로 돈을 챙겨 달아난다. 돈을 받으러 온 사람들이 내놓은 차용증과 계약서에는 원장의 인감이 찍혀 있었다. 최영래는 집을 나가 헤매지 않도록 원장을 원장실에 가두고 자물쇠를 채운다.

그해 여름에는 유난히 비가 많이 내렸다. 축사를 지으러 온 인부들은 일 대신 노름을 했다. 판돈의 규모가 커져서 하룻밤에 기백만 원이 오가게 되었고 평택에서 온 김두영이 나머지 인부들의 돈을 다 따 챙겼다. 평생을 노름판에서 보냈다는 임실 임 씨조차도 몇 달치 급료를 잃었다. 인부들은 거의 4천만 원에 가까운 돈을 김두영에게 잃었다. 최영래가 인부들을 선동하여 김두영을 묶어 인부들의 통장, 도장이 든 가방과 함께 넘치는 물속에 던지게 하였다. 그의 시체는 보름 만에 마을에서 100킬로미터 떨어진 곳에서 발견되었다. 김두영의 동생 김두성이 마을에 와서 형의 죽음에 대하여 탐문하던 중 인부들이 하는 말을 엿듣고 사건의 내용을 알게 되었다. 최영래에게 붙잡힌 그를 이번에는 임실에서 온 임 씨가 주동이 되어 축사 터에 묻고 그 위에 시멘트를 부어 넣었다. 그들은 서로 증오하고 멸시하면서 만나고 모이고 뒤섞이며 범죄의 연대를 형성한다. 끊임없이 내리는 비로 인해서 주위가 모두 진창으로 변하듯이 그들은 끈적끈적한 욕망에 갇혀버린다. 모든 범죄에는 구역질 나는 단조로움이 들어 있다. 냉혹하고 가차 없는 단조로움에 사로잡힌 영혼은 잔인한 반복에서 탈출할 수 있는 출구를 발견하지 못한다. 늙으면 생각은 점점 더 과거를 향하게 되고 반복강박에 갇히게 된다. 범죄자들의 반복강박도 영혼의 노화라고 할 수 있다. 죽임과 훔침과 넘침은 용기의 표현이 아니라 예속의 표현이다. 축사 공사는 중단되고 비 때문에 굳어지지 않은 기초는 겨울을 지내며 얼어 있다가 봄이 되자 녹아 김두성을 묻은 축사 부지 시멘트 바닥 한가운데가 주저앉았다. 서울에서 형사들이 수갑을 찬 인부들을 데리고 최영래를 찾아온 것은 바로 그때였다.

최영래는 함경남도 요덕수용소의 교도관이었다. 그는 죄수에게 약을 먹여 이틀쯤 정신을 잃게 한 후 죽었다고 속이고 가족에게 넘기는 방법으로 돈을 모았다. 돈은 반드시 달러로만 받았다. 먹인 약이 잘못되어 죄수가 죽는 사고가 발생했다. 돈을 준 가족이 수용소에 진정을 넣었다. 그는 아내와 아들을 두고 북을 탈출하여 중국, 태국, 미얀마를 거쳐 남한으로 들어왔다. 달러가 있었기에 가능한 일이었다. 그는 어떻게든 돈을 모아 아내와 아들을 데리고 오려고 했으나, 브로커는 전보다 더 큰돈을 요구했고 돈을 지불한 후에는 어찌된 일인지 연락이 닿지 않았다.

그는 원장과 관리자 김 씨의 관계를 알고도 그가 먼저 배반하지 않고 김 씨에게 당한 것을 실수라고 여겼다. 소설에는 관리자 김 씨도 최영래의 손에 죽었다고 암시하는 대목이 있다. "언젠가부터 김 씨가 나타나지 않은 이유를 사람들은 알지 못했고 관심도 없었지만, 그가 나타나지 않는 데엔 이유가 있었다. 빚쟁이들이 김 씨를 찾으려고 가끔 수련원을 찾았지만, 그는 영원히 찾을 수 없는 곳에 있었다." 평택의 김두영을 불러들인 것도 최영래였다. 딴 돈을 반씩 나누기로 했었다. "그는 돈이 있으면 북에 있는 식구들을 얼마든지 데려올 수 있다고 믿었다. 차근차근 계획을 실행해 나가던 차였다. 헌데, 북쪽 브로커에게서 한참 만에 받은 소식은 참담했다. 아내와 아이가 자기가 근무했던 요덕의 감옥에 수감되어 있다고 했다. 그가 더 이상 망설일 수 없는 이유였다. 가을이 되면 그가 직접 가서 가족을 데려올 생각이었다. 꼭 남한이 아니어도 상관없었다." 돈을 가지고 떠나는 것만이 그의 목적이었으나 그는 돈을 모으지도 못하고 떠나지도 못했다. 돈이면 안 될 일이 없다는 것은 진리임에 틀림없으나 합법과 불법을 다 동원해도 하류사회에서 남북의 벽을 뚫을 만큼의 돈을 모은다는 것은 허망한 몽상에 지나지 않는다.

이양자는 남편 민진홍과 같은 학교 박사과정에 다녔다. 그녀는 휴학을 하고 과외를 해서 남편의 학비를 댔다. 민진홍은 학위를 마치고 마흔다섯에 지방대학 국문과 전임이 되었다. 딸과 아들은 필리핀에 보냈다. 기초과정을 끝내면 미국으로 보낼 계획을 세웠다. 생활이 안정을 찾았다고 느낄 만한 바로 그 무렵에 그녀는 폐암에 걸렸다는 사실을 알았고 남편보다 스물세 살 어린 공민정의 편지를 받았다. 전문대학에서 남편에게 배운 공민정은 그녀에게 이혼해 달라고 요청하였다. 상당한 시간이 지난 후이긴 하지만 민진홍은 의부증이 있다는 이유로 이혼 소송을 제기하는 내용증명을 이양자에게 보냈다. 현재를 벗어나 다른 곳에 있는 자기를 꿈꾸는 인간 본연의 특성 때문에 일부일처제가 글자 그대로 시행되는 것은 불가능한 몽상이라고 할 수 있다. 그러나 그녀를 정신이 이상한 여자로 몰며 이혼 서류와 공판조정 서류를 보낸 그의 행동은 자기기만에 지나지 않는다. 양자는 죽음을 체험하면서 자기 삶 속에 남아 있는 것을 향유할 줄 알게 된다. 그녀는 민진홍의 배반을 그녀 자신의 고유한 문제라고 생각하지 않았다.

그녀의 어머니는 온갖 정성을 다하여 딸의 건강을 보살펴주었다. 음식을 잘해 먹으면 폐병이 낫는다는 옛말만 믿고 어머니는 딸에게 병원 약을 먹지 못하게 했다. "일찍 찾아온 겨울 때문에, 모녀는 사는 동안 가장 많은 시간을 한방에서 떨어지지 않고 지낼 수 있었다." 봄이 와 진달래 매화 산수유 목련이 온 산에 만발할 때 이양자는 건강을 회복한다. 전주의 큰 병원에서도 암이 없다고 진단하였다. 그러나 딸을 위해 헌신하던 어머니는 위암으로 세상을 떠난다. 죽기 전에 어머니는 양자에게 그녀의 큰오빠와 조카를 소개해준다. "노인은 주로 가족들에 대해 얘기했고, 양자는 듣기만 했다. 혈육이라는 것은 그런 것이라는 듯, 서로는 서로가 떨어져 있었던 시간을 만회하려는 듯, 애정이 넘치는 만남이었다." 어머니 김덕이는 여섯 살에 아버지를 여의고 열네 살에 키워준 어머니를 여의었다. 여섯 살에 생모를 마지막으로 보았다. 큰오빠 집에 있다가 스무 살에 나와 가발공장에서 일했다. 서른 살이나 많은 가발 공장 관리인을 만나 양자를 배었다. 아이를 빼앗길까 두려워 남자에게서 도망쳤다. 이 소설은 그녀의 죽음으로 종결된다. 그녀의 죽음은 우리가 상상할 수 있는 가장 아름다운 죽음이라고 할 수 있다. 야심을 거부하고 있는 그대로의 순간을 향유하는 단순하고 유연한 삶의 모델을 우리는 그녀에게서 본다. 그녀는 지금의 삶 이외의 어떤 다른 삶을 살려고 하지 않는다. 그녀는 자신의 매순간에 헌신한다. 그녀의 모시는 삶, 바치는 삶, 섬기는 삶 앞에서는 암도 삶의 파괴자가 아니라 삶의 완성자가 된다. 딸의 이불 홑청을 빨고 아침을 해놓고 얼핏 잠이 들어 냇물에 떠내려가는 고무신 한 켤레를 꿈꾸다가 딸이 산책에서 돌아오는 소리를 듣고 깨었다. 딸에게 아침을 먹으라고 권한 후에 "순식간, 그녀가 아주 깊은 잠에 빠져들었다. 아득히 멀어지는 심연, 점점 몸이 가벼워지고, 머리는 맑아지는 것 같았다. 아침을 먹은 양자가 아무리 흔들어 깨워도 그녀는 일어나지 않았다. 김덕이 여사는 개울에 떠내려가는 신발을 주우러 달려가고 있었다. 찬란한 봄빛에 실려 저, 멀리 사라지고 있었다."

공민정의 언니 공민지는 K대학 국문과 박사과정 학생이며 백용현 교수의 조교다. 마흔 전에 과부가 된 그녀의 엄마는 남자들로 인해 수모를 겪기도 하였으나 여러 번의 시행착오를 거쳐 재혼에 성공하였다. 자매는 민지 명의로 된 아파트에서 따로 살았다. 그녀는 최준과 4년 동안 연애했으나 헤어졌고 3년 전에 최준이 딴 여자와 결혼하였다. 결혼한 후에도 그녀와 계속해서 모텔을 드나들던 최준이 딸을 낳고나서는 1년 동안 연락을 하지 않았다. 백용현 교수가 제자 정호석이 운전하는 차에 그녀를 태우고 춘천에 갔을 때 그녀는 혼자 식당을 나와 담배를 사러 가다가 길을 잃어 최준에게 전화를 했고 그들은 다시 만나기 시작했다. 그녀는 택시 속에서 최준의 옷에 향수를 뿌렸다. 최준의 아내 나오미가 학교로 그녀를 찾아와 만나지 말아달라고 부탁하였다. 그래도 그들은 만났다. 나오미가 전화를 걸어와 아이를 데리고 일본으로 가겠다고 말했다. 2011년 봄에 최준은 공민지와 결혼하였다.

백용현은 6·25 때 아버지를 잃고 시장에서 좌판을 놓고 장사하던 어머니 밑에서 컸다. 불문과를 졸업하고 국문과 대학원으로 진학하여 교수가 되었다. 스물여덟에 프랑스 유학생 손화자를 만나 결혼했으나 2년을 채우지 못하고 이혼했다. 화가인 손화자가 그림을 배우러 미국으로 떠났기 때문이었다. 두 번째 아내 임은수하고는 10년을 살며 아들도 두었으나 임은수는 다른 남자가 생겨서 아이를 데리고 집을 나갔다. 아이는 북구 어디론가 입양을 보냈다고 했다. 쉰에 35세의 세 번째 아내 심은경과 이혼을 하고는 이후로 혼자 살았다. 결혼 1년 만에 따로 사시게 한 어머니는 25년 전인 1987년에 돌아가셨다. "그의 삶을 한 마디로 요약하면, 죽지 않기 위해 사는 것이었다. 죽지 않기 위해 젊어지길 원했으며, 죽기 싫어서 좋은 음식만 먹었고, 젊은 여자들을 탐했다. 끔찍하게 자기 몸을 챙겼다."

손화자가 백용현의 연구실로 찾아온다. 10년 전에 유방암 수술을 했는데 암세포가 자궁으로 전이되어 이미 3기라고 했다. 미국에서는 마약에 손을 대었고 마흔이 넘어서야 겨우 손을 뗐다고 했다. 진통제를 먹으며 그녀는 약으로 시작한 자 약으로 끝난다는 말을 무슨 격언처럼 되뇌었다. 날마다 찾아오던 손화자가 9일째 소식이 없자 백용현은 조교 공민지와 함께 호텔과 병원을 찾아다닌 끝에 그녀의 죽음을 확인하였고 그 충격으로 쓰러져 입원했다가 뇌 속에 혹이 있다는 진단을 받았다. 퇴원 후에 그는 방황을 계속하였다. 열흘 동안 외출하지 않고 자신을 집 안에 가두기도 하고 거리를 헤매다 혼자 술집에 들어가 바가지를 쓰기도 하고 집에 찾아온 조교 공민지와 성적인 관계를 맺으려다 여자의 거부로 실패하기도 하였다. "느닷없이 불쑥 튀어 오르는 것들은 모두가 후회되는 일들뿐이었다. 도대체 그간 살면서 이런 감정과 기억은 어디에 숨어 있던 것이었는지, 의아스러울 정도였다. 지난날의 기억이 문득 떠오를 때마다 현재의 자기를 정당화하며 더 깊은 곳에 묻어버리던 자존감 같은 것은 이미 소멸된 지 오래였다." 의지로 통제할 수 없는 불수의적 기억은 사물에 대한 감각과 자기에 대한 감정을 구별할 수 없게 섞어놓는다. 그의 의식은 균형을 잃고 허무의 나락으로 하강한다. 그러나 그는 몽롱하고 무기력한 포기상태 속에서 죄인도 아니고 성인도 아닌 자신의 비참한 진실에 직면한다. 인간은 지표도 없고 희망도 없이 낯선 장소에서 생존하고 있다. 인간은 어떤 상태에서도 항상 불행하기 때문에 현실 그대로가 아니라 욕망이 투사된 현실에서 생활한다. 우리는 사물을 추구하지 않고 사물의 추구를 추구한다. 우리가 원하는 것은 포획한 짐승이 아니라 짐승을 추적하는 것이다. 무엇을 포획하더라도 인간은 공허와 무력, 허무와 예속으로부터 탈출할 수 없을 것이기 때문이다.

라디오 하나와 책 몇 권, 겨울 옷가지를 싸 들고 손화자에게서 들은 적이 있는 하늘수련원으로 들어간다. 2010년 겨울에 받은 편지를 들고 2012년 봄 만삭의 민지가 남편 최준과 함께 찾아갔을 때 그는 이미 죽어 있었다. 백용현과 공민지는 2010년 여름에 진심으로 화해하였다. 백용현은 민지를 성욕만의 대상이 아니라 성욕까지 포함하는 미의 대상으로 대하게 되었고, 공민지는 백용현의 고독과 방황을 이해하게 되었다.

"괜찮아요. 선생님, 괜찮아요."

무엇이 괜찮은지는 자신도 알지 못했지만, 그녀는 그를 위로했다.

"아무렴, 괜찮을 거예요."

그의 죽음으로 그는 손화자와의 화해를 성취하였다. 자신의 결핍과 빈궁을 인정하고 그는 영혼의 가면을 벗어버린다. 자기의 진실을 회피하는 방향으로만 달려온 그의 삶은 진실의 섬광을 받아들이고 느끼는 능력을 회복한다. 우리는 적어도 자기가 느꼈던 것에 대해서는 잘못 생각할 수 없다. 가장 많이 느낀 사람이 가장 많이 산 사람이다. 그는 교수라는 가면을 벗는다. 단조로운 반복에 갇혀 있는 가면을 벗을 때 그의 내면에서 존재의 심연을 다양하게 느낄 수 있는 능력이 회복된다. 존재의 소리에 귀를 기울이지 않고 존재하지 않는 것을 추구하는 것은 고통을 낭비하는 것이다.

젊은 작가 백가흠이 가장 개인적이고 가장 보편적인 노년의 드라마 앞으로 우리를 안내한다. 비틀거리는 노년이란 그가 예측하는 자신의 잔인한 미래인 것일까? 그러나 자기가 누구인지 모르기 때문에 자기의 이름을 물어보며 이쪽 문 저쪽 문을 열고 닫는 사람은 백용현만이 아니다. 젊은 공민지도 과거의 무게 전체를 짊어지고 자신을 인식하기보다 자신이 아닌 것을 재현하려는 공허한 시도를 반복한다. 노년이건 청년이건 분해할 수 없고 규정할 수 없는 감정에 흔들리는 것은 마찬가지이다. 인간에게는 결여를 채우는 것 이외의 다른 삶의 방향이 허용되어 있지 않다. 삶은 누구에게나 어디로 가야 하는지 알지 못한 채 앞으로 나아가는 것이다. 백가흠은 거미줄을 사방으로 펼치는 거미처럼 늙음과 젊음을 같은 밀도로 배치한다. 다

같이 불안한 무 속에서 존재의 빛을 기다리고 있는 노년과 청년의 방황을 통해서 백가흠은 심리의 드라마를 도덕의 드라마로 변형한다. 나는 백가흠이 합리적 지성과 반성적 의식과 습관적 반복의 저쪽에서 움직이는 섬세한 감정과 영혼의 유연성의 탐구에 좀더 전투적으로 가담하기를 희망한다. 서사와 서술은 조금 약화시키고 감각과 지각은 조금 강화시켜야 할 필요가 있을지도 모른다. 느끼는 것과 느낌을 알아채는 것을 구분하는 선을 흐리게 하면 감각과 지각이 결합되어 지성과 감성의 분열이 완화된다. 확실하고 필연적인 구성의 논리를 약화시키면 모호하고 가능적인 문체의 세계가 강화된다. 소설의 문법에 대하여 너무나 잘 아는 작가이기 때문에 나는 반대로 백가흠에게 완결된 구성보다 미완의 시간들로 편성된 관현악을 권유하고 싶다. 시간을 미소 단위로 나누어 이 소설의 작은 이야기들을 여러 편의 긴 소설로 만드는 작업 같은 것도 해볼 만한 시도가 될 것이다.

"네 보물 있는 그 곳에는 네 마음도 있느니라 눈은 몸의 등불이니 그러므로 네 눈이 성하면 온 몸이 밝을 것이요 눈이 나쁘면 온 몸이 어두울 것이니 그러므로 네게 있는 빛이 어두우면 그 어둠이 얼마나 더하겠느냐"(「마태복음」 6장 21-23절)

소설가가 꿈이었던 시절, 소설가가 되면 '무엇을 쓸 것인가' 고민하던 시절, 했었던 다짐, '마음이 가난'하고 '낮은 자'를 위하여! 허나, 나는 마음이 가난한 것이 무엇인지 아직도 모르고, 선뜻, 낮은 자의 편에 서는 것도 주저한다. 원대했던 꿈에 대해 반성 중, 그리하여 나는, 앞으로 더욱 절실해질 것이다.

어쩌다 보니, 이제야 첫 장편소설이다. '어쩌다 보니'는 게으른 몸에 대한, 이전에 연재했던 소설, 먼저 나와야 했던 책, 지키지 못했던 약속에 대한 변명이니, 꾸지람 주시라. 부덕한 소치 혜량을 구한다.

해설을 써준 김인환 선생, 추천글을 써준 이원 시인, 긴 시간 애정을 준 『현대문학』과 양숙진 선생, 원고를 맡아준 윤희영 팀장에게 심심深心한 존경과 고마움을 전한다.

2012년 가을
백가흠

나프탈렌

지은이 백가흠
펴낸이 양숙진

초판 1쇄 펴낸날 2012년 9월 14일

펴낸곳 (주)현대문학
등록번호 제1-452호
주소 137-905 서울시 서초구 잠원동 41-10
전화 02-2017-0280
팩스 02-516-5433
홈페이지 www.hdmh.co.kr

ISBN 978-89-7275-614-9 03810

• 책 값은 뒤표지에 있습니다.